中国古典世情小说

〔清〕黄小配 著

载繁华梦

应急管理出版社
·北京·

图书在版编目（CIP）数据

廿载繁华梦／（清）黄小配著. -- 北京：应急管理
出版社，2025. --（中国古典世情小说）. -- ISBN 978
-7-5237-0789-0

Ⅰ. I242.4

中国国家版本馆 CIP 数据核字第 20241BE121 号

廿载繁华梦（中国古典世情小说）

著　　者	（清）黄小配
责任编辑	陈棣芳
封面设计	未来趋势

出版发行　应急管理出版社（北京市朝阳区芍药居 35 号　100029）
电　　话　010 - 84657898（总编室）　010 - 84657880（读者服务部）
网　　址　www. cciph. com. cn
印　　刷　三河市元兴印务有限公司
经　　销　全国新华书店

开　　本　880mm×1230mm$^1/_{32}$　印张　$6^7/_8$　字数　166 千字
版　　次　2025 年 6 月第 1 版　2025 年 6 月第 1 次印刷
社内编号　20241087　　　　　　定价　59.80 元

前言

《廿载繁华梦》又名《粤东繁华梦》，清末谴责小说，共四十回。

《廿载繁华梦》的作者黄小配（1872—1912），名世仲，号棣荪，广东番禺人。1901 年参加兴中会的外围组织中和堂；1905 年参加同盟会；1903 年担任《中国日报》记者，先后参与创办《世界公益报》《广东日报》《有所谓报》《香港少年报》等。其小说著作，除《廿载繁华梦》外，还有《洪秀全演义》《大马扁》《宦海升沉录》《黄粱梦》《五日风声》《党人碑》等，内容大多揭露清末社会腐败、抨击保皇党人物、提倡民族民主革命，艺术手段亦多种多样，堪称近代小说史上成就卓著的作家之一。

《廿载繁华梦》以广东海关库书周庸祐 20 年间从发迹到败逃的遭遇为题材，是一部描写真人真事之作。作品围绕对主人公二十载繁华终成一梦的叙写，展开了对清王朝末期上自朝廷、下至民间广阔的社会生活的描绘，把以贪赃枉法、卖官鬻爵、寻花问柳、携妓纳妾为全部生活内容的整个官场的龌龊腐朽和盘托至读者面前，使人看到清王朝的不可救药，尖锐地批判了晚清的现实社会。

《廿载繁华梦》的作者对清末官场的腐败有深刻的认识，认为"挽腐败而使之昌明"，或者"在行政的体系中造成一个根本的改变，局部的和逐步的改革都是无望的"，所以就在小说中，通过人物命运的变化，尽情地揭露了当时官场之黑暗腐败，以警醒世人。小说中的周庸祐，本是个吏员，没读过书，却照样做大官，真是"官场当比商场弄，利路都从仕路谋"，做官与做生意已别无二致！而且为了使官爵之获取显得名正言顺，有钱人还会用钱直接购买科举功名。周庸祐就用二万两银子，为自己才十二三岁的儿子捐了一个举人回来。小说还描写了两广总督为筹备赔款款项，而对广东人民、广东乡宦大绅进行了惊心动魄的敲诈勒索。如第一回写张总督查办广东海关库书，"敲诈富户，帮助军粮"，使得傅成弃家而逃；第十回写"张大帅因中法在谅山的战事，自讲和之后，这赔款六百万由广东交出，此事虽隔数年，为因当日挪移这笔款，故今日广东的财政，十分支绌，专凭敲诈富户"。从中可以看出中法战争的灾难之深重。小说作者的思想意图，就是为了表达对国势衰败、外族入侵的悲愤，以唤醒国民的爱国主义情感。

在艺术描写上，《廿载繁华梦》不像一般谴责小说那样，掇拾官场话柄以连缀成篇，而是抓住周庸祐廿载繁华由盛而衰的全过程，历叙其如何发迹，如何骄奢淫逸，如何谋取高官，如何被参抄家、流落异国，从而使作品成为传记式的长篇小说，在晚清小说众多的人物画廊中平添了一个恶棍的艺术形象。

此次再版，我们对原书中的笔误、缺漏和难解字词进行了更正、校勘和释义，对原书原来缺字的地方用□表示了出来，以方便读者阅读。由于时间仓促，水平有限，其中难免有所疏失，望专家和读者予以指正。

编者

2024 年 11 月

序一

　　沧桑大陆，依稀留劫外之棋；混沌众生，仿佛入邯郸之道。香迷蝴蝶，痴梦难醒；悟到木犀，灵魂已散。看几许英雄儿女，滚滚风尘；都付与衰草夕阳，茫茫今古。此金圣叹所谓"大地梦国，古今梦影，荣乐梦事，众生梦魂"者也。然沉醉仙乡，陈希夷[1]千年睡足；迷离枯冢，丁令威[2]今日归来。人间为短命之花，桃开千岁；天上是长生之树，昙现刹那。从未有衣冠王谢，转瞬都非；宫阙邮亭，当场即幻。就令平波往复，天道自有循环；无如世路崎岖，人心日形叵测。虽水莲泡影，达观久付虚空；然飞絮沾濡，识者能无感喟？此《廿载繁华梦》之所由作也。黄君小配，挟子胥吹箫之技，具太冲作赋之才。每拔剑以唾壶，因人抱怨；或废书而陨涕，为古担忧。自昔墨客词人，慷慨每征于歌咏；忧时志士，感愤即寄于文章。况往事未陈，情焉能已？伊人宛在，末如之何。对三秋萧瑟之悲，纪廿载繁华之梦。盖以宋艳班香，赏雅而弗能赏俗；南华东野，信耳而未必信心。于是拾一代之蜗闻，作千秋之龟鉴。或写庸夫俗子，弹指而佩玉带金鱼；或叙约素横波，转眼而作囚奴灶婢。长乐院之珠帘画栋，回首何堪？未央宫之绿鬓朱颜，伤心莫问。乌衣旧巷，燕去堂空；白鹭荒洲，鱼潜水静。今日重经故垒，能不感慨系之乎？更有根骈兰艾，薰莸之气味虽殊；谊属葭莩，瓜蔓之灾殃亦到。休计冤衔于围马，已连祸及乎池鱼。可怜宦海风潮，鲸鲵未息；试看官场攫噬，鹰虎弗如。嗟乎嗟乎！廿年幻梦，如此收场；

---

[1] 陈希夷：名抟，字国南，自号扶摇子，安徽亳州人，宋初著名道家隐士，后人称为"陈抟老祖""睡仙"等。

[2] 丁令威：道教崇奉的古代仙人。《逍遥墟经》记载，他为辽东人，学道于灵墟山，成仙后化为仙鹤。

万里故乡，罔知所适。若论祸福，塞翁之马难知；语到死生，庄子之龟未卜。叹浮生其若梦，为欢几何？抚结局以如斯，前尘已矣。二十载繁华往事，付与茶余酒后之谈；数千言锦绣文章，都是水月镜花之影。丁未重阳后十日华亭过客学吕谨序。

序二

　　吾粤溯殷富者，道、咸间，曰卢，曰潘，曰叶。其豪奢煊赫勿具论，但论潘氏有《海山仙馆丛书》及所摹刻古帖，识者宝之。叶氏《风满楼帖》，亦为士林所珍贵。卢氏于搜罗文献，寂无所闻，顾尝刻《鉴史提纲》，便于初学，文锦亲为作序，则卢氏殆亦知尊儒重学者。虽皆不免于猎名乎，其文采风流，亦足尚矣。越近时有所谓南海周氏者，以海关库书起其家。初寓粤城东横街，门户乍恢宏，意气骄侈。而周实不通翰墨，通人亦不乐与之相接近。彼所居固去万寿宫弗远也，周以此意示某，嘱为撰门联。某乃愚弄之，其词曰："宫阙近螭头。"是以周之室比诸王宫也。且句法实不可解，而周遽烂然雕刻，悬诸门首。越数日，某友晓之曰："此联岂惟欠通，且欲控君僭拟宫阙，而勒索多金也。"周乃怃然惧，命家人立斫[1]之以为薪，然人多寓目矣。以周比潘、卢、叶，则潘、卢、叶近文，而周鄙野也。东横街家屋被烬后，迁寓西关宝华正中约。该屋本郭氏物，而顺德黎氏拆数屋以成一大屋。黎以宦闽也，售诸周氏，周又稍扩充之。虽阔八间过，然平板无曲折，入其门，一览可尽。且深不逾十二丈，以视潘、卢、叶，又何如也？河南安海，所谓伍榜三大屋者，即卢氏故址。近年来虽拆为通衢，顾改建二三间过之屋，弥望皆是，则其地之恢广殆可知。潘氏除宅子不计，海山仙馆宽逾数亩，老圃犹能道及。叶氏宅与祠连，有叶家祠之称。第十甫而外，自十六甫以至旋源桥下，皆叶氏故址也，是以房屋一端而论，又潘、卢、叶广而周隘矣。呜呼！周之繁华，岂吾粤之巨擘哉？但以官论，则周差胜。盖潘得简运司，以为殊荣，而卢、叶则不过部郎而已，未若周之由四品京堂而三品京堂也。虽然，其为南柯一梦，则彼此皆同。潘以欠饷被查抄，卢、叶亦日就零落，甚至弃其

---

[1] 斫（zhuó）：用刀斧砍。

木主于社坛，放而不祀。迄今故老道其遗事，有不欷歔感喟，叹人生若梦，为欢几何者乎？彼周氏者，旋放钦差大臣，旋被参籍没，引富人覆没之历史，又有不以潘、卢、叶为比例者乎？顾潘、卢所享，约计各有五十年，潘、卢则及身而败，与周相同；叶则及其子孙，繁华乃消歇，与周小异。而计享用之久暂，则周甚暂，而潘、卢、叶差久，盖彰然明矣。此所以适成其为二十载繁华梦，而作书者于以有词也。曩^[1]有伍氏者，亦以富称，然持以与周较，则文采宫室，皆视周为胜，享用亦稍久。至今衰零者虽过半，而园囿尚有存者。惟伍氏官爵不逾布政司衔，逊于周之京卿。顾今尚可以此傲庸人也，则胜于周之参革矣。嗟夫！地球一梦境耳，人类胥傀儡耳，何有于中国？何有于中国广东之潘、卢、伍、叶及周氏？然梦中说梦，亦人所乐闻，其有于酒后，或作英雄梦，或作儿女梦，或作人间必无是事之梦，而梦境才醒之际，执此卷向昏灯读之，当有悲喜交集而歌哭无端者。光绪丁未中秋节曼殊庵主叙。

---

[1] 曩（nǎng）：以往，从前，过去。

目录

诗曰：

世途多幻境，因果话前缘。

别梦三千里，繁华二十年。

人间原地狱，沧海又桑田。

最怜罗绮地，回首已荒烟。

第一回

就关书负担访姻亲　买职吏匿金欺舅父

喂！近来的世界，可不是富贵的世界吗？你来看那富贵的人家，住不尽的高堂大厦，爱不尽的美妾娇妻，享不尽的膏粱文绣[1]，快乐的笙歌达旦，趋附的车马盈门。自世俗眼儿里看来，倒是一宗快事。只俗语说得好，道是："富无三代享。"这个是怎么原故呢？自古道："世族之家，鲜克由礼。"那纨绔子弟，骄奢淫逸，享得几时？甚的欺瞒盗骗，暴发家财，尽有个悖出[2]的时候。不转眼间，华屋山丘，势败运衰，便如山倒，回头一梦。百年来闻的见的，却是不少了。

而今单说一位姓周的，唤做庸祐，别号栋臣。这个人说来倒是广东一段佳话。若问这个人生在何时何代，说书的人倒忘却了，犹记得这人本贯是浙江人氏，生平不甚念书，问起爱国安民的事业，他却分毫不懂。惟是弄功名、取富贵，他还是有些手段。常说道："富贵利达，是人生紧要的去处，怎可不竭力经营？"以故他数十年来，都从这里造工夫的。他当祖父在时，本有些家当，到广东贸易多年，就寄籍南海那一县。奈自从父母没后，正是一朝权在手，财产由他挥霍，因此上不多时，就把家财弄得八九了。还亏他父兄在时，交游的还自不少，多半又是富贵中人，都有些照应。就中一人唤做傅成，排行第二，与那姓周的本有个甥舅的情分，向在广东关部衙门里当

---

[1] 膏粱文绣：锦衣玉食的奢华生活。膏粱，肥肉和细粮，泛指美味的饭菜。

[2] 悖（bèi）出：把钱胡乱花掉。

一个职分[1]，唤做库书[2]。论起这个库书的名色，本来不甚光荣，惟是得任这个席位，年中进项却很过得去。因海关从前是一个著名的优缺，年中措办金叶进京，不下数万两，所以库书就凭这一件事经手，串抬金价，随手开销，或暗移公款，发放收利。其余种种瞒漏，哪有不自饱私囊的道理？故傅成就从这里起家，年积一年，差不多已有数十万的家当。那一日，猛听得姐丈没了，单留下外甥周庸祐，赌荡花销，终没有了期。看着他的父亲面上，倒是周旋他一二，才不愧一场姻戚的情分。况且库书里横竖要用人的，倒不如栽培自己亲朋较好。想罢，便修书一封，着周庸祐到省来，可寻一个席位。

这时，周庸祐接了舅父的一封书，暗忖在家里料然没甚么好处，今有舅父这一条路，好歹借一帆风，再见个花天锦地的世界，也未可定。便拿定了主意，把家产变些银子傍身，草草打叠些细软。往日欠过亲友长短的，都不敢声张，只暗地里起程，一路上登山涉水，望省城进发。还喜他的村乡唤做大坑，离城不远，不消一日，早到了羊城[3]，但见负山含海，比屋连云，果然好一座城池，熙来攘往，商场辐辏，端的名不虚传！周庸祐便离舟登岸，雇了一名挑夫，肩着行李，由新基码头转过南关，直望傅成的府上来。到时，只见一间大宅子，横过三面，头门外大书"傅寓"两个字。周庸祐便向守门的通个姓名，称是大坑村来的周某，敢烦通传去。那守门的听罢，把周庸祐上下估量一番，料他携行李到来，不是东主的亲朋，定是戚友，便上前答应着，一面着挑夫卸下行李，然后通传到里面。

当下傅成闻报，知道是外甥到了，忙即先到厅上坐定，随令守门的引他进来。周庸祐便随着先进头门，过了一度屏风，由台阶直登正厅上，早见着傅成，连忙打躬请一个安，立在一旁。傅成便让他坐下，寒暄过几句，又把他的家事与乡关风景问了一会，周庸祐都糊混答过了。傅成随带他进后堂里，和他的妗娘[4]及中表兄弟姐妹一一相见已毕，然后安置他到书房里面。看他行李不甚齐备，又带他添置多少衣物。一连两天，都是张筵把盏，姻谊相逢，好不热闹。

---

[1] 职分：职务。
[2] 库书：旧时官府仓库中掌管造册登记等事的吏员。
[3] 羊城：广州的别称。
[4] 妗（jìn）娘：舅母。

　　过了数天，傅成便带他到关部衙里，把自己经手的事件，一一交托过他，当他是个管家一样。自己却在外面照应，就把一个席丰履厚[1]的库书，竟像他一人做起来了。只是关部的库书里，所有办事的人员，都见周庸祐是居停[2]的亲眷，哪个不来巴结巴结？这时只识得一个周庸祐，哪里还知得有个傅成？那周庸祐偏又有一种手段，却善于笼络，因此库书里的人员，同心协谋，年中进项，反较傅成当事时加多一倍。

　　光阴似箭，不觉数年。自古道："盛极必衰。"库书不过一个书吏，若不是靠着侵吞鱼蚀[3]，试问年中如许进项，从哪里得来？不提防来了一位姓张的总督，本是顺天直隶的人氏，由翰林院出身，为人却工于心计，筹款的手段，好生了得。早听得关部里百般舞弊，叵耐从前金价很平，关部入息甚丰，是以得任广东关部的，都是皇亲国戚，势力大得很，若要查究，毕竟无从下手。不如舍重就轻，因此立心要把一个库书查办起来。当下傅成听得这个风声，一惊非小，自念从前的蓄积，半供挥霍去了，所余的都置了产业，急切间变动却也不易。又见查办拿人的风声，一天紧似一天，计不如走为上着。便把名下的产业，都糊混写过别人，换了名字，好歹规避一时。间或欠人款项的，就拨些产业作抵，好清首尾。果然一二天之内，已打点得停停当当。其余家事，自然寻个平日的心腹交托去了。正待行时，猛然醒起：关部里一个库书，自委任周庸祐以来，每年的进项，不下二十万金，这一个邓氏铜山[4]，倒要打点打点。虽有外甥在里面照应将来，但防人心不如其面。况且自己去后，一双眼儿看不到那里，这般天大的财路，好容易靠得住，这样是断不能托他的了。只左思右想，总没一个计儿想出来。那日挨到夜分[5]，便着人邀周庸祐到府里商酌。

　　周庸祐听得傅成相请，料然为着张总督要查办库书的事情了，肚子里暗忖道：此时傅成断留不得广东，难道带得一个库书回去不成？他若去时，乘这个机会，或有些好处。若是不然，哪里看得甥舅的情面？倒要想条计儿，

[1]席丰履厚：生活舒适，家庭阔绰豪华。
[2]居停：寄居之处的主人。
[3]鱼蚀：侵夺财物。
[4]铜山：金钱；钱库。
[5]夜分：夜半。

弄到自己的手上才是。想罢,便穿过衣履,离了关部衙门,直望傅成的宅子去。

这时,傅成的家眷早已迁避他处,只留十数使唤的人在内。周庸祐是常常来往的,已不用通传,直进府门到密室那里,见着傅成,先自请了一个安,然后坐下。随说道:"愚甥正在关部库书里,听得舅父相招,不知有什么事情指示?"傅成见问,不觉叹一口气道:"甥儿,难道舅父今儿的事情,你还不知道么?"周庸祐道:"是了,想就是为着张大人要查办的事。只还有愚甥在这里,料然不妨。"傅成道:"正为这一件事,某断留不得在这里。只各事都发付停妥,单为这一个库书,是愚舅父身家性命所关系,虽有贤甥关照数目,只怕张大人怒责下来,怕只怕有些变动,究竟怎生发付才好?"周庸祐听罢,料傅成有把这个库书转卖的意思。暗忖张总督这番举动,不过是敲诈富户,帮助军糈[1]。若是傅成去了,他碍着关部大臣的情面,恐有牵涉,料然不敢动弹。且自己到了数年,已积余数万家资,若把来转过别人,实在可惜。倘若是自己与他承受,一来难以开言,二来又没有许多资本。不如催他早离省城,哪怕一个库书不到我的手里?就是日后张督已去,他复回来,我这时所得的,料已不少。想罢,便故作说道:"此时若待发付,恐是不及了。实在说,愚甥今天到总督衙里打听事情,听得明天便要发差拿人的了,似此如何是好?"傅成听到这里,心里更自惊慌,随答道:"既是如此,也没得可说,某明早便要出城,搭轮船往香港去。此后库书的事务,就烦贤甥关照关照罢了。"说罢,周庸祐都一一领诺,仍复假意安慰了一会。是夜就不回关里去,糊混在这宅子里,陪傅成睡了一夜。一宿无话。

越早[2]起来,还未梳洗,便催傅成起程,立令家人准备了一顶轿子,预把帘子垂下,随拥傅成到轿里。自己随后唤一顶轿子,跟着傅成,直送出城外而去。那汽船的办房,是傅成向来认得的,就托他找一间房子,匿在那里。再和周庸祐谈了一会儿,把一切事务再复叮咛一番,然后洒泪而别。慢表周庸祐回城里去。

且说傅成到了船上,忽听得钟鸣八句,汽筒响动,不多时船已离岸,

---

[1] 军糈(xǔ):军粮。

[2] 越早:很早。

鼓浪扬轮，直望香港进发。将近夕阳西下，已是到了。这时香港已属英人管辖，两国所定的条约，凡捉人拿犯，却不似今日的容易。所以傅成到了这个所在，倒觉安心，便寻着亲朋好住些时，只念着一个库书，年中有许多进项，虽然是逃走出来，还不知何日才回得广东城里去，心上委放不下。况且自己随行的银子，却是不多，便立意将这个库书，要寻人承受。

偏是事有凑巧，那一日正在酒楼上独自酌酒，忽迎面来了一个汉子，生得气象[1]堂堂，衣裳楚楚。大声唤道："傅二哥，几时来的？"傅成举头一望，见不是别人，正是商人李德观。急急的上前相见，寒暄几句，李德观便问傅成到香港什么缘故。傅成见是多年朋友，便把上项事情，一五一十的对李德观说来。德观道："老兄既不幸有了这宗事故，这个张总督见钱不眨眼的，若放下这个库书，倚靠别人，恐不易得力。老兄试且想来。"傅成道："现小弟交托外甥周庸祐，在内里打点。只行程忙速，设法已是不及了。据老兄看来，怎么样才好？"李德观道："足下虽然逃出，名字还在库书里，首尾算不得清楚。古人说，'一不做，二不休'。不如把个库书让过别人，得回银子，另图别业，较为上策。未审尊意若何？"傅成道："是便是了，只眼前没承受之人，也是枉言。"德观道："足下既有此意，但不知要多少银子？小弟这里，准可将就。"傅成道："彼此不须多说，若是老兄要的，就请赏回十二万两便是。"德观道："这没打紧。但小弟是外行的，必须贵外甥蝉联那里，靠他熟手[2]，小弟方敢领受。"傅成道："这样容易，小弟的外甥，更望足下栽培。待弟修书转致便是。"德观听了，不胜之喜。两人又说了些闲话，然后握手而别。

不想傅成回到寓里，一连修了两封书，总不见周庸祐有半句回复，倒见得奇异。暗忖甥舅情分，哪有不妥？且又再留他在那里当事，更自没有不从。难道两封书总失落了不成？一连又候了两天，都是杳无消息。李德观又来催了几次，觉得没言可答。没奈何，只得暗地再跑回省城里，冒死见周庸祐一面，看他怎么缘故？谁想周庸祐见了傅成，心里反吃一惊，暗忖他如何有这般胆子，敢再进城里来？便起迎让傅成坐下，反问

---

[1] 气象：气概，气派。
[2] 熟手：熟悉某项工作的人。

他回省作甚。傅成愕然道："某自从到了香港，整整修了几封书，贤甥这里却没一个字回复，因此回来问问。"周庸祐道："这又奇了，愚甥这里却连书信的影儿也不见一个，不知书里还说甚事？可不是泄漏了不成？"傅成见他如此说，便把上项事情说了一遍。周庸祐道："这样愚甥便当告退。"傅成听罢大惊道："贤甥因何说这话？想贤甥到这里来，年中所得不少，却不辱没了你。今某在患难之际，正靠着这一副本钱逃走，若没有经手人留在这里，他人是断不承办得了。"周庸祐道："实在说，愚甥若不看舅父面上，早往别处去。恐年中进项，较这里还多呢。"傅成听到这语，像一盘冷水从头顶浇下来，便负气说道："某亦知贤甥有许大本领，只可惜屈在这里来。今儿但求赏脸，看甥舅的面上就是了。"周庸祐道："既是这样，横竖把个库书让人，不如让过外甥也好。"傅成道："也好，贤甥既有这个念头，倒是易事，只总求照数交回十二万两银子才好。"周庸祐道："愚甥这里哪能筹得许多，只不过六万金上下可以办得来。依舅父说，放着甥舅的情分，顺些儿罢。"傅成听罢，见他如此，料然说多也不得，只得说了一回好话，才添至七万金。说妥，傅成便问他兑付银子。周庸祐道："时限太速，筹措却是不易，现在仅有银子四万两上下，舅父若要用时，只管拿去，就从今日换名立券。余外三万两，准两天内汇到香港去便是。愚甥不是有意留难的，只银两比不得石子，好容易筹得，统求原谅原谅，愚甥就感激的了。"当下傅成低头一想，见他这样手段，后来的三万两，还恐靠他不住。只是目前正自紧急，若待不允，又不知从哪里筹得款项回去，实在没法可施，勉强又说些好话。奈周庸祐说称目前难以措办。没奈何傅成只得应允，并嘱道："彼此甥舅，哪有方便不得。只目下不比前时，手上紧得很，此外三万两，休再缓了时日才好。"周庸祐听罢，自然允诺，便把四万两银子，给了汇票，就将库书的名字，改作周耀熊，立过一张合同。各事都已停妥，傅成便回香港去。正是：

　　　资财一入奸雄手，姻娅[1]都藏鬼蜮[2]心。

　　要知后事如何，且听下回分解。

---

[1] 姻娅：亲家和连襟，泛指婚姻和姻亲。

[2] 鬼蜮（yù）：害人的鬼和怪物，比喻阴险的人。

第二回

领年庚 [1] 演说书吏　论妆奁 [2] 义谏豪商

话说周庸祐交妥四万两银子，请傅成立了一张书券，换过周耀熊的名字，其余三万两银子，就应允一二天汇到香港那里。傅成到了此时，见手头紧得很，恨不得银子早到手上，没奈何只得允了，立刻跑回香港，把上项情节，对李德观说了一遍。德观道："既是这个库书把来卖过别人，贵外甥不肯留在那里，这也难怪。只老兄这会短收了五万两，实差得远。俗语说得好，'肥水不过别人田'。彼此甥舅情分，将来老兄案情妥了，再回广东，还有个好处，也未可定。"傅成道："足下休说这话。他若是看甥舅的情面，依我说，再留在库书里，把来让过足下，小弟还多五万两呢，他偏要弄到自己手上。目前受小弟栽培，尚且如此，后来还哪里靠得住？"说罢，叹息了一番，然后辞回寓里。

不提防过了三天，那三万两银子总不见汇到，傅成着了急，只得修书催问几次，还不见有消息。又过了两天，才接得周庸祐一封书到来，傅成心上犹望里面夹着一张汇票，急急的拆开一看，却是空空如也，仅有一张八行信笺，写了几行字，倒是说些糊里糊涂的话。傅成仔细一看，写道：

> 舅父大人尊前：愚外甥周庸祐顿首，叠蒙不弃，力为栽培，不胜铭感。及舅父不幸遭变，复蒙舅父赏脸，看姻谊情分，情愿减收五万两，将库书让过愚甥，仰怀高厚，惭感莫名。所欠三万两，本该如期奉上。奈张制帅稽察甚严，刻难移动。且声言如购拿舅父不得，必将移罪库书里当事之人，似此则愚甥前途得失，尚在可危可惧也。香港非宜久居之地，望舅父速返申江，该款容后筹寄。忝 [3] 在姻谊，又荷 [4] 殊恩，断不食言，以负大德。

---

[1] 年庚：指出生的年、月、日、时，八字帖。

[2] 妆奁（lián）：嫁妆。

[3] 忝（tiǎn）：谦辞。表示辱没别人，自己有愧。

[4] 荷：承受。

因恐舅父过稽时日，致误前程，特贡片言，伏惟荃鉴。并颂旅安。

傅成看罢，气得目定口呆，摇首叹一口气，随说道："他图赖这三万银子，倒还罢了，还拿这些话来吓我，如何忍得他过？只眼前却不能和他合气，权忍些时，好歹多两岁年纪，看他后来怎地结果。"正恨着，只见李德观进来，忙让他坐下。德观便问省城有什么信息，傅成一句话没说，即把那一封书叫德观一看，德观看了，亦为之不平，不免代为叹息，随安慰道："这样人在此候他，也是没用，枉从前不识好歹，误抬举了他。不如及早离了香港，再行打算罢。且此人有这样心肝，老兄若是回省和他理论，反恐不便。"说罢，傅成点头答一声"是"，李德观便自辞出。傅成立刻挥了一函，把周庸祐骂了一顿，然后打叠行程，离了寓所，别过李德观，附轮望上海而去。按下慢表。

且说周庸祐自从计算傅成之后，好一个关里库书，就自己做起来。果然张总督查得傅成已自逃走，恐真个查办出来，碍着海关大臣的情面，若有牵涉，觉得不好看，就把这事寝息[1]不提。周庸祐这时好生安稳，已非一日，手头上越加充足了。因思少年落拓，还未娶有妻室，却要托媒择配才是。暗忖在乡时一贫似洗，受尽邻里的多少揶揄[2]，这回局面不同，不如回乡择聘，多花几块钱，好夸耀村愚，显得自己的气象。想罢，便修书一封，寄回族中兄弟唤做周有成的，托他办这　件事。

自那一点消息传出，那些做媒的就纷纷到来，说某家的女儿好容貌，某家的好贤德，来来往往，不能胜数。就中单表一个惯做媒的唤做刘婆，为人口角春风，便是《水浒传》中那个王婆还恐比他不上。那日找着周有成，说称："附近乐安墟的一条村落，有所姓邓的人家。这女子生得才貌双全，他的老子排行第三，家道小康，在佛山开一间店子，做纸料数部的生理。那个招牌，改作口盛字号，他在店子里司事，为人忠厚至诚，却是一个市廛[3]班首。因此教女有方，养成一个如珠似玉的女儿，不特好才貌，还缠得一双小足儿，现年十七岁，待字深闺。周老爷这般门户，配他却是不错。"周有成听得答道："这姓邓的，我也认得他，他的女儿，也听说很好。就烦妈妈寻一纸年庚过来，待到庙堂里上一炷香，祈一道灵签，凭神做主。至于门户，自然登对，倒不

[1] 寝息：停止；平息。
[2] 揶揄（yé yú）：嘲笑。
[3] 市廛（chán）：店铺集中的市区。

消说了。"

　　刘婆听了，欢喜不尽的辞去，忙跑到姓邓的家里来。见着邓家娘子，说一声："三娘有礼。"那邓家三娘子认得是做媒的刘婆，便问他来意。刘婆道："无事不登三宝殿，有句话要对三娘说。"三娘早已省得，碍着女儿在旁，不便说话，便带他到厅上来。

　　分坐后，刘婆道："因有一头好亲事，特来对娘子说一声。这个人家，纵横黄鼎、神安两司，再不能寻得第二个。贵府上的千金姐姐，若不配这等人家，还配谁人？"三娘道："休要夸奖，妈妈说得究是哪一家，还请明白说。"刘婆道："恐娘子梦想不到这个人家要来求亲，你试且猜来，猜着时，老身不姓刘了。"三娘道："可不是大沥姓钟的绅户不成？"刘婆道："不是。"三娘道："若不然，恐是佛山王、梁、李、蔡的富户。"刘婆道："令爱千金贵体，自不劳远嫁，娘子猜差了。"三娘道："难道是松柏的姓黄，敦厚的姓陈吗？"刘婆笑道："唉！三娘越差了，那两处有什么人家，老身怎敢妄地赞他一句？"三娘道："果然是真个猜不着了。"刘婆道："此人来往的是绝大官绅，同事的是当朝二品，万岁爷爷的库房都由他手上管去。说来只怕吓坏娘子，娘子且壮着胆儿听听，就是大坑村姓周唤做庸祐的便是。"邓家三娘听得，登时皱起蛾眉，睁开凤眼，骂一声："哎哟！妈妈哪里说？这周庸祐我听得是个少年无赖，你如何瞒我？"刘婆道："三娘又错了，俗语说：'宁欺白须公，莫欺少年穷。'他自从舅父抬举他到库书里办事，因张制台要拿他舅父查办，他舅父逃去，就把一个库书让过他，转眼二三年，已自不同。娘子却把一篇书读到老来，岂不可笑？"三娘道："原来这样。但不知这个库书有什么好处？"刘婆道："老身听人说，海关里有两个册房，填注出进的款项，一个是造真册的，一个是造假册的。真册的，自然是海关大臣和库书知见；假册的，就拿来虚报皇上。看来一个天字第一号优缺的海关，都要凭着库书舞弄。年中进项，准由库书经手，就是一二百万，任他拿来拿去，不是放人生息，即挪移经商买卖，海关大员，却不敢多管。还有一宗紧要的，每年海关兑金进京，那库书就预早高抬金价，或串通几家大大的金铺子，瞒却价钱，加高一两换不等。因这一点缘故，那库书年中进项，不下二十万两银子了。再上几年，怕王公还赛他不住。三娘试想，这个门户，可不是一头好亲事吗？"邓家三娘听罢，究竟妇人家带着几分势利，已有些愿意，还不免有一点狐疑，遂又说道："这样果然不错，只怕男家的有了几岁年纪，岂不辱没了我的女儿？"刘婆道："娘子忒呆了！现在库书爷爷，不过二十来岁，俗语说：'男人三十一枝花。'如何便说他上了年纪？难道娘子疯了不成？"邓家三娘听到这里，经过刘婆一番唇舌，更没有思疑，当即允了，拿过一纸年庚，给刘婆领去。

那周有成自没有不妥，一面报知周庸祐，说明门户怎么清白，女子怎么才德，已经说合的话。周庸祐好不欢喜，立即令人回乡，先建一所大宅子，然后迎亲。先择日定了年庚，跟手又行过文定 [1]。不两月间，那所宅子又早已落成，登即回乡行进伙礼。当下亲朋致贺，纷纷不绝。有送台椅的，有送灯色的，有送喜联帐轴的，不能胜数。乡人哪不叹羡，都说他时来运到，转眼不同。过了这个时候，就商量娶亲的事。先向邓家借过女子的真时日，随后择定了日子。那乡人见着这般豪富的人家，哪个不来讨殷勤、帮办事？不多时，都办得停停妥妥。统计所办女子的头面 [2]，如金镯子、钗环、簪珥、珍珠、钢石、玉器等等，不下三四千两银子。那日行大聘礼，扛抬礼物的，何止二三百人。到了完娶的时候，省、佛亲朋往贺的，横楼花舫，填塞村边河道。周庸祐先派知客十来名招待，雇定堂倌二三十人往来奔走，就用周有成作纪纲 [3]，办理一切事宜。先定下佛山五福、吉祥两家的头号仪仗，文马二十顶、飘色十余座、鼓乐马务大小十余副，其余牌伞执事，自不消说了，预日俟候妆奁进来。

不想邓家虽然家道小康，却是清俭不过的，与姓周的穷奢极侈，却有天渊之别。那妆奁到时，周有成打开闺仪录一看，不过是香案高照、台椅半副、马胡两张、八仙桌子一面、火箩大柜、五七个杠箱。其余的就是进房台椅，统通是寻常奁具而已。周家看了，好生不悦。那阿谀奉承的，更说大大门户，如何配这个清俭人家？这话刺到周庸祐耳朵里，更自不安，就怨周有成办事不妥，以为失了面子。周有成看得情景，便说道："某说得是门户清白，女子很好，哪有说到妆奁？你也如何怨我？"周庸祐听了，也没话可答。只那些护送妆奁的男男女女，少不免把姓周的议论妆奁之处，回去对邓家一五一十地说来。邓家这时好生愤怒，暗忖他手上有了几块钱，就说这些豪气话，其实

---

[1] 文定：定婚。
[2] 头面：旧时妇女头上妆饰品的总称。
[3] 纪纲：主事。

一个衙门役吏，还敢来欺负人。心上本十分不满，只横竖结了姻家，怎好多说话，只得由他罢了。

　　且说周家到了是日，分头打点起轿。第一度是金锣十三响，震动远近，堂倌骑马，拿着拜帖，拥着执事牌伞先行。跟手一匹飞报马，一副大乐，随后就是仪仗。每两座彩亭子，隔两座飘色，硬彩软彩各两度，每隔两匹文马。第二度安排倒是一样，中间迎亲器具，如龙香三星钱狮子，都不消说。其余马务鼓乐，排匀队伍，都有十数名堂倌随着。最后八名人夫，扛着一顶彩红大轿，炮响喧天，锣鸣震地。做媒的乘了轿子，宅子里人声喧做一团，无非是说奉承吉祥的话。起程后，在村边四面行一个圆场，浩浩荡荡，直望邓家进发。且喜路途相隔不远，不多时，早到了。这时哄动附近村乡，扶老携幼，到来观看，哪个不齐声赞美？一连两三天，自然是把盏延宾，好不热闹！

　　那夜邓家打发女儿上了轿子，送到周家那里，自然交拜天地，然后送入洞房。那周庸祐一团盛气，只道自己这般豪富，哪怕新娘子不喜欢？正要卖些架子，好待新娘子奉承。谁想那新娘子是一个幽闲贞静的女流，素性不喜奢华的。昨儿听得姓周的人把他妆奁谈长说短，早知他是个骤富忘贫的行货子，正要拿些话来拨醒他。便待周庸祐向他下礼时，乘机说道："怎敢劳官人多礼？自以穷措大的女儿，攀不上富户，好愧煞人！"周庸祐道："这是天缘注定，娘子如何说这话？"邓新娘子道："妆奁不备，落得旁人说笑，哪能不识羞耻？只是满而必溢，势尽则倾，古来多少豪门，转眼田园易主，阀阅[1]非人。你来看富如石崇[2]，贵若严嵩[3]，到头来少不免沿途乞丐，岂不可叹？今官人藉姻亲关照，手头上有了钱，自应保泰持盈，廉俭持家，慈祥种福，即子子孙孙，或能久享。若是不然，是大失奴家的所望了。"周庸祐听了这一席话，好似一盘冷水从头顶浇下来。呆了半晌，说不出一句话，暗忖他的说话，本是正经道理，只自己方要摆个架子，拿来让他看看，谁想他反要教导自己，如何不气？正是：

　　　　良缘未订闺房乐，苦口先陈药石言。

　　要知后事如何，且听下回分解。

---

[1] 阀阅：功勋。
[2] 石崇：字季伦，西晋文学家，很是富有。
[3] 严嵩：字惟中，明朝重要权臣，家产极富。

第三回

返京城榷使殒中途　闹闺房邓娘归地府

却说周庸祐洞房那一夜，志在拿些奢华的架子，在邓娘跟前闹腔，谁想邓氏不瞅不睬，反把那些大道理责他一番。周庸祐虽然心中不快，只觉得哑口无言，胡混过了。

那一宿无话，巴不等到天明，就起来梳洗，心中自去埋怨周有成。惟奈着许多宾朋在座，外面却不敢弄得不好看。一面打点庙见[1]，款待宾朋，整整闹了三五天。一月之后，就把邓氏迁往省城居住。早在东横街买定一所一连五面过的大宅子，装饰过门户，添上十来名梳佣[2]丫环，又是一番气象。怎奈与邓氏琴瑟[3]不和，这不是邓氏有些意见，只那周庸祐被邓氏抢白几句，不免怀恨在心里。自到省城住后，不到两月，就凭媒买得河南姓伍的大户一口婢女，做个偏房，差不多拿他作正室一般看待，反把邓氏撇在脑背后了。

不觉光阴似箭，又是一年。这时正任粤海关监督正是晋祥，与恭王殿下本有些瓜葛，恭王正在独揽朝纲，因此那晋祥在京里倒有些势力。周庸祐本是个眼光四射的人，不免就要巴结巴结，好从这里讨一个好处。那晋祥又是个没头脑的人，见周庸祐这般奉承，好不欢喜，所以就看上了他，拿他当一个心腹人员看待。及到了满任之期，便对周庸祐说道："本部院自到任以来，只见得兄弟很好，奈目下满任，要回京里去，说起交情两个字，还舍不得兄弟。想兄弟在这库书里，手头上虽过得去，不如图个出身，还可封妻荫子，光宗耀祖。就请纳资捐个官儿，随本部院回京，在王爷府里讨个人情，好歹谋得一官半职，也不辱没一世，未审兄弟意

---

[1] 庙见：古代婚礼。指女子嫁至夫家，拜见公婆，谒见祖庙。
[2] 梳佣：为女主人梳妆的女佣。
[3] 琴瑟：以琴瑟声音的应和比喻夫妻感情好坏。

下如何？"周庸祐听罢，暗忖这番说话，是很有道理。凑巧自己和他有这般交情，他回京又有这般势力，出身原是不难。人生机会，不可多得，这时节怎好错过？想罢，便答道："大人这话，是有意抬举小人，哪有不喜欢的道理。只怕小人一介愚夫，懂不得为官作宦，也是枉然。"晋祥听得，不觉笑道："兄弟忒[1]呆了！试想做官有甚么种子？有甚么法门？但求幕里请得两位好手的老夫子帮着办事，便算一个能员。你来看本部院初到这时，懂得关里甚事？只凭着兄弟们指点指点，就能够做了两任，现在却有点好处，这样看来，兄弟何必过虑？"周庸祐听到这里，不觉大喜，随答道："既是这样，小人就跟随大人回去便是。统望大人抬举，小人就感激的了。"晋祥听得，自然允诺，便打点回京，一面令真假两册房，做定数目册子，好待交卸。

从来关里做册，都有个例数的，容易填注停妥。晋祥又拜会新任监督，说明这回进京，恐没人情孝敬各王公大臣，要在公款里挪移数十万。这都是上传下例，新任的自然没有不允。一面又令周庸祐办金，在各大金子店分头购办，所有实价若干换，花开若干换，统通由周庸祐经手。其余进贡皇宫花粉的费项，及一切预备孝敬王大臣的礼物，都办得停停妥妥。周庸祐随把这个库书的席位，交托心腹人代管，凡经手事件，都明白说过，自由新任监督，择定某日某时接印，送到过来。

那日晋祥就把皇命旗牌及册子数目，并一个关防交卸了，随打叠行李，带齐家眷，偕同周庸祐先出了衙门，在公馆再住一两月，然后附搭汽船，沿香港过上海，由水道直望北京进发。

原来前任监督晋祥，自从做了两任粤海关监督，盈余的却三十万有余。从前衙里二三百万公款，都由库书管理，这时三十来万，自然要托周庸祐代管。不想晋祥素有一宗毛病，是个痰喘的症候，春夏本不甚觉得，惟到隆冬时候，就要发作起来。往常在衙里，当周庸祐是个心腹人看待，所有延医合药，都托周庸祐办去。若是贴身服侍的，自有一个随任的侍妾，唤做香屏，是从京里带来的，却有个沉鱼落雁之容，虽然上了三十上下的年纪，那姿首还过得去。且又性情风骚，口角伶俐，晋祥就当他如珠

---

[1] 忒（tuī）：太。

如玉，爱不释手。只是那周庸祐既和晋祥有这般交谊，自上房里至后堂内，也是穿插熟了，来来往往，已非一次，因此周庸祐却认得香屏。自古道："十个女流，九个水性杨花。"香屏什等人出身？嫁了一个二品大员，自世人眼底看来，原属十分体面。惟见晋祥上了两岁年纪，又有这个病长过命的痰喘症候，却不免日久生嫌，是个自然的道理。那日自省城起程，仅行了两天，晋祥因在船上中了感冒，身体不大舒服，那痰喘的症候，就乘势复发起来。周庸祐和香屏，倒知他平日惯了，初还不甚介意。惟是一来两病夹杂，二来在船上延医合药，比不得在衙时的方便，香屏早自慌了。只望捱到上海，然后登岸，寻问旅店，便好调医。不提防一刻紧要一刻，病势愈加沉重。俗语说："阎王注定三更死，断不留人到五更。"差不多还有一天水程才到上海，已一命呜呼，竟是殁了。香屏见了，更自手足无措。这时随从人等，不过五七人，急和周庸祐商议怎么处置才好。周庸祐道："现在船上，自不宜声张，须在船主那里花多少，说过妥当，待到上海时，运尸登岸，才好打点发丧。只有一件难处，熬费商量。"香屏便问有什么难处，周庸祐想了一想，才说道："历来监督回京，在王公跟前，费许多孝敬。这回晋大人虽有十来万银子回京，大夫人是一个寡妇，到京时，左一个，右一个，哪里能够供应？恐还说夫人有了歹心，晋大人死得不明不白，膝下又没有儿子知见，夫人这时节，从哪里办得来？"香屏听罢一想，便答道："大人生时，曾说过有三十来万带回京去，如何你也又说十来万，却是什么缘故？"周庸祐听得，暗忖他早已知道，料瞒不得数目，便转一计道："夫人又呆了。三十来万原是不错，只有一半由西号汇到京里，挽王爷处代收的。怕到京时王爷不认，故这银子差不多落空。夫人试想：哪有偌大宗的银子把来交还一个寡妇的道理？故随带的连预办的礼物，统通算来，不过二十万上下。历来京中王大臣，当一个关督进京，像个老天掷下来的财路一般，所以这些银子，就不够供张的了。"香屏道："你说很是。只若不进京，这些办金的差使及皇宫花粉一项，怎地消缴才好？"周庸祐道："这却容易。到上海时，到地方官里报丧，先把金子和花粉两项，托转致地方大员代奏消缴，说称开丧吊孝，恐碍解京的时刻，地方大员，断没有不从。然后过了三两月，夫人一发回广东去，寻一间大宅子居住，买个儿子承继，也不辱没夫人，反胜过回京受那些王公闹个不了。"香屏听到这一席话，不由得心上不信，就依着办理。一头在船主那里打点妥当，传语下人，秘密风声不提。

过了一天，已是上海地面，周庸祐先发人登岸，寻定旅馆，然后运尸进去。一切行李，都搬进旅馆来。把措办金子和花粉金两项，在地方官里报明，恳请转呈奏缴。随即打点开丧成殓。出殡之后，在上海逗留两月，正是孤男寡女，同在一处，干柴烈火，未免生烟。那周庸祐又有一种灵敏手段，因此香屏就和他同上一路去了。所有随带三十来万的银子，与珍珠、钢石、玩器，及一切载回预备进京孝敬王大臣的礼物，统通不下四十来万，都归到周庸祐的手上。其余随从返京的下人，各分赏五七千银子不等，嘱他们慎勿声张，分遣回籍去。那些下人横竖见大人殁了，各人又骤然得这些银子，哪里还管许多，只得向香屏夫人前夫人后的谢了几声，各自回去。

这时周庸祐见各人都发付妥了，自当神不知，鬼不觉，安然得了这副家资，又添上一个美貌姨太太，好不安乐！便要搬齐家具，离了上海，速回广东去。所有相随回来的，都是自己的心腹，到了粤城之后，即一发回到大屋里。那家人婢仆等，还不管他三七二十一，只有邓氏自接得周庸祐由上海发回家信，早知道关监督晋大人在中途殁了，看丈夫这次回来，增了无数金银财物，又添了一个旗装美妾。这时正是十二月天气，寒风逼人，那香屏自从嫁了周庸祐，早卸了孝服，换得浑身如花似锦：头上一个抹额，那颗美珠，光亮照人；双耳金环，嵌着钻石，刺着邓娘眼里；梳着双凤朝阳宝髻，髻旁插着两朵海棠；钗饰镯子，是数不尽的了。身穿一件箭袖京酱宁绸金貂短袄，外罩一件荷兰缎子银鼠大褂，下穿一条顾绣八褶裙，足登一双藕灰缎花旗装鞋。生得眉如偃月，眼似流星，朱唇皓齿，脸儿粉白似的，微露嫣红，仿佛只有二十上下年纪。两个丫头伴随左右，直到厅上，先向邓娘一揖。周庸祐随令家人炷香点烛，拜过先人，随拥进左间正房里。

邓氏看得分晓，自忖这般人物，平常人家，无此仪容；花柳场中，又无此举止。素听得晋大人有一个姨太太，从京里带来，生得有闭月羞花之貌，难道就是此人？想了一会，觉有八九。那一日，乘间对周庸祐说道："晋大人中途殁了，老爷在上海转回，不知晋大人的家眷，还安置在哪里？"周庸祐听得这话，便疑随从人等泄漏，故邓氏知了风声，便作气答道："丈夫干的事，休要来管！管时我却不依！"邓氏听他说，已知自己所料，没有分毫差错了，便说道："妾有多大本领，敢来多管？只晋大人生时，待老爷何等恩厚，试且想来。"周庸祐道："关里的事，谋两块银子，我靠他，他还靠我，算什么厚恩？"邓氏道："携带回京去寻个出身之路，这却如何？"周庸祐此时实没得可答。便愤然道："你休要多说话！不过肚子里怀着妒忌，便拿这些话来胡混哦！难道丈夫干的事，你敢来生气不成？"邓氏作色道："当初你买伍婢做妾，奴没一句话阻挡，妒在哪里？特以受晋大人厚恩，本该患难相扶，若利其死而夺其资、据其妾，天理安在？"这话周庸祐不听犹自可，听了不觉满面通红，随骂道："古人说得好：'宁教我负天下人，莫教天下人负我。'你看得过，只管在这里啖饭；看不过时，由得你做去？"说罢，悻悻然转出来。把邓氏气得七窍生烟，觉得脑中一涌，喉里作动，旋吐出鲜血来。可巧丫环宝蝉端茶来到房子里，看得这个模样，急跑出来，到香屏房里，对周庸祐说知。周庸祐道："这样人死了也休来对我说！"宝蝉没奈何，跑过二姨太太房里，说称邓奶奶如此如此。二姨太太听得一惊非小，忙跑过来看看。不一时，多少丫环，齐到邓氏房里，看见鲜血满地，邓氏脸上七青八黄，都手忙脚乱。奈周庸祐置之不理，二姨太太急急的命丫环瑞香寻个医士到来诊脉，一面扶邓氏到厅里来，躺在炕上。已见瑞香进来回道："那医士是姓李的，唤做子良，少时就到了。"二姨太太急令丫环伺候。半晌，只见李子良带着玳瑁[1]眼镜，身穿半新不旧的花绉长夹袍，差不多有七分烟气，摇摇摆摆到厅上。先看过邓氏的神色，随问过病源，知道是吐血的了，先诊了左手，又诊右手，一双近视眼子，认定尺关寸，诊了一会，又令吐出舌头看过，随说道："这病不打紧，妇人本是血旺的，不过是一时妄行，一服药管全愈了。"二姨太太听了，颇觉心安。惟那医士说他妄行，显又不对症了，这样反狐疑不定。李子良随开了方子，都是丹皮、香附、归身、炙芪之类，不伦不类。二姨太太打了谢步，送医士去后，急令丫环合药，随扶邓氏回房。少时煎药端到，叫邓氏服了，扶他睡下。那夜二姨太太

---

[1] 玳瑁：形状像龟的爬行动物，其甲壳光润，可做装饰品。此指玳瑁的甲壳。

和宝蝉、瑞香，都在邓氏房里陪睡。捱到半夜光景，不想那药没些功效，又复呕吐起来，这回更自利害。

二姨太太即令宝蝉换转漱盂进来，又令瑞香打水漱口。两人到厨下，瑞香悄悄说道："奶奶这病，究竟什么缘故呢？"宝蝉道："我也不知，大约见了新姨太太回来，吃着醋头，也未可定。"瑞香啐一口道："小丫头有多大年纪，懂什么吃醋不吃醋！"宝蝉顿时红了脸儿。只听唤声甚紧，急同跑回来，见邓氏又复吐个不住。二姨太太手脚慌了，夜深又没处设法，只得唤几声"救苦救难慈悲大士"，随问奶奶有什么嘱咐。邓氏道："没儿没女，嘱咐甚事？只望妹妹休学愚姐的性子，忍耐忍耐，还易多长两岁年纪。早晚愚姐的外家使人来，烦转至愚姐父母，说声不孝也罢了。"说罢，眼儿翻白，喉里一响，已没点气息了。正是：

　　恼煞顽夫行不义，顿叫贤妇丧残生。

要知后事如何，且看下回分解。

第四回

续琴弦马氏嫁豪商　谋差使联元宴书吏

话说邓奶奶因愤恨周庸祐埋没了晋祥家资，又占了他的侍妾，因此染了个咯血的症候，延医无效，竟是殁了。当下伍姨太太和丫环等，早哭得死去活来。周庸祐在香屏房里，听得一阵哀声，料然是邓氏有些不妙，因想起邓氏生平，没有失德，心上也不觉感伤起来。正独自寻思，只见伍姨太太的丫环巧桃过来说道："老爷不好了！奶奶敢是仙去了！"周庸祐还未答言，香屏接着说道："是个什么病？死得这样容易？"巧桃道："是咯血呢，也请医士瞧过的，奈何没有功效。伍姨太太和瑞香姐姐们，整整忙了一夜，喊多少大士菩萨，也是救不及的了。"周庸祐才向香屏道："这样怎么才好？"香屏道："俗语说：'已死不能复生。'伤感作甚？打点丧事吧。"周庸祐便转过来，只见伍姨太太和丫环几人，守着只是哭。周庸祐把邓氏一看，觉得已没点气，还睁着眼儿，看了心上好过不去。即转出厅前，唤管家黄润生说道："奶奶今是死了，他虽是个少年丧，只看他死得这样，倒要厚些葬他才是。就多花几块钱，也没打紧。"黄管家道："这个自然是本该的，小人知道了。"说过，忙即退下，即唤齐家人，把邓氏尸身迁出正厅上。一面寻个祈福道士喃经开道，在堂前供着牌位。可巧半年前，周庸祐在新海防例捐了一个知府职衔，那牌位写的是"诰封恭人邓氏之灵位"。还惜邓氏生前，没有一男半女，就用瑞香守着灵前。伍姨太太和香屏倒出来穿孝，其余丫环就不消说了。

次日，就由管家寻得一副吉祥板[1]，是柳州来的，价银八百元。周庸祐一看，确是底面坚厚，色泽光莹，端的是罕有的长生木。庸祐一面着人找个谈星命的择个好日元[2]，准于明日辰时含殓，午时出殡。所有仪仗

---

[1] 吉祥板：棺材板。

[2] 日元：好日子。

人夫一切丧具，都办得停妥。

到了次日，亲朋戚友，及关里一切人员，哪个不来送殡？果然初交午时，即打点发引。那时家人一起举哀，号哭之声，震动邻里。金锣执事仪仗，一概先行。次由周庸祐亲自护灵而出，随后送殡的大小轿子，何止数百顶，都送到庄子上寄顿停妥而散。是晚即准备斋筵，款待送殡的，自不消说了。

回后，伍姨太太暗忖邓奶奶死得好冤枉，便欲延请僧尼道三坛，给邓奶奶打斋超度，要建七七四十九天天罗大醮[1]，随把这个意思，对周庸祐说知。周庸祐道："这个是本该要的，奈现在是岁暮了，横竖奶奶还未下葬，待等到明春，过了七旬，再行办这件事便是。"伍姨太太听得，便不再说。

果然不多时，过了残冬，又是新春时候。这时周府里因放着丧事，只怕旁人议论，度岁时却不甚张皇[2]，倒是随便过了。已非一日，周庸祐暗忖邓氏殁了，已没有正妻，伍姨太太和邓氏生前本十分亲爱，心上早不喜欢；若是抬起香屏，又怕刺人耳目，倒要寻个继室，才是个正当的人家。那日正到关里查看各事，就把这件心头事说起来。就中一人是关里的门上，唤作佘道生的，说道："关里一个同事姓马的，唤做子良，号竹宾，现当关里巡河值日，查察走私。他的父母早经亡过，留下一个妹子，芳名唤做秀兰，年已二九，生得明眸皓齿，玉貌娉婷，若要订婚，这样人实是不错。"周庸祐听得，暗忖自己心里，本欲与个高门华胄订亲，又怕这等人家，不和书吏做亲串；且这等女儿，又未必愿做继室，因此踌躇未答。佘道生是个乖巧的人，早知周庸祐的意思，又说道："老哥想是疑他门户不对了，只是求娶的是这个女子，要他门户作甚？"周庸祐觉得这话有理，便答道："他的妹子端的好么？足下可有说谎？"佘道生道："怎敢相欺？老哥若不信时，他家只在清水濠那一条街，可假作同小弟往探马竹宾的，乘势看看他的妹子怎样，然后定夺未迟。"周庸祐道："这样很好，就今前往便是。"

---

[1] 天罗大醮：道教斋醮名词。又称黄箓罗天大醮。

[2] 张皇：夸张；炫耀。

　　二人便一起出了关衙，到清水濠马竹宾的宅子来。周庸祐看看马竹宾的宅子，不甚宽广，又没有守门的。二人志在看他妹子，更不用通传，到时直进里面。可巧马秀兰正在堂前坐地，佘道生问一声："子良兄可在家么？"周庸祐一双眼睛，早抓住马秀兰。原来马秀兰生得秀骨珊珊，因此行动更觉娇娆。样子虽是平常，惟面色却是粉儿似的洁白。且裙下双钩，纤不盈握，大抵清秀的人，裹足几更易瘦小，也不足为怪。当下马秀兰见有两人到来，就一溜烟转进房里去了。周庸祐还看不清楚，只见得秀兰头上梳着一条光亮亮的辫子，身上穿的是泥金缎花夹袄儿，元青捆缎花绉裤子，出落得别样风流，早令周庸祐当他是天上人了。

　　少时马竹宾转出，迎周、佘二人到小厅上坐定。茶罢，马竹宾见周庸祐忽然到来，实在奇异，便道："什么好东南风，送两位到这里？"周庸祐道："没什么事，特来探足下一遭。"不免寒暄几句。佘道生是个晓事的，就扯马竹宾到僻静处，把如此如此，这般这般，一一说知。马竹宾好生欢喜，正要巴结周庸祐，巴不得早些成了亲事，自然没有不允。复转进厅上来。佘道生道："周老哥，方才我们说的，竹宾兄早是允了。"马竹宾又道："这件事很好，只怕小弟这个门户，攀不上老哥，却又怎好？"周庸祐道："这话不用多说，只求令妹子心允才是。"佘道生道："周老兄忒呆了！如此富贵人家，哪个不愿匹配？"周庸祐道："虽是这样，倒要向令妹问问也好。"马竹宾无奈，就转出来一会子，复转进说道："也曾问过舍妹，他却是半羞半笑的没话说，想是心许了。"其实马子良并未曾向妹子问。只周庸祐听得如此，好不欢喜！

　　登时三人说合，就是佘道生为媒，听候择日过聘。周庸祐又道："小弟下月要进京去，娶亲之期，当是不久了。只是妻丧未久，遽行续娶，小弟忝属缙绅[1]，似有不合，故这会亲事，小弟不欲张扬，两位以为然否？"马竹宾听得，暗忖妹子嫁得周庸祐，实望他娶时多花几块钱，增些体面，只他如此说，原属有理，若要坚执时，恐事情中变，反为不妙。想罢，便说道："这没大紧，全仗老哥就是。"周庸祐大喜，便说了一会，即同佘道生辞出来。回到宅子，对香屏及伍姨太太说知。伍姨太太还没什么话，

---

[1] 缙绅：旧时官宦的代称。

只香屏颇有不悦之色，周庸祐只得百般开解而罢。

　　果然过了十来天，就密地令人打点亲事，娶时致贺的，都是二三知己，并没有张扬，早娶了马氏过门。原来那一个马氏，骄奢挥霍，还胜周庸祐几倍。生性又是刻薄，与邓氏大不相同。拿香屏和伍姨太太总看不在眼里，待丫环等，更不消说了。他更有种手段，连丈夫倒要看他脸面，因此各人无可奈何。惟诟谇^[1]之声，时所不免。没奈何，周庸祐只得把香屏另放在一处居住，留伍姨太太和马氏同居。因当时伍姨太太已有了身孕，将近两月，妇人家的意见，恐动了胎神，就不愿搬迁，搬时恐有些不便。所以马氏心里就怀忌起来，恐伍姨太太若生了一个男儿，便是长子，自己实在不安：第一是望他堕了胎气，第二只望他产个女儿，才不至添上眼前钉刺。自怀着这个念头，每在伍姨太太跟前，借事生气，无端辱骂的，不止一次。

　　那日正在口角，周庸祐方要排解，忽报大舅郎马竹宾到来拜谒，周庸祐即转出来，迎至厅上坐下。马竹宾道："听说老哥日内便要进京，未知哪日起程？究竟为着什么事呢？"周庸祐道："这事本不合对人说，只是郎舅问没有说不得的。因现任这个监督大人，好生利害，拿个钱字又看得真，小弟总不甚得意。今将近一年，恐他再复留任，故小弟要进京里寻个知己，代他干营，好来任这海关监督，这时同声同气，才好做事。这是小弟进京的缘故，万勿泄漏。"马竹宾道："老哥好多心，亲戚间哪有泄漏的道理？在老哥高见不差，只小弟还有句话对老哥说：因弟从前认得一位京官，就是先父的居停，唤作联元，曾署过科布多参赞大臣。此人和平纯厚，若谋此人到来任监督，准合尊意，未审意下如何？"周庸祐道："如此甚好，就请舅兄介绍一书，弟到京时，自有主意。"马竹宾不胜之喜，暗忖若得联元到来，大家都有好处。就在案上挥了一函，交过周庸祐，然后辞出。及过了数天，周庸祐把府上事情安顿停妥，便带了二三随从的不等，起程而去。

　　有话便长，无话便短。一路水陆不停，不过十天上下，就到了京城。先到南海馆住下，次日即着人带了马竹宾的书信，送到联元那里，满望

----

[1] 诟谇（gòu suì）：辱骂；斥责。

待联元有了回音，然后前往拜会。谁想联元看过这封书，即着门上问过带书人，那姓周的住在哪里，就记在心头。因书里写的是说周庸祐怎么豪富，来京有什么意见。若要谋个差使，好向周某商量商量这等话。那联元从前任的不过是个瘦缺，回时没有钱干弄，因此并没有差使。正是久旱望甘霖，今得这一条路，好不得意，便不待周庸祐到来拜会，竟托称问候马子良的消息，直往南海馆来投周庸祐。

当下周庸祐接进里面，先把联元估量一番，果然是仪注纯熟，自然是做官的款子。各自通过姓名，先说些闲话。联元欲待周庸祐先说，只周庸祐看联元来得这般容易，不免又要待他先说，因此几个时辰，总不能说得入港[1]。联元便心生一计，料非茶前酒后花费多少，断成不得事，倘迁延时日，若被他人入马[2]，岂不是失了这个机会？遂说道：“小弟今夜谨备薄酌，请足下屈尊，同往逛逛也好。”周庸祐道：“小弟这是初次到京，很外行的，正要靠老哥指点。今晚的东道主，就让小弟做了罢。”联元道：“怎么说？正为足下初次来京，小弟该做东道。若在别时，断不相强。”周庸祐只得领诺。两人便一同乘着车子，转过石头胡同，到一所像姑[3]地方，一同进去。

原来这所地方，就是有名的像姑名唤小朵的寓处，那小朵与联元本是向有交情，这会儿见联大人到来，自然不敢怠慢。联元道：“几天不见面，今广东富绅周老爷到了，特地到来谈天。”说罢，即嘱小朵准备几局酒伺候。这时周庸祐看见几个像姑，都是朱颜绿鬓，举止雍容，浑身润滑无比，脸似粉团一般，较南方妓女，觉得别有天地，心神早把不住了。还亏联元解其意，就着小朵在院里，荐个有名的好陪候周老爷。小朵一声得命，就唤一个唤做文馨的进来，周庸祐见了，觉与小朵还差不多，早合了意。那两个像姑听得周某是粤省富绅，又格外加一种周旋手段，因此周庸祐更是神情飞越的了。

谈了好一会子，已把酒菜端上来。联元便肃[4]周庸祐入席。酒至半酣，

---

[1] 入港：投机。
[2] 入马：交往（一般指男女私情）。比喻拉上关系，办成事情。
[3] 像姑：旧时俗称少年男伶（泛指演员）旦角。
[4] 肃：引进，引导。

联元乘间说道："周老哥如此豪侠，小弟是久仰了。恨天南地北，不能久居广东，同在一处聚会，实在可惜！"周庸祐听了，乘醉低声说道："老哥若还赏脸，小弟还有个好机会，现时广东海关监督，乃是个优缺，老哥谋这一个差使，实是不错。"联元故作咋舌道："怎么说？谋这一个差使，非同小可，非花三十万金上下，断不能到手。老哥试想，小弟从前任的瘦缺，哪有许多盈余干这个差使？休要取笑吧。"周庸祐道："老哥又来了，做官如做商，不如向人借转三五十万，干弄干弄，待到任时，再作商议，岂不甚妙？"联元到了此时，知周庸祐是有意的，便着实说道："此计大妙，就请老哥代谋此款，管叫这个差使弄到手里，这时任由老哥怎么办法就是。"这几句话，正中了周庸祐之意。正是：

　　官场当比商场弄，利路都从仕路谋。

　　要知后事如何，且听下回分解。

第五回

三水馆权作会阳台　十二绅同结谈瀛社

话说联元说起谋差使的事情，把筹款的为难处说了出来，听周庸祐的话，已有允愿借款的意思，便索性向他筹画。周庸祐道："粤海关是个优缺，若不是多费些钱财，断不易打点。小弟实在说筹款是不难的，只要大人赏脸，使小弟过得去才是。"联元道："这是不劳说的，联某是懂事的，若到任时，官是联某做，但年中进项，就算是联某和老哥两人的事，任由老哥怎么主意，或是平分，就是老哥占优些，有何不得？"周庸祐道："怎么说？小弟如何敢占光？大人既准两人平分，自是好事。若是不能，但使小弟代谋这副本钱，不致亏缺，余外就由大人分拨，小弟断没有计较的。"联元听了大喜，再复痛饮一会。正是茶前酒后，哪有说不合的道理？那小朵儿又忖道：联元若因运动差使，谋得这副本钱，自己也有好处，因此又在一旁打和事鼓，不由得周庸祐不妥，当下就应允代联元筹画二三十万元，好去打点打点。联元道："老哥如此慷慨，小弟断不辱命。方今执政的敦郡藩王，是小弟往日拜他门下的，今就这条路下手，不消五七天，准有好消息回报。"周庸祐道："小弟听说这位敦王爷不是要钱的，怕不易弄到手里。"联元道："老哥又来了，从来放一个关差，京中王大臣哪个不求些好处？若是不然，就百般地阻碍来了。不过由这位王爷手上打点，尽可便宜些的便是。"周庸祐方才无话，只点头答几声"是"。

这时已饮到四更时分，周庸祐已带九分醉意，联元便说一声"简慢"[1]，即命撤席。又和两个像姑说笑一回，差不多已天色渐明，遂各自辞别而去。就此周庸祐就和联元天天在像姑寓里，花天酒地，倒不消说。联元凡有所用，都找周庸祐商酌，无不应手。果然不过十天上下，军机里的消息传出来，也有放联元任粤海关监督的事，只待谕旨颁发而已。自这点风

---

[1] 简慢：怠慢失礼。

声泄出，京里大官倒知得联元巴结上一个南方富商姓周的，哪个不歆羡？有亲来找周庸祐相见的，有托联元作介绍的。车马盈门。周庸祐纵然花去多少，也觉得一场荣耀。

闲话休说。且说当时有一位大理正卿徐兆祥，正值大比之年，要谋一个差使。叵耐[1]京官进项不多，打点却不容易，幸亏由联元手里结识得周庸祐，正要从这一点下手，只是好客主人多，人人都和他结识，不是有些关切，借款两字，觉得难以启齿。那一日，徐兆祥正在周庸祐寓里谈天，乘间说道："老哥这会来京，几时才回广东去？究竟有带家眷同来的没有？"周庸祐道："归期实在未定。小弟来京时，起程忙速些，却不曾带得家眷。"徐兆祥道："旅馆是很寂寞的，还亏老哥耐得。"周庸祐道："连天和联大人盘桓，借酒解闷，也过得去。"徐兆祥道："究竟左右没人服侍，小童也不周到，实不方便。小弟有一小婢，是从苏州本籍带来的，姿首也使得，只怕老哥不喜欢。倘若不然，尽可送给老哥，若得侍巾栉[2]，此婢的福泽不浅。未悉老哥有意否？"周庸祐道："哪有不喜欢的道理？只是大人如此盛意，小弟哪里敢当？"徐兆祥道："不是这样说，彼此交好，何必这般客气！请择过好日子，小弟自当送来。"周庸祐听了，见徐兆祥如此巴结，心上好不欢喜！谦让一回，只得领诺。徐兆祥自回去准备。

周庸祐此时，先把这事对联元说知，一面就要找个地方迎娶。只念没有什么好地方，欲在联元那里，又防太过张扬，觉得不好看。正自寻思，只见同乡的陈庆韶到来拜会。那陈庆韶是由举人年前报捐员外郎的，这时正在工部里当差。周庸祐接进里面，谈次间，就说起娶妾的事，正愁没有地方借用。陈庆韶道："现时三水会馆重新修饰，在寓的人数不多，地方又自宽广，想借那里一用，断没有不可的。"周庸祐道："如此甚好，只小弟和他馆里管事的人不曾认识，就烦老哥代说一声，是感激的了。"陈庆韶道："这也使得，小弟即去便来。"说罢，即行辞出。不多时，竟回来报道："此事妥了，他的管事说，彼此都是同乡，尽可遵命。因此小

[1] 叵（pǒ）耐：无奈。
[2] 侍巾栉（zhì）：此指做妻妾。旧时妻妾侍奉丈夫盥洗。巾栉，盥洗用具。

弟也回来报知。"周庸祐感激不已，便立刻迁过三水馆来居住。即派人分头打点各事，联元也派人帮着打点。不数日间，台椅器具及房里床帐等事，都已停当。

是时正是春尽夏来的时候，天气又自和暖。到了迎娶那一日，周庸祐本待多花费一些撑个架子，才得满意。只因徐兆祥是个京里三品大员，与书吏结这头姻好，自觉得不甚体面，就托称恐碍人议论，嘱咐周庸祐不必太过张扬，周庸祐觉得此话有理，便备一辆车子，用三五个人随着，迎了徐兆祥的婢子过门。周庸祐一看，果然如花似月，苏州美女，端的名不虚传，就列他入第四房姬妾，取名叫做锦霞。他本姓王的，就令下人叫他做王氏四姨太太。

是日宾朋满座，都借三水馆摆下筵席，请亲朋赴宴。夜里仍借馆里房子做洞房，房里的陈设，自然色色华丽，簇簇生香。锦霞看了这张床子，香气扑着鼻里，还不知是什么木料制成，雕刻却十分精致，便问周庸祐这张是什么床子？周庸祐道："你在徐大人府里，难道不曾见过？这张就是紫檀床，近来价值还高些，是六百块银子买来的了，你如何不知？"锦霞道："徐大人是个京官，惯是清俭，哪见过这般华美的床子？"周庸祐笑了一声，其余枕褥被帐的华贵，自不消说了。

过了洞房那一夜，越日，周庸祐即往徐兆祥那里道谢，徐兆祥又往来回拜，因此交情颇密。后来和周庸祐借了万把银子，打点放差，此是后话不提。

且说联元自从得了周庸祐资本，自古道"财可通神"，就由王大臣列保，竟然谕旨一下，联元已得任粤海关监督，正遂了心头之愿。自然同僚的纷纷到来道贺，联元便要打点赴任。那日见着周庸祐，即商议到粤上任去，先说道："这会仗老哥的力，得任这个好缺，小弟感激了。只是起程赴任，还要多花一两万金，才得了事。倒求老哥一概打算，到时自当重报。"周庸祐道："这不消说，小弟是准备了。"联元又道："日间小弟就要上摺谢恩，又过五七天，然后请训，必须听候召见一两遭，然后出京，统计起程之时，须在一月以后。弟意欲请老哥先期回去，若是同行，就怕不好看了。"周庸祐听得有理，一一允从。送联元回去后，过了些时，即向各亲友辞行，然后和锦霞带同随人，起程回粤。虽经过上海的繁华地面，因恐误联元到粤时接应，都不敢逗留，一直扬帆而下，不过十天上下，已回到广东。

原来家人接得他由香港发回的电报，因知得周某回来，已准备几顶轿子迎接，一行回到宅子里。家人见又添上一位四姨太太，都上前请安，锦霞又请马氏出堂拜见，次第请伍姨太太和香屏姨太太一同见礼。各人都见锦霞生得十分颜色，又是性情态度颇觉温柔，也很亲爱。只有马氏一人心上很不自在，外面虽没说什么话，因念入门未久，不宜闹个不好看，只得权时忍耐忍耐，好留得后来摆布而已。因此锦霞暂时也觉安心。香屏姨太太自回自己的宅子里去，锦霞就和马氏、伍姨太太一块儿居住。

过了一月有余，早听得联元将近到省的消息，周庸祐这时已换了一位管家，唤做骆念伯，即着他到香港远地迎接联元，并对联元说道："这回大人到省，周老爷也不敢到码头迎接，因恐碍人议论，请到公馆时相见罢。"联元早已会意，即着骆念伯回报，代他找一间公馆，俾得未进衙时居住。骆念伯得令，自回来照办。那联元果然第二天就到了粤城，自然有多少官员接着，即先到公馆里住下，次日就要出来拜客。

你道那联元先往拜见的果是何人？他不见将军，不见督抚，又不见三司，竟令跟人拿着帖，乘着大轿子，直出大南门入东横街，拜见本衙门的书吏周庸祐，次后才陆续往拜大小官员。此事实周庸祐想不到，旁人更不免见得奇异。有知道内里情节的，自然摇着首一笑；若是不知内里情节的，倒要歆羡周庸祐了。

及至联元接印而后，衙里什么事都由周庸祐出主意，联元只拥着一个监督的虚名，差不多这官儿是周庸祐做的一样，因此周庸祐的声势越加大起来了。当时官绅哪个不来巴结？周庸祐因忖有这般势力，不如乘此时机，联结几个心腹的亲朋，尽可把持省里的大事，无论办什么捐，承什么饷，断不落到他人手上，且又好互成羽翼。想罢，觉得好计，即把本意通知各人，各人哪有不赞成的？就结了官绅中十一个好友，连自己共十二人，名唤十二友，同做拜把的兄弟：第一位是姓潘的，唤做祖宏，是个举人出身，报捐道员，他的兄长都是翰林院，是个有名的豪绅，浑称潘飞虎。第二位是姓苏的，名唤如绪，他的祖父曾任过督抚，是个办捐务的能手。第三位许英祥，他的老子曾任三司，伯父又是当朝一品。这三位是省内久闻素仰的大绅了。第四位李子仪，是个总兵。第五位李文桂，是个都司，曾在赌场上赚得几块钱，也是一个富户。第六位李著，即李庆年，是个洋务局委员。第七位杨积臣，虽是外教中人，却是个副将衔的统兵官。第八位李信，是个候补道员。第九位斐鼎毓，本贯安徽人氏，由进士出身，当时正任番禺知县，这一位能巴结上司，是个酷吏中的班首。第十位邓子良，他虽是一个都司衔，实任千总，只是钻营上也有些手段。第十一位周乃慈，别字少西，是周庸祐的同宗，本没甚势力，只是结得那周庸祐，好拍马屁，故此认作兄弟。以上十一人，连周庸祐共成十二友。

　　这十二友的名字，个个有权有势，周庸祐好不欢喜！那日便对周乃慈说道："少西老弟，我们结得这班朋友，是有声势的，还有肝胆的，那时节不患没个帮手。只须找个地方常常聚谈，才见得亲密，你道哪一处才好？"周乃慈道："各位兄弟多在城外往来，今谷埠一带，是个繁华地面，哥哥许多产业在那里，不如拨一间铺子出来，作兄弟们的聚会处，岂不甚好？"周庸祐猛然醒道："有了，现有一间铺子，在龙母庙的附近，离谷埠不远，襟江带海，是个好所在。里面还很宽广，楼上更自清雅，有厅子数座，就把来整饰整饰，总要装潢些。有时请官宴、闹娼筵，尽可方便。其余商量密事，自不消说。"周乃慈听得大喜，一面通知十位兄弟，看他们意见如何。只见各人都已愿意，便商议这一座近水楼台，改个好名色。周庸祐即请潘祖宏、许英祥、裴鼎毓三人酌议，因这三位是科甲中人，自然有文墨。果然那三人斟酌停妥，旋改作"谈瀛社"三个字，众人都赞道："改得好！"周庸祐便大兴土木，修饰这座楼台，好备各兄弟来往。正是：

　　　　结得金兰皆富贵，兴来土木斗奢华。

　　要知后事如何，且听下回分解。

第六回

贺姜酏 [1] 周府庆宜男　建斋坛马娘哭主妇

　　话说周庸祐自从联元到任粤海关监督，未曾拜见督抚司道及三堂学使，却先来拜见他，这时好不声势，因此城内的官绅，哪个不来巴结？故十二位官绅，一同作了拜把兄弟，正是互通声气，羽翼越加长大的了。

　　自古道："运到时来，铁树花开。"那年正值大比之年，朝廷举行乡试。当时张总督正起了一个捐项，唤做海防截缉经费，就是世俗叫做闱姓赌具的便是。论起这个赌法，初时也甚公平，是每条票子，买了什么姓氏，待至放榜时候，看什么人中式 [2]，就论中了姓氏多少，以定输赢。怎晓得官场里的混账，又加以广东官绅钻营，就要从中作弊，名叫买关节。先和主试官讲妥账目，求他取中某名某姓，便闱姓得了头彩，或中式每名送回主试官银子若干，或在闱姓彩银上和他均分，都是省内的有名绅士，才敢作弄。这时，一位在籍的绅士刘鹗纯，是惯做文科关节揽主顾的，他与周庸祐是个莫逆交。那时正是他经手包办海防截缉经费，所以舞弄舞弄，更自不难。那一日正来拜见周庸祐，谈次说起闱姓的事情，周庸祐答道："本年又是乡科，老哥的进项，尽有百万上下，是可预贺的了。"刘鹗纯道："也未尝不撇光儿，只哪里能够拿得定的？"周庸祐道："岂不闻童谣说道：'文有刘鹗纯，武有李文桂。若要中闱姓，殊是第二世。'这样看来，两位在科场上的手段，哪个不曾领教？"刘鹗纯听了，忙扯周庸祐至僻处，暗暗说道："栋公，这话他人合说，你也不该说。实在不瞒你，本年主试官，正的是钱阁学，副的是周太史，弟在京师，与他两人认识，因此先着舍弟老八刘鹗原先到上海，待两主试到沪时，和他说这个。现接得老八回信，已有了眉目，说定关节六名，每名一万金，看来闱姓准有把握。栋公便是占些股时，却亦不错。"周庸祐道："老哥

---

[1] 姜酏：婴儿满月酒宴的别称。

[2] 中式：科举考试被录取，科举考试合格。

既是不弃，就让小弟沾些光也好。"刘鹦纯道："哪有不得，只目前要抬什么姓氏，却不能对老哥说。彼此既同志气，说什么占光？现小弟现凑本十万元，就让老哥占两三万金就罢了。"

周庸祐不胜之喜，一面回至关里，见了联元，仍带着几分喜色。联元道："周老哥有什么好事，却如此欢喜？可惜本官还正在这里纳闷得慌。"周庸祐道："请问大人，怎地又要纳闷起来？"联元道："难道老哥不知，本官自蒙老哥慷慨仗义，助这副资本，才得到任。奈命里带不着福气，到任以来，金价日高，若至满任时，屈指不过数月，恐这时办金进京，还不知吃亏多少。放着老哥这一笔账，又不知怎地归款了。"周庸祐道："既然如此，大人还有什么计较？"联元道："昨儿拜会张制帅，托他代奏，好歹说个人情。因从前海关定例，办金照十八换算，近来时价也至卅六七换，好生了得，故此小弟欲照时价折算进京。奈张制帅虽然代奏，只朝上说是成例如此，不得变更，因此不准，看来是没有指望的了。"周庸祐道："此事我也知得，自前任的挪去二三十万，自然归下任填抵。借小弟的三十来万，又须偿还，偏又撞着千古未有的金价，也算是个不幸。只小弟现在有个机会，本不合对大人说，但既然是个知己，如何说不得？"联元听了，急问有什么机会。周庸祐便附耳把和刘鹦纯谋的事，细细说了一遍。联元道："原来科场有这般弊端，怪得广东主试官是个优差了。"周庸祐道："年年都是如此。可笑赌闱姓的人，却来把钱奉献。"联元道："既有这个机会，本官身上，究有什么好处？"周庸祐道："小弟准可在刘某那里占多万把本钱，就让些过大人便是。"联元听得，喜得笑逐颜开，即拱手谢道："如此始终成全本官的，本官铭感的了。"

两人说罢，周庸祐即转出来，次日即到刘鹦纯那里回拜，就在买关抬闱姓项下，占了资本三万银子，暗中却与联元各占一万五千。把银子交付过后，因那刘鹦纯是个弄科场的老手，这场机会，都拿得九成妥当。

不觉光阴似箭，已是八月中旬，士子进闱的，三场已满，不多时，几赌闱姓的都已止截，只听候放榜消息。

那一日，刘鹦纯正到周庸祐的宅子来，庸祐接进里面，即问闱里有什么好音。刘鹦纯道："不消多说，到时便见分晓。这会弄妥关节之外，另请几位好手进场捉刀 [1]。因恐所代弄关节的人，不懂文理，故多花几块钱，聘上几位好手，管叫篇篇锦绣，字字珠玑，哪有不入彀 [2] 的道理？"正说得兴高采烈，周庸祐道："放榜的日期，是定了九月十二，还隔有五天，到这时，就在谈瀛社设一酌，大家同候好音，你道何如？"刘鹗纯答一声"是"而去。

果然到了是日，周庸祐就做个东道，嘱咐厨子在谈瀛社准备酒席。除了三五个做官的，是日因科场有事不便出来，余外同社各位绅士，都到谈瀛社赴席去了。少顷，刘鹗纯亦到，当下宾朋满座，水陆杂陈。正自酣饮，这时恰是闱里填榜的时候，凡是中式的人，倒已先后奔报，整整八十八名举人之内，刘鹗纯见所弄关节的人，从不曾失落一个，好不欢喜，即向周庸祐拍着胸脯说道："栋翁，这会又增多百十万的家当了。"周庸祐一听，自然喜得手舞足蹈。同座听得的，都呼兄唤弟的赞羡，有的说是周老哥好福气，有的说是刘老哥不把这条好路通知。你一言，我一语，正在喧做一团，忽见守门的上来回道："周老爷府上差人到了。"

周庸祐还不知有甚事故，即令唤他上来，问个原故。那人承命上前，拱手说道："周老爷好了，方才二姨太太分娩，产下一个男子，骆管家特着小的到来报知。"周庸祐听到这话，正不知喜从何来。方才科场放榜，已添上百十万家资，这会又报到产子，自世俗眼底看来，人生两宗第一快事，同时落在自己身上。又见各友都一起举杯道贺，不觉开怀喝了几盅，就说一声"欠陪"，即令轿班掌轿，登时跑回宅子去。只见家人都集在大堂上，锦霞四姨太太，已帮着打点各事，香屏三姨太太也是到来了，其余仆妇丫环，都往来奔走。

各人见周庸祐回来，都欢天喜地，老爷前老爷后的贺喜，单不见马氏。那锦霞四姨太说道："将近分娩的时节，即对马太太说知，谁想马太太说恰是身子不大舒服，没有出来。妾是不懂事，只得着人催了那稳婆 [3] 到来，还幸托赖得大小平安。不久三姨太太又到了，妾这时才有些胆子，今是没事了。"香屏道："妾闻报时即飞也似地过来，到时已是产下来了。"一

[1] 捉刀：代别人做文章。
[2] 入彀（gòu）：比喻受人笼络；就范。
[3] 稳婆：旧时以接生为业的妇女。

头说，一头着丫环点长明灯，掌香烛拜神。又准备明天到各庙里许个保安愿，又要打点着人分头往各亲串那里报生。

周庸祐一一听得，随到二姨太太房里一望，见那稳婆和丫环巧桃、小柳，在那里侍候着。稳婆早抱着小孩子起来，让周庸祐一看，周庸祐看得确是一个男子，心上欢喜说道："二姨太这会身子可好？"各人答应个"是"。周庸祐又吩咐小心侍候，别叫受了风才好。说罢，随即转身出来，叫骆管家先支出五百两银子，作红封，又嘱明儿寻好好的乳娘，并说道："凡是家里有了喜事，就是多花些银子，也没紧要。"骆管家答应过了，然后退下。

到了次日，自然亲朋戚友，纷纷到来道贺。一连几天，车马盈门，所有拜把兄弟，共十一位官绅，和关里受职事的人，与一切亲友，有送金器的，有送袍料的，都来逢迎巴结，只有马子良未到，周庸祐也觉得奇异。

原来马氏也是怀了六甲，满望二姨太太生女，自己生男，还是个长子。今见二姨太太先生了一个男子，将来家当反被他主持了，所以心怀不满，故并未报知马子良。那马子良又因家道中落，常看妹子的脸面，因此不敢违妹子的意思。周庸祐还不省得，次日在马氏房里，见马氏托着腮，皱着眉，周庸祐正问他怎地缘故，马氏即答道："天生妾薄命，是该受人欺负的。往常二房常瞧我不在眼内，这会又添上个儿子，还不知将来更呕多少气！"周庸祐道："常言道：'侍妾生子，为妻的有福。'你是个继室，便算是个正妻，哪个来小觑你？你也休再淘气罢了。"马氏道："老爷常出外去？哪里知得那三房四房虽瞧我不起，还不敢装模作样。那二房常对人说，他是先到这里，亲见我进来的，故凡事都不由我作主意。又说我外家是个破落户，纸虎儿吓不得人，杉木牌儿作不得主，这样就该受人欺负了。我外家哪里敢作人情送礼物来，高扳他人？须知我是拳头上立得人，臂膊上走得马，叮叮当当的女儿，又不是个丫头出身，如何受得这口气？"周庸祐道："料二房未必有这等说话，你休要听人说。"马氏见周庸祐不信，还是撒娇撒痴，呜呜咽咽的说了一会，周庸祐只安慰一番而罢。随转过来二姨太太房里，自不提起马氏的说话，只着管家择个日子，好办弥月[1]姜酒，骆管家领命去了。一会儿随来回道："十月十一日，是个黄道吉日，准合用着。"周庸祐答个"是"，就令人分头备办去。

---

[1] 弥月：婴儿满月。

　　不料那马氏听得十月十一日是弥月，正要寻些凶事，要来冲犯他，好歹他的儿子不长进，才遂却心头之愿。那一夜，就枕边对周庸祐说道："妾日来心绪不安，常梦见邓氏奶奶对着妾只是哭。妾已省得，他自从没了，并没有打斋超度他，怪不得他怀恨。老爷试想，这笔钱是省不得的。不如煞性做了这场功德，待他在泉下安心，庇护庇护，使家门兴旺，儿女成就，便是好了。"周庸祐道："我险些忘却了，这是本该的。但儿子将近弥月，不宜见这些凶事。"马氏道："横竖家里事，有什么忌讳？况且本月是重阳节，阴间像清明开鬼门关，正合做功德。老爷若嫌凶喜交集，可在府里办姜酌，却另往寺门打斋也使得。若待至十月，怕妾早晚要分娩，十一月又是老爷和三房的岳降[1]，十二月又近岁暮，都不合用的。"周庸祐听得，觉得此言有理，便即应允而行。

　　果然到了次日，就着人择定九月二十五日起，建十来天清醮，府里上上下下，都到长寿寺做好事。各人听得，也见得奇异，都来对二姨太太说知。二姨太太道："他的心术，你们难道不知？自古道：'吉人自有天相。'任他怎么做去，我只是不管。"此时马氏这里，一面使人到寺里告知住持，打扫房舍伺候，都不必细说。

　　单表到了二十五日早膳之后，东横街周府门前，百十顶轿子，纷纷簇簇，听候起程。香屏是另在素波巷居住的，这时也到来，锦霞也是同往。其余亲串到的，倒说不尽。那些丫环仆妇，都想邓氏生前慈祥和厚，哪个不愿追荐他？又因镇日[2]困在屋里，自然想前往十天八天的了。于是马氏的丫环宝蝉、瑞香，第三房的丫环巧桃、小柳，第四房的丫环碧云、红玉，就是第二房的丫环丽娟、彩凤，都由二姨太太使他同行。二姨太太身边，只留一二个粗笨的婢子伺候。骆管家或在宅子里，或到寺门打点，及仆妇一切家人，倒是来来往往，周宅里几乎去个空。各人上了轿子，有的说漏了包儿，使人回去取；有的说漏了篮子，使人回去拿。哄哄嚷嚷，塞满街巷。或叫坐稳轿子，或叫扯上轿帘，说说笑笑。骆管家即走来说道："这是在街上，比不得宅子里，也要守些规矩。若太过吵闹，是不好看的。"各人方才略止了声。

　　少时陆续起程，宝蝉、瑞香伴着马氏先行，余都挨次而去。路上看的，都站在两边。及至寺前，早有住持执香迎接。周宅人等，一一下了轿子，马

[1] 岳降：诞辰；生日。
[2] 镇日：整天，从早到晚。

氏见头门是土地及两位泥塑天将，过了又是四大金刚，马氏率领三四房侍妾及丫环，一层一层的，瞻拜观玩。骆管家立在台基上，逐一点过，各人都已到齐，即对住持道："我们家人来得多，要准备五七间相连的房子安置，才易照应。"并嘱不准闲人进去。住持答应着，预备去了。住持又对骆管家说道："贵府人多，虽有丫环仆妇，只是人生路不熟，倒茶打水，究竟不便。奈是太太姨太太皆已到了，小沙弥出进不便，可有嫌忌？还请示下来。"骆管家即回明马氏，马氏道："有什么嫌忌？除了小沙弥服侍，才不准别的进来吧。"骆管家就对住持说知，住持即派小沙弥几人，听候使用。

忽马氏着人请住持进来，嘱咐准备斋坛，住持急进来，先向马氏见个礼，马氏就问几时能够开坛。住持回道："酉时就是最吉的了。"马氏道："各事倒要齐全，也不必计较银子。"住持道："小僧也省得，像太太的人家，本该体面些。"马氏道："不要过奖，我只愿多花几块钱，齐齐备备，望邓奶奶早日升天。"住持道："不是过奖，东横街周，高第街许，一富一贵，哪个不知？自太太进了门，姓周的越加兴旺，城内外统通知道了。"马氏听了，外面虽然谦让，内里见有这番奖赞他，已着实欢喜。

住持又谈一会，然后退出，打点下去。到了酉刻，即请马氏一群人到大雄宝殿上，但见正中供着邓氏奶奶牌位，殿上挂着长幡飘动，左边写道是"西方极乐世界"，右边写道是"南无阿弥陀佛"。坛里十二张桌子，都供着佛像，派十二位僧人敲木鱼，诵《法华经》。另有方丈披袈裟执锡杖，敲玉磬[1]念佛。坛外长杆竖起，系着纸鹤儿，名叫跨鹤上西天。所有丫环，都在坛里烧往生钱[2]。又有小沙弥四名，剪烛花、看香火，四名倒茶打水，往来奔走。各僧每日念佛三次，马氏和众人即到坛哭三次。一连十数天，都是如此。还有宝蝉、瑞香，向日是邓氏奶奶丫环，想起邓氏往日的仁慈，马氏今日的刻薄，触景生情，越哭得凄楚。这时念佛和哭泣的声音，震动内外；香烛和宝帛的烟，东西迷漫。弄得坛外观的人山人海。忽听得坛外台阶上一声喧闹起来，各人都吓了一跳。正是：

　　　　殿前佛法称无量，阶外人声闹不休。

　　要知人声怎么喧闹起来，且看下回分解。

────────

[1] 磬（qìng）：佛教的法器，用铜制成，形状像钵，可击打发声。

[2] 往生钱：往生是迷信说法，死后往西天净土。往生钱，就是指给死人烧的纸钱。

第七回

偷龙转凤巧计难成　打鸭惊鸯姻缘错配

话说周府人等正在寺里荐做好事，各僧方啰啰唪唪的，在大雄宝殿上念经，忽听殿外台阶上，一派喧闹之声。那时管家骆子棠别字念伯的，正自打点诸事，听了急急的飞步跑出来观看。原来一个十五六岁的丫环，在一处与一个小沙弥说笑，被人看着了，因此哗嚷起来，那小沙弥早一溜烟的跑了。骆子棠把那丫环仔细一望，却是马氏随嫁的丫环，叫做小菱。那小菱见了骆子棠，已转身闪过下处。

骆子棠即把这事，对住持说知，就唤三五僧人，先要赶散那些无赖子弟，免再吵闹。只是一班无赖子弟，见着这个情景，正说得十分得意，见那班僧人出来驱赶，哪里肯依，反把几个僧人骂个不亦乐乎。有说他是没羞耻的，有说他是吃狗肉，不是吃斋的。你一言，我一语，反闹个不休。

这时马氏和几位姨太太却不敢作声，都由大雄宝殿上跑出来回转下处。那些僧人羞愤不过，初时犹只是口角，后来越聚越众，都说道那些和尚不是正派的。巴不得抛砖掷石，要在寺里生事。还亏这时寺里，也有十多名练勇[1]驻扎，登时把闲人驱散去了，方才没事。只有那马氏见小菱是自己的丫环，却干出这等勾当，如何忍得？若不把他切实警戒，恐后来更弄个不好看的，反落得侍妾们说口。便立刻着人寻着小菱过来，吓得那十五六岁的小妮子魂不附体，心里早自发抖。来到马氏跟前，双膝跪下，垂泪地唤了一声太太，马氏登时脸上发了黑，骂道："没廉耻货！方才干得好事！你且说来。"小菱道："没有干什么事。方才太太着婢子寻帕子，我方自往外去，不想撞着那和尚，向婢子说东说西，不三不四。婢子正缠得苦，还亏人声喧嚷起来，婢子方才脱了手。望太太查察查察

---

[1] 练勇：兵士。

也就罢了。"马氏道:"我要割了你的舌头,好叫你说不得谎!"小菱道:"婢子哪里敢在太太跟前说谎?外面的人,尽有看得亲切的,太太不信,可着人来问。"马氏更怒道:"人尽散了,还问谁来?"就拿起一根藤条子,把小菱打了一回。骆子棠道:"这样是寺里没些规矩了,打他也是没用的,只怕传了出来,反说我们府里是没教训的了。"马氏方才住了手。

只见几个僧人转进来,向马氏道歉,赔个不是,骆子棠即把僧人责备几句而罢。单是马氏面上,还尚带有几分怒气,正是怒火归心,忽然"哎哟"一声,双手掩住小腹上,叫起痛来。骆子棠大惊,因马氏有了八九个月的身孕,早晚怕要分娩,这会忽然腹疼,若然是在寺里产将下来,如何是好?便立刻叫轿班扛了轿子进来,并着两名丫头扶了马氏,乘着轿子,先送回府上去。又村方才闹出小菱这一点事,妇人家断不宜留在寺里,都一发打发回府。把这场功德,先发付了账目,余外四十九天斋醮,只嘱咐僧人循例做过,不在话下。

且说马氏回到府里,暗忖这会比不得寻常腹痛,料然早晚就要临盆,满想乘着二姨太太有了喜事,才把这场凶事舞弄起来,好冲犯着他。不想天不从人愿,偏是自己反要作动临盆,岂不可恨!幸而早些回来,若是在寺里产下了,不免要净过佛前,又要发回赏封,反弄个不了,这时更不好看了。想罢,又忖道:这会若然生产,不知是男是女。男的犹自可,倘是女儿,眼见得二房有了儿子,如何气得过?想到这里,猛然想起一件事来:因前儿府上一个缝衣妇人区^[1]氏,他丈夫是姓陈的,因亦有了身孕,故不在府里雇工。犹忆起他说有孕时,差不多与自己同个时候,他丈夫是个穷汉,不如叫他到来,与他酌议,若是自己生男,或大家都生女,自不必说;自己若是生女,他若生男,就与五七百银子,和他暗换了。这个法门,唤做偷龙转凤。神不知,鬼不觉,只道自己生了儿子,好瞒得丈夫,日后好承家当,岂不甚妙!想了觉得委实好计,就唤一个心腹梳佣唤做六姐的,悄悄请了区氏到来,商酌此事,并说道:"若是两家都是生男,还赏你一二百银子,务求不可泄漏才是。"区氏听得,自忖若能赏得千把银子,还胜过添了一个穷儿。遂订明八百银子,应允此事。

[1] 区(ōu):姓。

区氏又道："只怕太太先我生产，这事就怕行不得了。太太目前就要安胎，幸我昨儿已自作动，想不过此一二天之内，就见分晓，请太太吩咐六姐，每天要到茅舍里打探打探，若有消息，就通报过来便是。"马氏应诺，区氏即自辞去。

果然事有凑巧，过了一天，区氏竟然生了一个男子，心中自然欢喜。可巧六姐到来，得了这宗喜信，就即回报马氏，马氏就吩咐左右服侍的人，秘密风声，但逢自己生产下来，无论是男是女，倒要报称是生了男子。又把些财帛贿嘱了侍候的稳婆。又致嘱六姐，自己若至临盆，即先暗藏区氏的儿子，带到自己的房里。安排既定，专候行事。

且说区氏的丈夫，名唤陈文，也曾念过几年书，因时运不济，就往干小贩营生去。故虽是个穷汉子，只偏怀着耿直的性儿。当区氏在周府上雇工时，陈文也曾到周府一次，因周府里的使唤人，也曾奚落过他，他自念本身虽贫，还是个正当人家，哪里忍得他人小觑自己。看这使唤人，尚且如此，周庸祐和马氏，自不消说了。因此也怀着一肚子气。恰可那日回家，听区氏说起与马氏商量这一件事，陈文不觉大怒道："丈夫目下虽贫，也未必后来没一点发达。就是丈夫不中用，未必儿子第二代还是不中用的。儿子是我的根苗，怎能卖过别人？无论千把银子，便是三万五万十万，我都不要。父子夫妇，是个人伦，就令乞食也同一块儿走。贤妻这事，我却不依。"区氏道："丈夫这话，原属有理。只是我已应允他了，怎好反悔下来？"陈文道："任是怎么说，统通是行不得。若背地把儿子送将去，我就到周家里抢回，看你们有什么面目见人！"说罢，也出门去了。

此时区氏见丈夫不从，就不敢多说，只要打算早些回复马太太才是。正自左思右想，忽然见六姐走过来，欢喜的向区氏说道："我们太太，目下定是生产，特地过来，暗抱哥儿过府去。"区氏叹道："这事干不来了。"六姐急问何故？区氏即把丈夫的说话，一五一十的对六姐说来。六姐惊道："娘子当初是亲口应允得来，今临时反覆，怎好回太太？想娘子的丈夫，料不过要多勒索些金钱，也未可定。这样，待我对太太说知，倒是容易的。这会子不必多言，就立刻先送哥儿去罢。"区氏道："六姐哪里得知，奴的丈夫还说，若然背地送了去，他还要到周府里抢回。奴丈夫脾性是不好惹的，他说得来，干得去，这时怕嘈闹起来，惊动了街坊邻里，面子不知怎好见人了。"六姐听罢，仍复苦苦哀求。不料陈文正回家里来，撞着六姐，早认得他是周府里的人，料然为着将女易男的一件事，即喝了一声道："到这里干什么？"六姐还自支吾对答，陈文大怒，手拿了一根竹竿，正要往六姐头顶打下来，还亏六姐眼快，急闪出门外，一溜烟的跑去了。陈文自去责骂妻子不提。

单说六姐跑回周府，一路上又羞又愤，志在快些回去，把这事中变的情节，要对马太太说知。及到了门首，只见一条红绳子，束着柏叶生姜及红纸不等，早挂在门楣下。料然马太太已分娩下来了，心中犹指望生的是男儿，便好好了事。即急忙进了头门，只听上上下下人等都说道："马太太已产下儿子。"六姐未知是真是假，再复赶起几步，跑到马太太房中。

那马氏和稳婆以及房里的心腹人，倒见六姐赤手回来，一惊非小。马氏脸上，登时就青一回，红一回。六姐急移身挨近马氏跟前，附耳说道："这事已变更了！"马氏急问其故，六姐即把区氏的说话，及陈文逐他的情景，述了一遍。把一个马氏，气得目瞪口呆。暗忖换不得儿子，也没打紧，只是自己生了一个女儿，假说生男，是不过要偷龙转凤的意见。今此计既用不着，难道又要说过实在生女不成？想到此情，更是万分气恼，登时不觉昏倒在床上。左右急来灌救。外面听得马太太昏了，犹只道他产后中了风，也不疑他另有别情。

灌救了一会，马氏已渐渐醒转来，即急令丫环退出，却单留六姐和稳婆在房子里，要商议此事如何设法。六姐道："方才虽报说生了男子，可说是个丫环说错了，只把实在生女的话，再说出来，也就罢了。"马氏道："这样说别人听来，也觉得很奇怪了。"六姐道："这点缘故，别人本是不知的，当是丫环说错，就委屈骂了丫环一顿，也没打紧。天佑太太，别时再有身孕，便再行这个计儿，眼前是断谋不及的。若再寻别个孩子顶替，怕等了多时，泄漏了，将来更不好看了。"马氏听了，不觉叹了一声。没奈何，就照样做去，说称实在生女。当下几位姨太太听了，为何方说生男，忽又改说生女，着实见得奇异。只有三五丫头，知得原委的，自不免笑个不住。

闲话休说。且说周庸祐那日正在谈瀛社和那些拜把兄弟闲坐，忽听得马氏又添上一个儿子，好不欢喜！忙即跑回家里，忽到家时，又说是只生了一个女儿，心上自然是有些不高兴。便到马氏房子里一望，还幸大小平安，倒不甚介意。到了廿余天，就计算备办姜酌。前两天是二房的儿子弥月，后两天就是马氏的女儿弥月，正是喜事重来，哪个不歆羡？只是舅兄马子良心想，当二房产子时，也没有送过礼物，这回若送一不送二，又觉不好看，倒一齐备办过来。这时一连几天，肆筵设席，请客延宾，周府里又有一番热闹了。

过了几天，只见关里册房潘子庆进来拜候，周庸祐接进坐下，即问道："前几天小儿小女弥月，老哥因何不到？"潘子庆道："因往香港有点事情，所以未到，故特来道歉。"周庸祐道："原来如此，小弟却是不知。若不然，小弟也要同往走走。"潘子庆道："老哥若要去时，迟几天，小弟也要再往。因是英女皇的太子到埠。小弟也要看会景，就同走走便是。"周庸祐道："这样甚好。"潘子庆便约过起程的日期，辞别而去。

果然到了那一日，周、潘两人，都带了跟随人等，同往香港而来。那周、潘两人，也不过是闲逛地方，哪里专心来看会景，镇日里都是花天酒地，那些青楼妓女，又见他两人都是个富翁，手头上这般阔绰，哪个不来巴结？单表一妓，名唤桂妹，向在锦绣堂妓院里，有名的校书[1]，周庸祐就叫他侑[2]酒。那桂妹年纪约十七八上下，色艺很过得去。只偏有一种奇性，所有人客，都取风流俊俏的人物，故周庸祐虽是个富户，只是俗语说："牛头不对马嘴。"他却不甚欢喜。

那一夜，周庸祐正在锦绣堂厅上请客，直至入席，还不见桂妹上厅来。周庸祐心上大怒，又不知怎地缘故，只骂桂妹瞧他不起。在中就有同院的姊妹，和桂妹有些嫌隙的，一来妒桂妹结交了一个富商，不免谮[3]他的短处；二来又好在周庸祐跟前献个殷勤，便说道："周老爷你休要怪他，他自从接了一位姓张的，是做苏杭的生意，又是个美少年，因此许多客人，统通撇在脑背后了。现正在房子里热熏熏的，由得老爷动气，他们只是不管。"

---

[1] 校书：对妓女的雅称。

[2] 侑（yòu）：劝人（吃、喝）。

[3] 谮（zèn）：诬陷；中伤。

　　周庸祐听了，正如无明业火高千丈，怒冲冲地说道："他干小小的营生，有多少钱财，却敢和老爷作对？"说罢，便着人唤了桂妹的干娘，唤做五嫂的上来，说道："令千金桂妹，我要带他回去，要多少银子，你只管说。"五嫂暗忖，桂妹正恋着那姓张的客人，天天到来赊账，倒还罢了；还怕他们相约逃去，岂不是一株钱树，白地折了不成？今姓周的要来买他，算是一个机会。想罢，便答道："老爷说的话可是真的？"周庸祐道："哪有不真？难道瞧周某买他不起？"五嫂道："老爷休怪，既是真的，任由老爷喜欢，一万银子也不多，六七千银子也不少。"周庸祐道："哪里值得许多，实些儿说罢。"五嫂道："唉！老爷又来了，小女嘛，一夜叫局的，十局八局不等；还有过时过节，客人打赏的，年中尽有千把二千。看来一两年间，就够这般身价了。老爷不是外行的，试想想，老身可有说谎的没有？"

　　周庸祐听到这话，觉得有理，便还了六千银子说合，登时交了五百块银子作定钱，待择日带他回去。并说道："我这会不是喜欢桂妹才来带他，却要为自己争回一口气，看姓张的还能否和我作对。这会桂妹是姓周的人了，五嫂快下楼去，叫姓张的快些爬走！若是不然，我却是不依。"五嫂听了，方知他赎桂妹却是这个缘故，即喏喏连声地应了。

　　方欲下去，忽听得一阵哭声，娇滴滴的且哭且骂，直登厅上来。众人大惊，急举头一望，见不是别人，却是桂妹。正是：

　　　　赤绳方系姻缘谱，红粉先闻苦咽声。

　　毕竟桂妹因何哭泣起来，且看下回分解。

第八回

活填房李庆年迎妾　挡子班王春桂从良

话说周庸祐那夜在锦绣堂厅上，因妓女桂妹在房子里，和别客姓张的一个美少年，正在热薰薰的，几乎没个空到厅上，因此动气，要把六千银子赎桂妹回去。那桂妹听得，放声大哭，跑到厅上来，在座的倒吓了一跳。方欲问他怎地缘故，那桂妹且哭且说，向五嫂骂道："我自归到娘的手上，也没有亏负娘的，每夜里捱更抵夜，侍酒准有十局八局，年中算来，赒[1] 过娘使用的，却也不少。至今二三年来，该有个母女情分。说起从良两字，是儿的终身事，该对女儿说一声，如何暗地里干去？"说罢，越加大哭。五嫂道："你难道疯了不成？须知娘不是把来当娼的，像周老爷这般豪富的人家，也不辱没儿。你今有这头好门路，好像戏本上说的废铁生光，他人做梦也梦不到，还有何说？"桂妹道："儿在这里，什么富家儿也见的不少，儿统通是不喜欢的，但求安乐就罢了。由得娘干去，儿只是不从！"

五嫂听了，暗忖姓周的只是一时之气，倘桂妹不从，反悔起来，则是六千银子落个空，便睁着眼骂道："你的身原是娘的，即由娘做主。娘干这宗营生，不是做功德干善事，要倒赔嫁妆，送与穷汉！若有交还六千银子的，任由儿去便是。"说罢，还千泼辣货万泼辣货骂个不绝。一头骂，一头下楼去了。桂妹还在一旁顿足只是哭。便有同院的姐妹，上前劝他一会子，扯他下了楼来。

当下一干朋友倒见得奇异。周庸祐自忖自己这般家当，他还不愿意，心上更自不乐。只见席上一位唤做周云微的说道："这却怪不得，宗兄这会方才叫他，从前没有定过情，他自然心上不感激。待他回到府里五七天，自然没事了。"正说着，只见五嫂再复上来，周庸祐即说道："定银已是交了，

---

[1] 赒（wàn）：支付财货。

人是定要带他回去的。你且问他，怎样才得愿意？"五嫂道："十老爷[1]你只管放心，老身准有主意。"说了再复下楼，把周庸祐的话，对着桂妹，问他怎样才得愿意。

桂妹听了，自想满望要跟随那姓张的，可恨养娘贪这六千银子，不遂自己心头之愿。那姓周的有许多姬妾，料然回去没甚好处。若到华民政务司那里告他，断不能勉强自己。奈姓张的是雇工之人，倘闹了出来，反累他的前程，就枉费从前的相爱了。横竖身已属人，不如乘机寻些好意，发付姓张的便是。想罢，即答道："既是如此，儿有话说。"五嫂道："有话只管说，娘自然为你出力。"桂妹道："随他回去，却是不难，只有三件事，要依从儿的。"五嫂便问哪三件。桂妹道："第一件，除身价外，另要置些头面，还要五千银子，把过儿作私己用，明天就要交来。第二件，随他回去，只在香港居住，也不回府上去。第三件，儿今心里不大舒服，过两天方能去得。这三件若能应允，儿没有不从。若是不然，儿就要到华民政务司里，和娘你算账。"五嫂听罢，只得来回周庸祐。那周庸祐觉得三件都不是难事，当即允了。便开怀饮了一会，席终而散。

果然到了次日，即将五千银子交给桂妹，随把身价银除交五百元之外，尚有五千五百银子，一并交妥了。另有头面约值四千银子上下，都送了过来。五嫂就与桂妹脱褐[2]，念经礼斗[3]，又将院里挂生花、结横彩，门外挂着绉纱长红，不下十余丈。连天鼓乐，彻夜笙歌，好不热闹！同院姊妹，纷纷送饼礼来，与桂妹贺喜。桂妹一概推辞。或问其故，桂妹道："姊妹们厚情，为妹的算是领了。这会回去，若得平安，也是托赖洪福。倘不然，为妹吗，怕要削去三千烦恼青丝，念阿弥去。姊妹们若是不信，且放长眼儿看来。"各人听了，都为感动。只有五嫂得了六千银子，却不管三七廿一。

到了次夜，桂妹即密地邀姓张的到来，与他作别，姓张的只皱着眉没话可说。桂妹劝道："妾这场苦心，君该原谅。俗语说：'穷不与富敌。'

---

[1] 十老爷：此指周庸祐。
[2] 脱褐：妓女从良。
[3] 礼斗：道教谓礼拜北斗星。

君当自顾前程，是要紧的。妾是败柳残花，没什么好处，也不须留恋。"说罢，随拿出三千银子，再说道："拿这些回去，好好营生，此后青楼不宜多到。就是知己如妾，今日也不过如此而已。"说时不觉泪下，姓张的亦为感泣。正是生离死别，好不伤心！整整谈了几个更次，姓张的心里带着愤恨，本不欲拿那三千银子，只不忍拂桂妹的美意，没奈何，只得拿着，趁人静时，分别而去。别时的景况，自不消说了。

　　到了第三天，周庸祐即准备轿子迎桂妹回去，宅子什物，都是预先准备的，也不必说。自从赎了桂妹之后，周庸祐因此在港逗留多时。

　　那一日，正接得羊城一函，是拜把兄弟李庆年因前妻没了，要续娶继室，故请周庸祐回省去。周庸祐听得，当即别了香港，要返羊城。先回到东横街府上，也没有说在香港携妓的事，即叫管家骆子棠（号念伯）上前，问李兄弟续娶继室，可有措办礼物，前往道贺的没有。骆念伯道："礼物倒也容易，只是喜联上的上款怎么题法，却不懂得。"周庸祐道："这又奇事，续娶是常有的，如何你还不懂？"骆念伯道："他本来不算续娶，那李老爷自前妻陈氏在时，每欲抬起第二房爱妾，作个平妻，奈陈氏不从，因此夫妻反目。今陈氏已殁了，他就把第二房作了继室。这都是常有的事，也不见得奇异。偏是那第二房爱妾，有一种奇性，因被陈氏从前骂过，又没有坐过花红轿子，却怀恨于心，今因李老爷抬举他为继室，他竟要先离开宅子里，另税[1]别宅居住，然后择过良辰，使李老爷再行摆酒延宾，用仪仗鼓乐，花红大轿子，由宅子里起行，前往现税的别宅接他，作为迎娶。待回至宅子，又再行拜堂合卺[2]礼。他说道：'这样方才算真正继室，才算洗清从前作侍妾的名目，且伸了从前陈氏骂他的这口气。'这样看来，怎么贺法，还要老爷示下。"

　　周庸祐听得，答道："这样果然是一件奇事，还不知同社的各位拜把兄弟，究有贺他没有？"骆念伯道："苏家的说道：'李老爷本是官场里的人，若太过张扬，怕这些事反弄个不好看。'许家的又说道：'他横竖已对人说，

---

[1] 税：租。

[2] 合卺（jǐn）：婚礼的一种仪式。新婚夫妇各拿着半个瓢，以其中所盛之酒漱口。

他自然当是一件喜事，断没有不贺的道理。'两家意见，各自不同。只小弟听说，除了官宦之外，如潘家、刘家的早已备办去了。"周庸祐道："是呀！凡事尽主人之欢，况且近年关部里兼管进口的鸦片，正要靠着洋务局的人员，怎好不做个人情？就依真正娶继室的贺他也罢了。"便办了宁绸喜帐一轴、海味八式、金猪一头、金华腿二对、绍酒四坛、花罗杭绉各二匹，随具礼金一千元，及金器等件，送往李府去。

到了那日，周庸祐即具袍帽过府道贺。果然宾朋满座，男女亲串，都已到了。头锣执事仪仗，色色俱备，活是个迎亲的样子。及至新妇到门，李庆年依然具衣顶，在门首迎轿子，新妇自然是凤冠霞帔，拜堂谒祖，花烛洞房，以及金猪回门的，自不消说。次日即请齐友谊亲串，同赴梅酌[1]。宴罢之后，并留亲朋听戏。

原来李府上因有了喜事，也在府里唱堂戏。所唱的却是有名的挡子班，那班名叫做双福。内中都是声色俱备的女伶，如小旦春桂、红净金凤、老生润莲唱老喉，都是驰名的角色了，各亲朋哪个不愿听听。约摸初更时分开唱，李庆年先自肃客[2]就座，男客是在左，女客是在右。看场上光亮灯儿，娇滴滴的女儿，锦标绣帐，簇簇生新，未唱时，早齐口喝一声采，未几就拿剧本来，让客点剧。有点的，有不点的。许英祥点的是《打洞》，用红净金凤；潘飞虎点的是《一夜九更天》，用老生润莲。次到周庸祐，方拿起笔儿，时周少西正坐在一旁，插口说道："这班有一小旦，叫做春桂，是擅唱《红娘递柬》的，点来听听也好。"周庸祐答个"是"，就依着点了。这时在座听戏的人，个个都是有体面的，都准备赏封，好来打赏，不在话下。

不多时，只听场上笙管悠扬，就是开唱。第一出便是《打洞》，只见红净金凤，开面扮赵匡胤，真是文武神情毕肖。唱罢，齐声喝采，纷纷把赏封掷到场上去。惟周庸祐听不出什么好处，只随便打赏去了。跟手又唱第二出，便是《一夜九更天》，用老生挂白须，扮老人家，唱过岭时，

[1] 梅酌：新娘子亲自下厨，以示手巧。一般在婚礼第二天举行。
[2] 肃客：迎接客人。

全用高字，真是响遏行云。唱罢，各人又齐声喝采，又纷纷把赏封掷到场上去。周庸祐见各人这般赞赏，料然他们赏得不错，也自打赏去了。及到第三出就是《红娘递柬》，周庸祐见这本是自己亲手点的，自然留神听听。果然见春桂扮了一个红娘，在厢房会张生时，眼角传情处，脚踭儿把心事传，差不多是红娘再生的样子。周庸祐正看得出神，周少西在旁说道："这样可算是神情活现了。"周庸祐一双耳朵，两只眼儿，全神早注在春桂，魂儿差不多被他摄了一半。本来不觉得周少西说什么话，只随口乱答几个"是"。少顷，又听得春桂唱时，但觉莺喉跌宕，端的不错。故这一出未唱完，周庸祐已不觉乱声喝采，随举手扣着周少西的肩膊说道："老弟果然赏识的不差了，是该赏的。"便先把大大的赏封，掷到场上。各人见了，也觉得好笑。过了些时，才把这一出唱罢。

李庆年即令停唱一会，命家人安排夜宴。饮次间，自然班里的角色，下场与宾客把盏。有赞某伶好关目，某好做手，某好唱喉，纷纷其说。单表小旦春桂把盏到周庸祐跟前，向姓周的老爷前老爷后，唤个不住，眉头眼角，格外传神。各人心里，只道周栋臣有这般艳福，哪里知得周庸祐把过春桂的赏封，整整有二千银子，妇人家哪有不喜欢？那周庸祐又见得春桂如此殷勤，也不免着实赞奖他一番。又复温存温存，让他一旁坐下，随问他姓什么的。春桂答道："是姓王。"

周庸祐道："到这班里几时了？是从哪里来的？"春桂答道："已经两载，从京里来的。"周庸祐道："惜周某缘薄，见面的少。现在青春几何？现住哪里？"春桂道："十九岁了。现同班的，都税寓潮音街。往常也听得老爷大名，今儿才幸相见。"周庸祐见春桂说话玲珑，声又娇细，自然赏识。回顾周少西附耳说道："他的容貌很好，还赛过桂妹呢。"周少西道："老哥既是欢喜他，就赎他回去也不错。"周庸祐道："哪有不懂得。只有两件事：一来怕他不喜欢；二来马奶奶，你可知得他的性儿，是最不喜欢侍妾的。便是在香港花去六千银子，赎了桂妹，我还不敢对他说。"周少西道："老哥忒呆了！看春桂这般殷勤，是断没有不喜欢的。若马奶奶那里，自不必对他说。像老哥如此豪富，准可另谋金屋的，岂不是两全其美？"周庸祐道："这话很是，就烦老弟问问春桂，看他愿意不愿意。

我却不便亲自说来。"

周少西便手招春桂，移坐过来，把周庸祐要娶他回去的话，说了一遍。春桂一听，也不知得周庸祐已有许多房姬妾，自然满口应承。便带周少西转过厢厅里，并招班主人到来面说。当下说妥身价五千银子，准于明天兑付。周少西即回过周庸祐，庸祐好不欢喜！先向李庆年及各位宾朋说明这个缘故，是晚就不再令春桂登场唱戏了。各友都知得锦上添花，不是赞春桂好良缘，就是赞周栋臣好艳福，倒不能胜记。

及至四更时分，唱戏的已是完场，席终宾散，各自回去。到了次日，即把春桂身价交付过了，就迎春桂到增沙一间大宅子居住。那宅子直通海旁，却十分宏敞，风景又是不俗，再添上几个丫环仆从，这个别第，又有一番景象。正是堂上一呼，堂下百诺，春桂住在其间，倒自觉得意。那一日，正在厅前打坐，忽听门外人声喧闹，一群妇女，蜂拥的跑上楼来，把春桂吓了一跳。正是：

　　方幸姻缘扳阀阅，又闻诟谇起家庭。

要知他门外人声怎地喧闹起来，且听下文分解。

第九回

闹别宅马娘丧气　破红尘桂妹修斋

　　话说第六房姨太太王春桂，正在楼上坐地，忽听一群妇女的声音，喧喧嚷嚷，跑上楼来，早把春桂吓了一跳。时丫环海棠、牡丹，侍坐一旁，春桂正要着他打听，谁想那些妇女，早登在楼上。春桂一看，只见三几名丫环，随后又两个梳佣跟定，挤着一位二十来岁的妇人，面色带着三红七黑，生得身材瘦削，缠着双脚儿，春桂看他面色不像，忙即上前与他见礼。那妇人也不回答，即靠着一张酸枝斗方椅子坐下，徐开言骂道："你们背地干得好事！好欺负人！怪得冤家经宿不回府里去。"春桂此时听了，才知他是马氏太太，不觉面上登时红涨了。自念他究是主妇，就要循些规矩，即令丫环倒茶来，忙又让马氏到炕上，春桂亲自递过那折盅茶，马氏也不接受。春桂此时怒从心起，还亏随来的丫环宝蝉解事，即代马氏接了，放在几子上。马氏道："平日不参神，急时抱佛脚。茶是不喝了，却哪敢生受？须知俗语说：'家有千口，主事一人。'就是瞧我不起，本该赏个脸儿，到府里和我们相见，今儿不敢劳你贵步，倒是我们先来拜见你了。"春桂道："自从老爷带妾回到这里，便是府上向东向西，妾也不懂得。老爷不叫妾去，谁敢自去？太太须知妾也是有头有主，不是白地闯进来的。太太纵不相容，也该为老爷留个脸面，待老爷回来，请和太太评评这个道理。"马氏听得春桂牙尖嘴利，越加愤怒，用手指着春桂骂道："你会说！恃着宠，却拿老爷来吓我！我胆子是吓大的了，今儿便和你算帐！"说罢，拿了那折盅茶，正要往春桂打过来，早有丫环宝蝉拦住。那瑞香、小菱和梳佣银姐，又上前相劝，马氏才把这折盅茶复放下。

　　春桂这时十分难耐，本欲发作，只看着周庸祐的面上，权且忍他，不宜太过不好看，只得罢手。当下马氏气恼不过，又见春桂没一毫相让，欲要与他闹起来，怕自己裹着脚儿，斗他不过；况且他向在挡子班里，怕手脚来得利害，如何是好？欲使丫环们代出这口气，又怕他们看老爷面上，未必动手；若要回去时，岂不是白地失了脸面，反被他小觑自己了。想到这里，又羞又愤，随厉声唤丫环道："他在这里好自在，你们休管三七二十一，所有什物，与我搬回府上去。"丫环仍不敢动手，只来相劝。只马氏哪里肯依，忙拿起一根旱烟管，向自己的丫环瑞香，没头没脑地打下来。众丫环无奈，只得一齐动手，只见春桂睁着眼儿，骂道："这里什物，是老爷把过妾使用的，老爷不在，谁敢拿去？若要动手时，妾就顾不得情面了。"

马氏的丫环听了，早有几分害怕，奈迫于马氏之命，哪里敢违抗？争奈厅上摆的什物，只围屏台几椅桌，统通是粗笨的东西，不知搬得哪一样。有把炕几移动的，有把台椅打掉的，五七手脚，干东不成西，究搬得哪里去。春桂看了，还自好笑。那梳佣银姐站在台面上，再加一张椅子，方待把墙上挂的花旗自鸣钟拿下，不提防误失了手，叮当的一声，钟儿跌下，打作粉碎。银姐翻身扑下来，两脚朝天，滑溜溜的髻儿，早蓬乱去了。海棠与牡丹看了，都掩口笑个不住。马氏见了，又把千臭丫头万臭丫头的，骂个不住。这时马氏已加倍的怒气，忙叫丫环道："所有粗笨难移动的东西，都打翻了罢！余外易拿的，都搬回府上去。"那些丫环听得，越加作势，正闹得天翻地覆。银姐自从一跌，更不免积羞成怒，跑到春桂房子里，要把那洋式大镜子，尽力扳下来。春桂一看，此时已忍耐不住，即跟到房子里，将银姐的髻儿揪住，一手扯了他出来。马氏即叫自己的丫环上前相助。正在难解难分的时候，忽守门的上来报说道："周老爷回来了。"那些丫环听得，方才住了手。

原来那周庸祐正在东横街的宅子里，只见马氏一干人出了门，却没有说过往哪里去。少时又见家人说说笑笑，忽见管家骆念伯上来说道："马太太不知因甚事，闻说现到增沙的宅子，正闹得慌呢。"周庸祐听得这话，心上早已明白，怕他将春桂有什么为难，急命轿班掌轿，要跑去看看。一路上十分愤恨马氏，誓要把个利害给他看个样子，好警戒后来。及到了门前，已听得楼上人声汹涌，巴不得三步登到楼上，见春桂正把银姐打作一团，忙喝一声："休得动手！"方说得一句话，马氏即上前对着周庸祐骂道："没羞的行货！我自进门来，也没有带得三灾七煞，使你家门不兴旺，如何要养着一班妖精来欺负我？他们是要我死了，方才安心的。你好过得意？"说罢，呜呜咽咽的咒骂。

周庸祐此时，顿觉没话可说，只得迁怒丫环，打的骂的，好使马氏和春桂撒开手。随又说道："古人说：'大事化为小事，小事化为没事。'方是个兴旺之家。若没点事故，因些意气，就嚷闹起来，还成个什么体统？"说了，即令丫环们扶马氏回去。那马氏还自不肯去，复在周庸祐面前撒娇撒痴，言三语四，务欲周庸祐把春桂重重的责骂一顿，讨回脸面，方肯罢休。只周庸祐明知马氏有些不是，却不忍枉屈春桂，只得含含糊糊的说了一会。春桂已听得出火，便对马氏着实说道："去不去由得你，这会是初次到来搅扰，妾还饶让三分。须知妾在江湖上，见过多少事来，是从不畏惧他人的。若别时再复这样，管叫你不好看！"周庸祐听了，还恐马氏再说，必然闹个不了，急地骂了春桂几句，马氏便不做声。因看真春桂的情景，不是好惹的，不如因周庸祐骂了几句，趁势回去，较好下场，便没精打彩，引了一干随从婢仆，一头骂，一头出门回去了。

周庸祐便问春桂："因甚事喧闹起来？"春桂只是不答。又问丫环，那丫环才把这事从头至尾，一五一十地说来。此时周庸祐已低头不语，春桂便前来说道："妾当初不知老爷有许多房姬妾，及进门五七天，就听说东横街府里的太太好生利害，平时提起一个妾字，已带了七分怒气，老爷又见他如见虎的，就不该多蓄姬妾，要教人受气才是。"周庸祐听罢，仍是没言可答。春桂即负气回转房子里。

周庸祐一面叫家人打扫地方，将什物再行放好，又嘱咐家人，不得将此事泄将出去，免叫人作笑话，家人自然唯唯领诺。周庸祐却转进春桂房里，千言万语的安慰他，春桂还是不瞅不睬。周庸祐道："你休怨我，大小间三言两语，也是常常有的。万事还有我作主呢。"春桂道："像老爷纸虎儿，哪里吓得人？老爷若还作得主，他哪敢到这里来说长说短？奈见了他，似蛇见硫磺，动也不敢动，他越加作势了。只若是畏惧他的，当初不合娶妾回来；就是娶了回来，也不该对他说。委屈了妾，也不打紧，只老爷还是个有体面的人家，若常常弄出笑话，如何是好？"周庸祐道："我是没有对他说的，或者少西老弟家里传出来，也未可定。只他究竟是个主妇，三言两语，该要饶让他，自然没有不安静的。"春桂道："你也说得好，他进来时，妾还倒茶伺候他，他没头没脑，就吵闹起来。妾到这里，坐还未暖，已是如此，后来还了得？"

周庸祐此时，自思马氏虽然回去，若常常到来吵闹，究没有了期。想了一会，才说道："俗语说：'不贤妻，不孝子，没法可治。'四房在府里，倒被他拿作奴婢一般，便是二房先进来的，还不免受气。我是没法了，不如同你往香港去，和五房居住，意下如何？"春桂道："如此或得安静些，若还留在这里，妾便死也不甘心！"周庸祐便定了主意，要同春桂往香港。

到了次日，即打点停妥，带齐梳佣侍婢，取齐细软，越日就望香港而来。东横街大屋里，上上下下，都没一个知觉。只有马氏使人打听，知道增沙屋里已去个干净，自去怨骂周庸祐不提。

且说周庸祐同春桂来到香港，先回到宅子里，桂妹见了周庸祐又带着一个如花似玉的女子进来，看他动静却不甚庄重，自然不是好人家女子的本色，不知又是哪里带回的。周庸祐先令春桂与五房姐姐见礼，桂妹也回过了，然后坐下。周庸祐就令人打扫房子，安顿春桂住下。

那一日，春桂正过桂妹的房子来，说起家里事，少不免互谈心曲，春桂就把向在挡子班里，如何跟了周庸祐，如何被马氏搅扰，如何来到香港，一五一十地说来，言下少不免有埋怨周庸祐畏惧马氏的意思。桂妹道："妹妹忒呆了！不是班主人强你的，你结识姓周的没有几时，他的家事不知，他的性儿不懂，本不该胡乱随他。愚姐因没恩义的干娘贪着五千银子，弄姐来到这里，今已悔之不及了。你来看，娶了愚姐过来，不过数月，又娶你妹来了。将来十年八年，还不知再多几房姬妾。我们便是死了，也不得他来看看。"说罢，不觉泪下。春桂亦为叹息而去。

桂妹独自寻思，暗忖自己在香港居住，望长望短，不得周庸祐到来一次；今又与第六房同住，正是会少离多。若回羊城大屋，又恐马太太不能相容。况且两三年间，已蓄五六房姬妾，将来还不知更有多少。细想人生如梦，繁华富贵，必有个尽头。留在这里，料然没有什么好处，倒不如早行打算。想到这里，又不免想到从前在青楼时那姓张的人了。忽又转念道：使不得，使不得。自己进他门以来，未有半点面红面绿，他不负我，我怎好负他？想了一会，觉得神思困倦，就匿在床子上睡去。只哪里睡得着，左思右想，猛然想起在青楼时，被相士说自己今生许多灾难，还恐寿元不永，除是出家，方能抵煞，不如就寻这一条路也好。

在女儿家知识未开，自然迷信星相；况那桂妹又有这般感触，如何不信？当下就立定了主意，要削发为尼。只是往哪一处削发才好？忽然又想起未到香港以前，在珠江谷埠时，每年七月娼楼建醮[1]，请来念经的，有一位师傅名叫阿光的，是个不长不短的身材，年纪约二十上下，白净嫣红的脸面，性情和婉，诵梵音悠扬清亮。自己因爱他一副好声喉，和他谈得很熟，他现在羊城□□庵里修斋，就往寻他，却是不错。但此事不可告人，只可托故而去罢了，便托称心事不大舒畅，要往戏园里观剧。香港戏园每天唱戏，只唱至五点钟为度。当是时，晚上汽船正在五点开行的时候，就乘机往附汽船，有何不可？

次日，先携了自己私蓄的银两，着丫环随着，乘了轿子，先到戏园，随发付轿子回去。巴不得等四点半钟时候，先遣开丫环，叫他回府催取轿子，丫环领命去了。桂妹就乘势出了戏园，另雇轿子，直到汽船上去。及丫环引轿回到戏园，已不见了桂妹，只道他因唱戏的已经完场，独坐不雅，故先自回去，就立刻跑回府里，才知桂妹并未回来，早见得奇异。往返半点钟有余，汽船早已开行去了。又等了多时，都不见桂妹人影。

周庸祐暗忖桂妹在港多时，断没有失路的，究往哪里去？就着人分头寻觅，总不见一个影儿。整整闹了一夜，所有丫环婢仆家里人，上天钻地，都找遍了，都是空手回来，面面相觑。周庸祐情知有异，就疑他见春桂来了，含了醋意，要另奔别人去。此时便不免想到那姓张的去了，因那姓张的与桂妹是在青楼时的知己，若不是奔他，还奔何人？想罢，不觉大怒，就着人寻那姓张的理论。正是：

　　方破凡尘归佛界，又来平地起风波。

要知后事如何，且听下回分解。

---

[1] 建醮（jiào）：设置道场，建坛祈祷。

第十回

闹谷埠李宗岱争钗　走香江周栋臣惧祸

　　话说周庸祐自桂妹逃后，却不知得他逃的因什么事故。细想在这里居高堂，衣文绣，吃膏粱，呼奴喝婢，还不能安居，一定是前情未断，要寻那姓张的无疑了，便着家人来找那姓张的理论。

　　偏是事有凑巧，姓张的却因得了桂妹所赠的三千银子，已自告假回乡去了。周庸祐的家人听得，越想越真，只道他与桂妹一同去了，一发生气，并说道："他一个妇人，打什么紧要？还挟带多少家财，方才逃去。既是做商业的人，包庇店伴，干这般勾当，如何使得？"当下你一言，我一语，闹作一团。

　　那姓张的，本是个雇工的人，这时那东主听得，又不知是真是假，向来听说他与锦绣堂的桂妹是很知己的，此时也不免半信半疑。只得向周庸祐那家人，说几句好话而罢。

　　过了数天，姓张的回到店子里，那东主自然把这事责他的不是。姓张的自问这事干不来，如何肯承认。争奈做商务的人家，第一是怕店伴行为不端，就有碍店里的声名，不管三七二十一，立即把姓张的开除去了。

　　姓张的哪里分辩得来，心里只叫几声冤枉，拿回衣箱而去。周家听得姓张的开除去了，也不再来追究。

　　谁想过了数天，接得邮政局付到一封书，并一包物件，外面写着"交香港中环士丹利街某号门牌周宅收启"的十几个大字，还不知从哪里寄来的。急急地拆开一看，却是滑溜溜的一束女儿头发。周庸祐看了，都不解何故，忙又拆那封书看个备细，才知道桂妹削发出家，这束头发，正是桂妹寄来，以表自己的贞白。周庸祐此时，方知姓张的是个好人，惭愧从前枉屈了他。欲把这事秘密，又恐外人纷传周宅一个姬妾私奔，大大不好看。倒不如把这事传讲出来，一面着人往姓张的店子，说个不是。从中就有那些好事之徒，劝姓张的到公庭，控姓周的赔丑。惟是做商业的人，本不好生事的，单是周家闻得这点消息，深恐真个闹出来，到了公堂，更失了体面，便暗中向姓张的赔些银子，作为了结。自此周庸祐心上觉得有些害羞，倒不大出门去，只得先回省城里，权住些时，然后来港。

当回到东横街宅子时，对马氏却不说起桂妹出家的事，只说自己把桂妹赶逐出来而已。因马氏素性是最憎侍妾的，把这些话好来结他欢心。那马氏心里，巴不得把六房姬妾尽行驱去，拔了眼前钉刺，倒觉干净。

那一日，周庸祐正在厅子纳闷，忽报冯少伍到来拜候。原来那冯少伍，是周庸祐的总角交[1]，平时是个知己。自从周庸祐凭关库发达之后，那冯少伍更来得亲切。这会到来，周庸祐忙接进里面。茶罢，周庸祐道："许久不见足下，究往哪里来？"冯少伍道："因近日有个机会，正要对老哥说知。"周庸祐便问有什么机会。冯少伍道："前署山东藩司山东泰武临道李宗岱，别字山农，他原是个翰林世家，本身只由副贡出身。自入仕途以来，官星好生了得，不多时，就由道员兼署山东布政使[2]。现在力请开缺，承办山东莒州矿务。他现与小弟结识，就是回籍集股的事宜，也与小弟商酌。试想矿产两字，是个无穷利路，老哥就从这里占些股儿，却也不错。"周庸祐道："虽然是好，只小弟向未尝与那姓李的认识，今日附股的事小，将来获利的事大。官场里的难靠，足下可省得？"冯少伍道："某看李山农这人，很慷慨的，料然不妨。既然足下过虑，待小弟今晚作个东道，并请老哥与山农两位赴席，看他如何，再行卓夺，你道如何？"周庸祐答个"是"，冯少伍便自辞出。

果然那夜，冯少伍就请齐李、周两人赴席。偏是合当有事，冯少伍设宴在谷埠绣谷艇的厅上，先是李山农到了，其次周庸祐也到了。宾朋先后到齐，各叫校书到来侑酒。原来李山农因办矿务的事，回籍集股，镇日倒在谷埠上花天酒地，所狎[3]的校书，一是绣谷艇的凤婵，一是肥水艇的银仔，一就是胜艇的金娇。那三名校书，一来见李山农是个监司

[1] 总角交：童年时代交的朋友。
[2] 布政使：官名。明朝时为一省的行政长官；清朝为二品官。
[3] 狎（xiá）：亲近而态度不庄重。

大员，二来又是个办矿的富商，倒来竭力奉承。那李山农又是个色界情魔，倒与他们很觉亲密。这时节，自然叫了那三名校书过来，好不高兴。

谁想冤家有头，债各有主，那三名校书，又与周庸祐结交已非一日。当下周庸祐看见李山农与各校书如此款洽，心中自是不快，便问冯少伍道："那姓李的与这几名校书，是什么时候相识的？"冯少伍道："也不过一月上下。只那姓李的自从回粤之后，已在谷埠携了妓女三名，闻说这几天，又要和那数名校书脱籍[1]了。"周庸祐心里听得，自是不快。暗忖那姓李的有多少身家，敢和自己作对。就是尽把三妓一起带去，只不过花去一万八千，值什么钱钞？看姓李的有什么法儿。想罢，早打定了主意。

当下笙歌满座，有弄琴的，有唱曲儿的，热热闹闹，惟李山农却不知周庸祐的心里事，只和一班妓女说说笑笑。周庸祐越看不过眼，立即转过船来，与鸨母说妥，合用五千银子，准明天要携那三妓回府去。李山农还不知觉，饮罢之后，意欲回去凤婵的房子里打睡，鸨母哪里肯依。李山农好不动怒，忙问什么缘故。才知周庸祐已说妥身价，明天与他们脱籍了。李山农心上又气又恼，即向鸨母发作道："如何这事还不对我说，难道李某就没有三五千银子，和凤婵脱籍不成？我实在说，自山东回来，不及两月，已携妓三名。就是佛山莲花地敝府太史第里，兄兄弟弟，老老幼幼，已携带妓女不下二十名了，哪有那姓周的来？"说了左思右想，要待把这几名妓女争回。叵耐周庸祐在关里的进款，自鸦片归洋关料理以来，年中不下二三十万。且从前积蓄，已有如许家当，讲起钱财两字，料然不能和他争气，惟有忍耐忍耐。没精打彩的回转来，已有四更天气，心上想了又想，真是睡不着。

到了越日，着人打听，已知周庸祐把银子交妥，把那三名妓女，不动声色的带回增沙别宅，那别宅就是安顿挡班子春桂的住处。这会子，比不得从前在香港携带桂妹的喧闹，因恐马氏知道了，又要生出事来，因此秘密风声，不敢叫人知觉。惟是李山农听得，心里愤火中烧，正要寻个计儿，待周庸祐识得自己的手段，好泄这口气。猛然想起现任的张总督，屡想查查海关库里的积弊，现时总督的幕府，一位姓徐的老夫子

---

[1]脱籍：古时妓女由官府编入乐籍，如嫁人或不再作妓女，经官府批准除去乐籍。

唤做赓扬，也曾任过南海知县，他敲诈富户的手段好生利害，年前查抄那沈韶笙的一宗案件，就是个榜样。况自己与那徐赓扬是个知己，不如与他商酌商酌，以泄此恨，岂不甚妙？想罢，觉得有理，忙即乘了轿子，望徐赓扬的公馆而来。

当下两人相见，寒暄数语，循例说几句办矿的公事，就说到周庸祐身上。先隐过争妓的情节不提，假说现在饷项支绌，须要寻些财路；又说称周庸祐怎么豪富，关里怎么弊端，说得落花流水。徐赓扬道："这事即张帅早有此意，奈未拿着他的痛脚儿[1]；且关里的情形，还不甚熟悉。若要全盘翻起，恐碍着历任海关的面上，觉得不好看，是以未敢遽行发作。老哥此论，正中下怀，待有机会，就从这里下手便是。"李山农听了，忙称谢而出。心里又暗恨冯少伍请周庸祐赴席，致失自己的体面。口虽不言，只面色常有些不妥。

冯少伍早已看得，即来对周庸祐说个备细。周庸祐道："足下好多心，难道除了李山农，足下就没有啖饭的所在不成？现在小弟事务纷纷，正要寻个帮手，请足下就来舍下，帮着小弟打点各事，未审尊意若何？"冯少伍听得，不胜之喜。自此就进周府里打点事务，外面家事，自由骆子棠料理，余外紧要事情，倒由冯少伍经手，有事则作为纪纲，没事时便如清客一般，不是到谈瀛社谈天，就是在厅子里言今说古。

那冯少伍本是个机警不过的人，因见马氏有这般权势，连周庸祐倒要看他脸面，因此上，在周庸祐面前，自一力趋承；在马氏面前，又有一番承顺，马氏自然是喜欢他的了。只是马氏身子，平素是最孱弱的，差不多十天之内，倒有八九天身子不大舒畅，稍吃些腻滞[2]，就乘机发起病来。偏又不能节戒饮食，最爱吃的是金华腿，常说道，每膳不设金华腿，就不能下箸。故早晚二膳，必设金华腿两大碟子，一碟子是家内各人吃的，一碟子就独自受用，无论吃多吃少，这两大碟子金华腿是断不能缺的，若有残余，便给下人吃去。故周宅每月食品，单是金华腿一项，准要三百银子有余。

---

[1] 痛脚儿：短处；把柄。
[2] 腻滞：油腻而不易消化的食物。

　　周庸祐见马氏身子赢弱，又不能戒节口腹，故常以为虑。冯少伍道："马太太身子不好，性又好怒，最要敛些肝火，莫如吸食洋膏子，较足养神益寿。像老哥富厚的人家，就月中多花一二百银子，也没紧要。但得太太平安，就是好了。"周庸祐听得，觉得此话有理，因己自吸食洋膏以来，也减了许多微病，便劝马氏吸食洋膏。那马氏是个好舒展、闹款子、不顾钱财的人物，听了自没有不从，即着人购置烟具，冯少伍就竭力找寻，好容易找得一副奇巧的，这烟盘子是酸枝地密镶最美的螺甸，光彩射人，盘子四角，都用金镶就。大盘里一个小盘子，却用纹银雕成细致花草，内铺一幅宫笔春意图，上用水晶罩住。这灯子是原身玻璃烧出无数花卉，灯胆另又一幅五色八仙图，好生精致。随购了三对洋烟管，一对是原枝橘红，外抹福州漆；一对是金身五彩玉石制成；一对是崖州竹外镶玳瑁。这三对洋烟管，都是金堂口，头尾金圈，管夹象牙。其余香娘、青草、谭元记等有名的烟斗，约共七八对。至于烟盘上贵重的玩器，也不能胜数。单是这一副烟具，统通费三千银子有余。

　　马氏自从吸食洋膏之后，精神好像好些，也不像从前许多毛病，只是身体越加消瘦了。那周庸祐除日间出谈瀛社闲逛，和朋友玩赌具，或是花天酒地之外，每天到增沙别宅一次，到素波巷香屏的别宅一次，或十天八天，到关里一次不等。所有余日，不是和清客谈天，就是和马氏对着弄洋膏子。人生快乐，也算独一无二的了。

　　不想安乐之中，常伏有惊心之事。那一日，正在厅子里打坐，只见冯少伍自门外回来，脚步来得甚速，面色也不同。踏到厅子上，向周庸祐附耳说了几句话，周庸祐登时脸上带些青黄，忙屏退左右，问冯少伍道："这话是从哪里听得来的？"冯少伍道："小弟今天有事，因进督衙里寻那文案老夫子会话，听说张大帅因中法在谅山的战事，自讲和之后，这赔款六百万由广东交出。此事虽隔数年，为因当日挪移这笔款，故今日广东的财政，十分支绌，专凭敲诈富户。听得关程许多中饱，所以把从前欲查办令舅父傅成的手段，再拿出来。小弟听得这个消息，故特跑回通报。"周庸祐道："他若要查办，必干累监督联大人，那联大人是小弟与他弄这个官儿的，既有切肤之痛，料不忍坐视，此事或不须忧虑。"冯少伍道："不是这样说。那张帅自奏参崇厚以来，圣眷甚深，哪事干不来？

且他衙里有一位姓徐的刑名老夫子，好生利害。有老哥在，自然敲诈老哥。若联大人出头，他不免连联大人也要参一本了。"周庸祐道："似此怎生才好？"冯少伍道："前者傅成就是个榜样，为老哥计，这关里的库书，是个邓氏铜山，自不必转让他人，但本身倒要权时走往香港那里躲避。张帅见老哥不在，自然息了念头。他看敦郡王的情面，既拿老哥不着，未必和联大人作对。待三两年间，张帅调任，这时再回来，岂不甚妙？"周庸祐道："此计亦可，但这里家事，放心不下，却又如何？"冯少伍道："老哥忒呆了！府上不是忧柴忧米，何劳挂心？内事有马太太主持，外事自有小弟们效力，包管妥当的了。"周庸祐此时，心中已决，便转进里面，和马氏商议。正是：

　　营私徒拥薰天富，惧祸先为避地谋。

　　要知后事如何，且听下回分解。

第十一回

筑剧台大兴土木　交豪门共结金兰

话说周庸祐听得冯少伍回来报说，因督帅张公要查办关里的中饱，暗村此事若然干出来，监督未必为自己出头。除非自己去了，或者督帅息了念头，免至牵涉。若是不然，怕他敲诈起来，非倾耗家财，就是没法了。计不如三十六着，走为上着，便进内与马氏商议此事。马氏道："此事自然是避之则吉，但不知关库里的事务，又靠何人打点？"周庸祐道："有冯少伍在，诸事不必挂意。细想在羊城里，终非安稳，又不如在香港置些产业，较为妥当。现关里的库款，未到监督满任以前，是存贮不动的。某不如再拿三五十万，先往香港去，天幸张督帅调任，自回来填还此款。纵认真查办，是横竖不能免罪的，不如多此三五十万较好。这时纵羊城的产业顾不住，还可作海外的富家儿了。"马氏道："此计很妙，但到香港时住在哪处，当给妾一个信息，妾亦可常常来往。"

周庸祐领诺而出，随向伍氏姨太太和锦霞姨太太及素波巷、增沙的别宅各姨太太，先后告诉过了。即跑到关里，寻着那代管账的，托称有点事，要移转三五十万银子。那管账人不过是代他管理的，自然不敢抗他。周庸祐便拿了四十万上下，先由银号汇到香港去了。然后回转宅子里，打叠细软。此行本不欲使人知觉，更不携带随伴，独自一人，携着行箧，竟乘夜附搭汽船，望香港而去。到后先函知马氏，说自己平安到埠。又飞函冯少伍，着他到增沙别宅，把第七房凤蝉、第八房银仔的两房姬妾送到港来，也不与春桂同住，就寻着一位好友，姓梁别字早田，开张□记船务办管生理的，在他店子的楼上居住，不在话下。

单表马氏自周庸祐去后，往常家里事务，本全托管家人打点，奈思银两过付还多，因周庸祐不在，诚恐被人欺弄，不免事事倒要自己过目。家人尽知他素性最多疑忌，也不为怪。只是马氏身子很弱，精神不大好，加以留心各事，更耗心神，只凭弄些洋膏子消遣，暇时就要寻些乐事，好散闷儿。单是丫环宝蝉，生性最是伶俐，常讨得马氏的欢心，不时劝马氏唱演堂戏散闷；马氏又最爱听戏的，所以东横街周宅里，一月之内，差不多有二十天锣鼓喧天，笙歌盈耳。

那一日，正在唱戏时候，适冯少伍自香港回来。先见了马氏，素知马氏性妒，即隐过送周庸祐姬妾到港的事不提，只回说周庸祐平安住港而已。马氏道："周老爷有怎么话嘱咐？"冯少伍道："他嘱某转致太太，万事放开心里，早晚寻些乐境，消遣消遣，若弄坏了身子，就不是玩的。"马氏道："我也省得。自老爷去后，天天到南关和乐戏院听戏，觉往来不方便，因此在府里改唱堂戏。你回来得凑巧，今正在开演，用过饭就来听戏罢。"冯少伍道："在船上吃过西餐，这会儿不必弄饭了。"说了，就靠一旁坐下，随又说道："唱堂戏是很好，只常盖篷棚在府里，水火两字，很要小心。倒不如在府里建筑戏场，不过破费一万八千，就三五万花去了，究竟安稳。"马氏一听，正是一言惊醒梦中人，不觉欢喜答道："终是冯管家有阅历的人也，见得到。看后园许多地方，准可使得，明日就烦管家绘图建筑便是。"冯少伍听得，一声领诺，随转出来。

一宿无话。越日即到后花园里，相度过地形，先将园内增置花卉，或添置楼阁，与及戏台形式，都请人绘就图说，随对马氏说道："请问太太，建筑戏场的材料，是用上等的？还是用平常的？"马氏笑道："唉！冯管家真疯了！我府里干事，是从不计较省啬的。你在府里多时，难道不知？这会儿自然用上等的材料，何必多问？还有听戏的座位，总要好些。因我素性好睡，不耐久坐的，不如睡下才听戏，倒还自在呢。"冯少伍听罢，得了主意。因马太太近来好吸洋膏子，没半刻空闲时候，不如戏台对着那一边另筑一楼，比戏台还高些，好待他吸烟时看戏才好。想罢，便说一声"理会得"，然后转出。

择日兴工，与工匠说妥，中央自是戏台，两旁各筑一小阁，作男女听戏的座位。对着戏台，又建一楼，是预备马氏听戏的座处。楼上中央，以紫檀木做成烟炕，炕上及四周，都雕刻花草，并点缀金彩。戏台两边大柱，用原身樟木雕花的，余外全用坤甸格木，点缀辉煌。所有砖瓦灰石，都用上等的，是不消说得。总计连工包料，共八万银子。待择妥兴工的日辰，即回复马氏。此时府里上下，都知增建戏台的事，只道此后常常听戏，好不欢喜。

次日，马氏即同四房锦霞跟着，扶了丫环瑞香，同进花园里看看地势。一路绕行花径，分花拂柳而来。到一株海棠树下，忽听得花下石磴上，露出两个影儿，却不觉得马氏三人来到。马氏听得人声喁喁细语，就潜身花下一听，只听得一人说道："这会子建筑戏台，本不合兴工的。"那一人道："怎么说？难道老爷不在这里，马太太就做不得主不成？"这一人又道："不是这样说，你看马太太的身形，腹里比前大得很，料然又是受了胎气的了，怕动工时冲犯着了，就不是玩的。"那一人又道："冲犯着便怎么样？"这一人又道："我听人说，凡受了胎的妇人，就有胎神在屋里。那胎神一天一天的坐处不同，有时移动一木一石，也会冲犯着的。到兴工时，哪里关照得许多，怕一点儿不谨慎，那要小产下来，可不是好笑的么？"那一人听罢，啐一口道："小小妮子懂怎么说？怎么大产小产，好不害羞！"说了，这一人满面通红，从花下跑出来，恰与马氏打一个照面。马氏一看，不是别人，跑出来的，正是四房的丫环丽娟，还坐在石磴上的，却是自己的丫环宝蝉。丽娟料然方才说的话早被马氏听着了，登时脸上青黄不定。锦霞恐马氏把他来生气，先说道："偷着空儿，就躲到这里，还不回去，在这里干什么？"丽娟听了，像得了一个大机会的一般，就一溜烟地跑去了。马氏即转过来，要责骂宝蝉，谁想宝蝉已先自跑回去了。

马氏心上好不自在，随与二人回转来。先到自己的房子里，暗忖那丫环说的话，确实有理，他又没有一言犯着自己，本来怪他不得。只即传冯少伍进来，问他几时动工。冯少伍道："现在已和那起做的店子打定合同，只未择定兴工的日子。因这时三月天气，雨水正多，恐有防碍工程，准在下月罢。"马氏道："立了合同，料然中止不得。只是兴工的日元，准要细心，休要冲犯着家里人。你可拿我母女和老爷的年庚，交星士看，勿使相冲才好。"冯少伍答一声"理会得"随退来。暗忖马氏着自己勿选相冲的日子，自是合理，但偏不挂着各房姬妾，却又什么缘故？看来倒有些偏心。又想昨儿说起建筑戏台，他好生欢喜。今儿自花园里回来，却似有些狐疑不定，实在摸不着他的意。随即访问丫环，马太太在花园有怎么说话。才知他为听得丽娟的议论，因此就找着星士，说明这个缘故，仔细择个日元。到了动工时，每日必拿时宪书看过胎神，然后把物件移动，故马氏越赞冯少伍懂事。

话休烦絮，自此周府内大兴土木，增筑戏台楼阁，十分忙碌。偏是事有凑巧，自兴工那日，四房锦霞姨太太染了一病，初时不过头带微痛，渐渐竟头晕目眩，每天到下午，就发热起来。那马氏生平的性儿，提起一个妾字，就好像眼前钉刺，故锦霞一连病了几天，马氏倒不甚挂意，只由管家令丫环请医合药而已。奈病势总不见有起色，冯少伍就连忙修函，说与周庸祐知道。是时锦霞已日重一日，料知此病不能挽回，周庸祐又不在这里，马氏从不曾过来问候一声，只有二姨太太或香屏姨太太，每天到来问候，除此之外，只靠着两个丫环服侍。自想自己落在这等人家，也算不错，奈病得这般冷淡，想到此情，不免眼中掉泪。

那日正自愁叹，忽接得周庸祐由香港寄回一书，都是叫他留心调养的话。末后又写道："今年建造戏台，实在不合，因时宪书说本年大利东方，不利南北，自己宅子实在不合向。"这等话看了，更加愁闷。果然这数天水米不能入口，马氏天天都是离家寻亲问戚，只有二姨太太替他打点，看得锦霞这般沉重，便问他有什么嘱咐。锦霞叹一声道："老爷不在这里，有什么嘱咐？死生有命，只可惜落在如此豪富的人家，结局得这个样子。"二姨太太道："人生在世，是说不定的，妹妹休怨。还怕我们后来比妹还不及呢？"说了，又大家垂泪。是夜到了三更时候，锦霞竟然撑不住，就奄然没了。当下府里好不忙乱，马氏又不在府里，一切丧事，倒不能拿得主意。

原来马氏平日，与潘子庆和陈亮臣的两位娘子最为知己，那潘子庆是管理关里的册房，却与周庸祐同事的。那陈亮臣就是西横街内一个中上的富户。马氏平日，最好与那两家来往；那两家的娘子，又最能得马氏的欢心，因是一个大富人家，哪个不来巴结？无论马氏有什么事，或一点不自在，就过府来问前问后，就中两人都是。潘家娘子朱氏，周旋更密，其次就是陈家的娘子李氏了。自从周宅里兴工建筑戏台，已停止唱演堂戏，故马氏常到潘家的娘子那里谈天。这时，陈家的李氏因马氏到了，倒常常在潘宅里，终日是抹叶子^[1]为戏。那马氏本有一宗癖性，无论到了哪处人家，若是他的正妻相见，自然是礼数殷勤；若还提起一个"妾"字，纵王公府里的宠姬，马氏也却瞧也不瞧他的。潘陈两家娘子，早识他意思，所以马氏到来，从不唤侍妾出来见礼，故马氏的眼儿，自觉干净。自到了潘家盘桓之后，锦霞到

---

[1] 抹叶子：玩纸牌。

病重之时，马氏却不知得，家人又知他最怕听说个"妾"字，却不敢到来奔报。

正是人逢知己，好不得意。那一日，马氏对潘家朱氏说道："我两人和陈家娘子，是个莫逆交，倒不如结为姊妹，较觉亲热，未审两人意见何如？"朱氏道："此事甚好，只我们高扳不起，却又怎好？"马氏道："说怎么高扳两字？彼此知心，休说闲话罢。"朱氏听了，就点头称善，徐又把这意对李氏说知，李氏自然没有不允。当下三人说合，共排起年庚让朱氏为姊，马氏为次，李氏为妹。各自写了年庚及父名母姓，与丈夫何人，并子女若干人，一一都要写妥。谁想马氏写了多时，就躲在炕上吸洋膏子，只见朱、李两人翻来覆去，总未写得停妥。马氏暗忖：他两人是念书识字的，如何一个兰谱[1]也写不出？觉得奇怪，只不便动问。

原来朱氏心里，自忖兰谱上本该把侍妾及侍妾的儿女一并填注，奈马氏是最不要提个妾字，这样如何是好？想了一会，总没主意，就转问李氏怎样写法才好。不想李氏亦因这个意见，因此还未下笔。听得朱氏一问，两人面面相觑。没奈何，只得齐来问问马氏要怎么写法。马氏道："难道两位姊妹连兰谱也不会写的？"说罢，忙把自己所写的，给他两人看。他两人看了，见马氏不仅侍妾不提，就是侍妾的儿女，也并不写及。朱氏暗忖：自己的丈夫，比不得周庸祐，若然抹煞了侍妾们，怕潘子庆有些不悦。只得拼着胆子，向马氏说道："愚姊的意思，见得妾子也一般认正妻为嫡母，故欲把庶出的两个儿子，一并写入，尊意以为可否？"马氏道："他们的儿子，却不是我们的儿子，断断写不得的。"朱氏听得，本知此言实属无理，奈不忍拂马氏的性，只勉强答一声"是"，然后回去，立刻依样写了。

这时三人就把自己的年庚，放在桌子上，焚香当天祷告，永远结为异姓姊妹，大家相爱相护，要像同父同母生下来的。拜罢天地，然后焚化宝帛，三人再复见过了一个礼，又斟了三杯酒。

正在大家对饮，只见周府上四房的丫环彩凤和梳佣六姐，汗淋淋地跑到潘宅来，见了马氏，齐声说道："太太不好了！四姨太太却升仙去了！"正是：

　　　　堂前方结联盟谱，府上先传噩耗声。

要知后事如何，且听下回分解。

---

[1] 兰谱：旧时结盟时互相交换的帖子，上写自己家族的谱系。

第十二回

狡和尚看相论银精　冶丫环调情闹花径

话说马氏太太和潘家的朱氏、陈家的李氏三人结了姊妹，正在交杯共饮的时候，忽见四房的丫环彩凤和梳佣六姐到来，报告四房锦霞的丧事。马氏听了，好生不悦，因正在结义之时，说了许多吉祥的话儿，一旦闻报凶耗，那马氏又是个最多忌讳的人，听了登时骂道："这算什么事，却到来大惊小怪？自古道：'有子方为妾，无子便算婢。'由他死去，干我什么事？况这里不是锦霞丫头的外家，到来报什么丧事？快些爬去吧！"

当下彩凤和六姐听罢，好似一盘冷水从头顶浇下来。彩凤更慌做一团，没一句说话。还是六姐心中不服，便答道："可不是家有千口，主事一人。家内人没了，不告太太，还告谁去？"马氏道："府里还有管家，既然是没了，就买副吉祥板，把他殓葬了就是。他没有一男半女，又不是七老八十，自然不消张皇做好事，对我说什么？你们且回去，叫冯、骆两管家依着办去吧。"彩凤便与六姐一同跑回去，把马氏这些话，对骆子棠说知，只得着人草草办理。但府上一个姨太太没了，门前挂白，堂上供灵，这两件事，是断断少不得的。只怕马氏还不喜欢，究竟不敢作主。

家里上下人等，看见锦霞死得这般冷淡，枉嫁着如此人家。况且锦霞生前，与太太又没有过不去，尚且如此。各人想到此层，都为伤感。便是朱氏和李氏，听得马氏这番说话，都嫌他太过。还亏朱氏多长两岁年纪，看不过，就劝道："四房虽是个侍妾，仍是姊妹行。他平生没有十分失德，且如此门户，倒要体面体面，免落得外人说笑。"马氏心里，本甚不以此说为然；奈是新结义的姐姐，怎好拂他？只得勉强点头称是。便与丫环辞出潘宅，打轿子回来。骆管家再复向他请示，马氏便着循例开丧，命丫环们上孝，三七二十一天之内，造三次好事，买了一副百把银子的长生板[1]，越

---

[1] 长生板：棺材板。

日就殡他去了。各亲串朋友，倒见马氏素性不喜欢侍妾的，也不敢到来祭奠。各房姬妾与各房丫环，想起人死无仇，锦霞既没有十分失德，马氏纵然憎恶侍妾，但既然死了，也不该如此冷落，因此触景生怜，不免为之哀哭。那彩凤想锦霞是自己的主人，越哭得凄楚。马氏看了，心上自然不自在。

过了三旬，就是丧事完满，马氏想起现时建筑戏台的事，周老爷也说过，本年不合方向，果然兴工未久，就没了锦霞。纵然把自己夫妻母女的年庚，交星士算过，断然没有冲犯，只究竟心里疑惧。那日就对丫环宝蝉说起此事，言下似因起做不合方向，仍恐自己将来有些不妥的意思。宝蝉道："太太休多心，这会子四姨太没了，也不关什么冲犯，倒是他命里注定的了。"马氏道："胡说！你哪里得知？这话是人人会说的，休来瞒我。"宝蝉道："哪敢来瞒太太？实在说，前月奴婢与瑞香，随着四姨太到华林寺参拜罗汉，志在数罗汉卜儿女。遇了一个法师，唤做志存，是寺里一个知客，向他问各位罗汉的名字。说了几句话儿，就知他是个善看相的，就到他房子里看相。那志存和尚说他本年气色不佳，必有大大的灾险。四姨太顿时慌了，就请他实在说。他还指着四姨太的鼻儿，说他准头[1]暗晦，且额上黑气遮盖天庭，恐防三两月之内，不容易得吉星救护。除是诚心供侍神佛，或者能免大祸。故四姨太就在寺里许下血盆经，又顺道往各庙堂作福。谁想灵神难救，竟是没了，可不是命里注定的吗？"马氏道："原来如此，这和尚真是本领，能知过去未来，不如我请他到来看看也好。"宝蝉道："哪有什么不好？若是太太请他到来，奴婢也要顺便看看。"马氏道："这可使得。"便着人到华林寺里，要请志存和尚到来看相。

这志存听得周府上马太太请他看相，自然没有不来。暗忖从前看他四姨太太，不过无意中说得凑巧；这会马氏他如何出身，如何情性，及夫婿何人，已统通知得的。纵然不能十分灵验，准有八九妥当。更加几句赞语，不由他不喜欢，便放着胆子到来。先由骆管家接待，即报知马氏说："相士到了。"马氏就扶丫环宝蝉出来，到厢厅里坐定，随请相士进来。

那志存身穿一件元青杭绸袈裟，足蹬一双乌缎子鞋，年纪三十上下。生得眉清目秀，举动温柔，看了自不动人憎厌。手摇纸扇，进到厢厅上，

[1] 准头：鼻子，鼻梁。

唤一声"太太"，随见一个礼。马氏回过了，就让他坐下。宝蝉代说道："前
儿大师与四姨太太看相，实在灵验，因此，太太也请大师到来看看。"志
存谦让一番，先索马氏右掌一看，志存先赞道："掌软如绵，食禄万千，便
不是寻常的。看掌纹深细，主为人聪明伶俐。中间明堂深聚，天地人三纹
清楚，财帛丰盈，不消说了。休、生、伤、杜、景、死、惊、开八门即八
卦，独惜乾、坎两宫，略为低陷，恐少年已克父母，即祖业根基，仍防中落。
余外艮、震、巽、离、坤、兑各宫，丰满异常，更有佳者。看巽宫则配夫
必巨富，看离位则诰命至夫人，实是万中无一。况指中宾主相对，贫僧阅
人千万，未有这般好掌。"马氏笑说道："大师休过奖，实些儿说吧。"志存道：
"贫僧是不懂奉承的，太太休得思疑。"说了又看面部，更摇头伸舌，赞不
绝口。即请马氏用金钗儿挑起鬓翼一看，随道："少年十四载俱行耳运，是
为采听官，惜两耳轮廓欠分，少运就差些了。自十五入额运，正是一路光明。
且保寿官眉分八彩，鼻如悬胆，可知大富由天定。眼中清亮藏神，自然福
寿人也。且人中深长，子息无忧。唯先女后男，恐带虚花耳。至于地角圆满，
双颧得佩，万人中好容易有如此相格。且发如润丝，颈项圆长，活是一个
凤形。依相书说，问寿在神，求全在声。今太太精神清越，声音娇亮。贫
僧拼断一句，此金形成局，直是银精，所到则富。所以周老爷自得太太回
来，一年发一年，就是这个缘故。"马氏道："既是所到则富，怎么未出阁时，
父母早过去了？"志存道："女生外向，故不能旺父母，只能旺夫家。"马氏道：
"是了。只依大师说，问寿在神，怎么我常常见精神困倦，近来多吸了洋膏子，
还没有十分功效，究竟寿元怎地？"志存道："此是后天过劳所致，毕竟元
神藏在里面。寿元吗，尽在花甲以外，是断然的。"马氏又问道："虽是这样，
只现在精神困得慌，却又怎好？"志存答道："这样尽可培补，既是太太要
吸洋膏子，若用人参熬煎洋膏，然后吸下，自没有不能复元的了。"

　　马氏听得这一席话，心上好不欢喜。可惜周老爷不在这里，若还在时，
给他听听，岂不甚妙？忽又转念道：不如叫那大师依样把全相批出来，寄
到周老爷那里一看，自己定然加倍体面。想了，就唤志存批相。志存早会
此意，便应允下日批妥送来。马氏道："大师若是回去，然后批妥送来，怕
方才这番说话就忘却了。"志存说道："哪里话？大凡大贵大贱的相，自然一
望而知。像太太的相格，是从不多见的，哪有忘却的道理？"马氏点头说声

"是"，就令家人引志存到大厅上谈天，款待茶点。先备了二百两银子做赏封，送将出来。志存还作谦让一回，才肯收下。

少顷，志存辞了出来，越日即着人把相本送到。惟马氏自得志存说他是银精，心上就常挂着这两个字，又恐他批时漏了银精两个字，既把这相本唤冯少伍从头读过一遍，果然较看相时有加多赞词，没有减少奖语，就满心欢喜。

正自得意，只见三房香屏姨太转过来，马氏即笑着说道："三丫头来得迟了，那志存大师看相，好生了得！若是昨儿上来，顺便看看也好。"香屏道："妾不看也罢了。这般薄命人，看时怕要失礼相士。"说罢，笑了一声，即转进二姨太房里去，忽见伍氏正睡在床上，香屏摇他说道："整日里睡昏昏，昨夜里往哪里来？竟夜没有睡过不成？"伍氏还未醒来，香屏即在他耳边轰的叫了一声，吓得伍氏一跳，即扯转身来一瞧，见是香屏。香屏就笑个不住，即啐一口道："整日里睡什么？"伍氏道："我若还不睡，怕见了银精，就相形见绌的了。"香屏料知此话有些来历，就问伍氏怎地说这话。伍氏即把昨儿马氏看相，志存和尚怎么赞他，说个透亮。香屏即骂道："相士说他进门来旺夫益婿，难道我们进来，就累老爷亏食不成？"伍氏道："妹妹休多说！你若还看相时，恐相士又是一般赏赞，也未可定。"说了，大家都笑起来。

香屏道："休再睡了，现时已是晚膳的时候，筑戏台的工匠也放工去了，我们到花园里看看晚景，散散闷儿吧。"伍氏答个"是"，就唤梳佣容姐进来轻轻挽过髻儿，即携着丫环巧桃，直进花园里去。只见戏台四面墙壁，也筑得一半，各处楼阁，早已升梁。一路行来，棚上夜香，芳气扑鼻。转过一旁，就是一所荼薇架，香屏就顺手摘了一朵，插在髻上，即转过莲花池上的亭子坐下。丫环巧桃，把水烟角递上，即潜出亭子，往别处游玩去。伍氏两人抽一回烟，就在亭畔对着鹦鹉，和他说笑。不觉失手，把一持金面象牙柄的扇子，坠在池上去。池水响了一声，把树上的雀儿惊得乱鸣。就听得那一旁花径，露些声息，似是人声细语。香屏也听得奇异，正向花径四围张望，只见巧桃额上流着一把汗，跑回亭子来。伍氏即接着，问他什么事，巧桃还不敢说，伍氏骂了一声，巧桃即说道："奴婢说出来没打紧，但求二姨太三姨太休泄出来是奴婢说的。"伍氏道："我自有主意，你只管说来。"巧桃道："方才二太太在这里，奴婢转进前面去，志在摘些茉莉回来。

不料到花径这一旁……"巧桃说到这一句，往下又不说了。香屏又骂道："臭丫头！有话只管说，鬼鬼祟祟干什么？"巧桃才再说道："到花径那旁，只见瑞香姐姐赤着身儿，在花下和那玉哥儿相戏，奴婢就闪在一旁看。不提防水上有点声儿，那玉哥儿就一溜烟地跑了，现时瑞香姐还诈在那里摘花呢。"

伍氏听了，面上就飞红起来，即携香屏，令巧桃引路，直闯进花径来。到时，还见瑞香呆立花下，见了伍氏三人，脸上就像抹了胭脂的，已通红一片，口战战地唤了一声："二姨太，三姨太。"伍氏道："天时晚了，你在这里怎么？我方才见阿玉在这里，这会他又往哪里去？"瑞香听到这里，好似头上起了一个轰天雷的一般。

原来那姓李的阿玉，是周庸祐的体己家童，年约二十上下，生得白净的脸儿，常在马氏房里穿房入室，与瑞香眉来眼去，已非一日。故窥着空儿，就约同到花径里，干这些无耻的事。当下瑞香听得伍氏一问，哪有不慌？料然方才的事，早被他们看破，只得勉强答道："姨太太说什么话？玉哥儿没有到这里来。"伍氏道："我是明明见的，故掷个石子到池上去，他就跑了。没廉耻的行货子！好好实在说，老爷家声是紧要的。若还不认，我就在太太那里，问一声是什么规矩？"

瑞香听罢，料然此事瞒不去，不觉眼中掉泪，跪在伍氏和香屏跟前，哭着说道："两位姨太太与奴婢遮瞒遮瞒则个，奴婢此后是断不敢干的了。"说了又哭。伍氏暗忖道：就把此事扬出来，反于家声有碍。且料马氏必然不认，反致生气，不如隐过为妙。但恐丫环们更无忌惮，只得着实责他道："你若知悔，我就罢休。但此后你不得和玉哥说一句话，若是不然，我就要说出来，这时怕太太要打下你半截来，你也死了逃不去的，你可省得？"瑞香听了，像个囚犯遇大赦一般，千恩万谢地说道："奴婢知道了，奴婢的命，是姨太太挽回的，这点事此后死也不敢再干了。"伍氏即骂道："快滚下去！"瑞香就拭泪跑出来。伍氏三人，即同回转大堂上，并嘱香屏姨太和巧桃休要声张，竟把此事隐过不提。正是：

　　门庭苟长骄淫习，闺阁先闻秽德腥。

要知后事如何，且听下回分解。

第十三回

佘庆云被控押监房　周少西受委权书吏

话说二房伍氏姨太和香屏姨太在花园里，见马氏的丫环瑞香与玉哥儿在花下干这些无耻事，立即把瑞香骂了一顿，随转出来，嘱咐香屏与丫环巧桃休得声张。因恐马氏不是目中亲见的，必然祖庇丫环，这时反叫丫环的胆子愈加大了。倘看不过时，又不便和马氏合气，便将此事隐过便了，只令冯、骆两管家谨慎防范丫环的举动而已。自此冯、骆两人，也随时在花园里梭巡，又顺便查看建造戏台的工程。

果然三数月内，戏台也建筑好了，及增建的亭阁，与看戏的坐处，倒先后竣工。即回明马氏，马氏就到场里审视一周，确是金碧辉煌，雕刻精致，正面的听戏座位，更自华丽，就躺在炕上，那一个戏场已在目前。

马氏看了，心中大悦，一发令人到香港报知周庸祐，并购了几个望远镜，好便看戏时所用，随与冯少伍商酌，正要贺新戏台落成，择日唱戏。冯少伍道："这是本该要的。但俗话说，大凡新戏台煞气很重，自然要请个正一道士，或是茅山法师，到来开坛奠土，祭白虎、舞狮子，辟除煞气，才好开演。这不是晚生多事，怕煞气冲将起来，就有些不妥。不如办妥那几件事，一并待周老爷回来，然后庆贺落成，摆筵唱戏，岂不甚妙？"马氏道："此事我也忘却了，但凡事情该办的，就该办去，说什么多事？只知老爷何日回来，可不是又费了时日么？"冯少伍道："有点事正要对太太说，现张督帅不久就离粤东去了。"马氏喜道："可是真的？这点消息究从哪里得来？"冯少伍道："是昨儿督衙里接得京报，因朝上要由两湖至广东建筑一条火车运动行的铁路，内外大臣都说是工程浩大，建造也不容易。又有说，中国风气与外国不同，就不宜建设铁路的，故此朝廷不决。还亏张督帅上了一道本章主张建造的，所以朝上看他本章说得有理，就知他有点本领，因此把湖广的李督帅调来广东，却把张督帅调往湖广去，就是这个缘故。"马氏道："既是如此，就是天公庇佑我们的。怪得我昨儿到城隍庙里参神，拿签筒儿求签，问问家宅，那签道是：'逢凶化吉，遇险皆安。目前晦滞，久后祯祥。' 看来却是不错的。"
冯少伍道："求签问卜，本没什么凭据，惟张督帅调省的事既是真的，那签
却有如此凑巧。"马氏道："咦！你又来了，自古道：'人未知，神先知。'哪
里说没凭据？你且下去打听打听罢。"冯少伍答了两个"是"，就辞出来。

果然到了第二天，辕门抄把红单发出，张督帅就确调任湖广去了。马氏
听得，好不欢喜。因张督帅手段好生利害，且与周庸祐作对的只他一人，今
一旦去了，如拔去眼前钉刺，如何不喜，立即飞函报到周庸祐那里。周庸祐
即欢喜说一声"好造化"，一面复知马氏，着派人打听张督帅何日起程，自己
就何日回省。过了半月上下，已回到省城里，见了家人妇子，自然互相问候。
先将合府里事情，问过一遍，随又到花园里，把新筑的戏台及增建的楼阁，
看了一回。

因新戏台已开坛做过好事，正待庆贺落成，要唱新戏，不提防是夜马氏
忽然作动分娩，到三更时分，依然产下一个女儿。本来马氏满望生个男子的，
纵是男是女，倒是命里注定。但他见二房的儿子，已长成两三岁的年纪，若
是自己膝下没有一个承当家事之人，恐后来就被二房占了便宜了。故此第一
次分娩，就商量个换胎之法，只因这件事干不成，府里上上下下，倒知得这
点风声，还怕露了马脚出来，故此这会就不敢再来舞弄。只天不从人，偏又
再生了一个女子。马氏这时，真是气恼不过，就啐一口道："可不是送生的和
妾前世有仇，别人产的，就是什么弄璋之喜；枉妾天天念佛，夜夜烧香，也
不得神圣眼儿瞧瞧，偏生受这种赔钱货，要来做什么？"说了登时气倒。一
来因产后身子赢弱，二来因过于气恼，就动了风，一时间眼睛反白，牙关紧闭，
正在生死交关。丫环们急地叫几句"观音菩萨救苦救难"，那稳婆又令人拿姜
汤灌救。家人正闹得慌，好半天才渐醒转来。

周庸祐听得，即奔到房子里，安慰一会子而罢。只是周府里因马氏生女
的事，连天忌音乐，禁冷脚，把唱戏的事，又搁起不提。当时周庸祐在家里，
不是和姬妾们说笑，就是和冯少伍谈天。因冯少伍是向来知己，虽然是管家，
也不过是清客一般，与骆管家尽有些分别。若然出外，就是在谈瀛社耍赌具、
叉麻雀 [1]。忽一日，猛然省起关里事务，自走往香港而后，从不曾过问，不知

---

[1] 叉麻雀：一种牌戏，常用来赌博。

近日弄得怎么样，因此即往关里查问库书事务。

　　原来关书本有许多名目，周庸祐只是个管库的人员，那管库的见周庸祐到来查着，就把账目呈上，周庸祐查个底细，不提防被那同事的佘庆云号子谷的，早亏了五万有余。在周庸祐本是个视钱财如粪土的人，那五万银子本瞧不在眼内；奈因关里许多同事，若是人人效尤，岂不是误了自己？因此心里就要筹个善法，又因目前不好发作，只得诈作不知，又不向佘庆云查问，忙跑回家里，先和冯少伍商酌商酌。冯少伍道："关里若大账目，自不宜托他。若是人人如此，关里许多同事，一人五万，十人五十万，一年多似一年，这还了得？倒要把些手段，给他们看看也好。"周庸祐道："哪有不知？争奈那姓佘的是不好惹的，他在关里许多时，当傅家管当库书时，他就在关里办事。实在说，周某在关里的进项，内中实在不能对人说的，只有佘庆云一人统通知得，故此周某还有许多痛脚儿，落在他的手内。这会儿若要发作他，怕他还要发作我，这又怎样好？"冯少伍道："老哥说的，未尝不是。只老哥若然畏事，就不合当这个库书，恐今儿畏惧他，不敢发作，他必然加倍得势，只怕倾老哥银山，也不足供这等无餍之求了。"周庸祐道："这话很是，但目下要怎么处置才好？"冯少伍道："裴鼎毓是老哥的拜把兄弟，现在由番禺调任南海，那新任的李督帅，又说他是个能员，十分重用，不如就在裴公祖那里递一张状子，控他侵吞库款，这四个字好不利害，就拿佘庆云到衙治罪，实如反掌。像老哥的财雄势大，城中大小文武官员和许多绅士，哪个不来巴结老哥？谁肯替佘庆云争气，敢在太岁头上来动土呢？"

　　周庸祐听冯少伍说得如花似锦，不由得不信，连忙点头称是。随转马氏房子里，把库里的事，并与冯少伍商酌的话，对马氏说了一遍。马氏道："那姓佘的恃拿着老爷的痛脚，因此欺负老爷。自古道：'一不做，二不休。'若不依冯管家说，把手段给他看看，后来断然了不得。事不宜迟，明天就照样做去，免被那姓佘的逃去才是。"周庸祐此时，外有冯少伍，内有马氏，打锣打鼓来催他，他越加拿定主意。次日，就着冯少伍写了一张状子，亲自到南海县衙，拜会裴县令，乘势把那张状子递上。裴知县从头至尾看了一会儿，即对周庸祐说道："侵吞库款一事，非同小可。佘庆云既如此不法，不劳老哥挂心，就在小弟身上，依禀办事的便是。"周庸祐道："如此，小弟就感激的了，改日定有酬报。贵衙事务甚烦，小弟不便久扰。"说罢，即辞了出来，先回府上去。

　　且说佘庆云本顺德人氏，自从在关里当书差，不下三十年，当傅成手上各事倒是由他经手。及至周庸祐接办库书，因他是个熟手人员，自然留他蝉联关里。周庸祐所有种种图利的下手处，倒是由他指点。因周庸祐迁往香港的时候，只道张督帅一天不去，他自然一天不回，因此在库里弄了五万银子。暗忖自己引他得了二三百万的家财，就赏给自己十万八万，也不为过。他若不念前情，就到张督帅那里发作他的破绽，他还奈得怎么何？因挟着这般意见，就弄了五万银子。不料不多时，张督帅竟然去任。周庸祐回后，把关里查过，犹道他纵知自己弄这笔钱，他未必敢有什么动弹。

　　那日正在关里办事，忽见两个衙役到来，说道：“现奉裴大老爷示，要请到衙里有话说。”佘庆云听得，自忖与裴县令向来无往，一旦相请，断无好意。正欲辩问时，那两名差役，早已动手，不由分说，直押到南海县衙里。

　　裴县令闻报，旋即开堂审讯。讯时问道：“汝在关里多年，自然知库款的关系。今却觑周庸祐不在，擅自侵吞，汝该知罪。”佘庆云听了，方知已为周庸祐控告，好似十八个吊桶在心里，抒上抒下，不能对答。暗忖今周庸祐如此寡情，欲把他弊端和盘托出，奈裴县令是周庸祐的拜把兄弟，大小官员又是他的知己，供亦无用；欲待不认，奈账目上已有了凭据，料然抵赖不得。当下踌躇未定。裴令又一连喝问两三次，只得答道：“这一笔钱，是周庸祐初接充库书时，应允赏他的，故取银时，已注明账目上，也算不得侵吞二字。”裴令又问道：“那姓周的若是外行的人，料然不肯接充这个库书。他若靠库里旧人打点，何以不赏给别人，偏赏汝一个？却是何意？”佘道：“因某在库里数十年，颇为熟手，故得厚赏。”裴又道：“既是如此，当时何以不向姓周的讨取？却待他不在时，擅行支取，却又何意？”佘道：“因偶然急用之故。”裴又道：“若然是急用，究竟有通信先对姓周的说明没有？”佘庆云听到这里，究竟没话可答。裴令即拍案骂道：“这样就饶你不得了。”随即令差役把他押下，再待定罪。

　　那差役押了佘庆云之后，那裴令究竟初任南海，眼前却未敢过于酷厉。又忖这笔款必然有些来历，怎好把他重办？姑且徇周庸祐的情面，判他监禁四年，便行结案。一面查他有无产业，好查封作抵，不在话下。

　　且说周庸祐自从佘庆云亏去五万银子，细想自己这个库书，是个悖入的，还恐亦悖而出，一来恐被他人揽夺，二来又恐别人更像佘庆云的手段，把款项乱拿乱用去了，如何是好？因此心上转疑虑起来。

那日正与冯少伍商量个善法，冯少伍道："除非内里留一个亲信的人员，不时查查犹自可。若是不然，怕别人还比佘庆云的手段更高些，拿了银子，就逃往外国去了。这时节，他靠着洋鬼子出头，我奈得怎么何？岂不是赔钱呕气？"周庸祐道："这语虑得是，只舍下各事，全靠老哥主持，除此之外，更有何人靠得？实在难得很。"

正说着，只见周乃慈进来，周、冯两人，立即起迎让座。周乃慈见周庸祐面色不甚畅快，即问他："有什么事故？"周庸祐便把方才说的话，对他说来。周乃慈道："自古道：'交友满天下，知交有几人？'若不是钱银相交，妻子相托，哪里识得好歹？十哥纵然是关里进项减却多少，倒不如谨慎些吧。"周庸祐道："少西贤弟说得很是。但据老弟的意见，眼底究有何人？"周乃慈道："属在兄弟，倒不必客气。但不知似小弟的不才，可能胜任否？倘不嫌弃，愿做毛遂。"周庸祐道："如此甚好。但俗语说：'兄弟虽和勤算数。'但不知老弟年中经营，可有多少进项？若到关里，那进项自然较平时优些便是。"

周少西听罢，暗忖这句话十分紧要，说多就年中进项必多，说少就年中进项必少，倒不如说句谎为是。遂强颜答道："十哥休要取笑，小弟愚得很，年中本没什么出息，不过靠走衙门，弄官司，承饷项，种种经营，年中所得不过五六万银子上下，哪里像得十哥的手段？"说罢，周庸祐一听，吃了一惊。因向知周乃慈没甚家当，又是个游手好闲，常在自己门下出进，年中哪里获得五六万银子之多，明明是说谎了。奈目前不好抢白[1]他，且自己又先说过，要到库里时，年中进项，尽较现时多些，怎能翻悔？不觉低头一想，倒没甚法儿，只得勉强说道："若老弟愿到库里，总之愚兄每年取回十万银子，余外就让老弟拿去罢。"周乃慈听了，好不欢喜，连忙拱谢一番，然后商量何日才好进去。正是：

> 已绝朋情囚狱所，又承兄命管关书。

要知后事如何，且听下回分解。

---

[1] 抢白：当面责备或讽刺。

第十四回

赖债项府堂辞舅父　馈娇姿京邸拜王爷

话说周庸祐自因那姓佘的亏空关库里五万银子，闹出一场官司，因此把关库事务，要另托一个亲信人管理。当时除冯少伍因事务纷纭，不暇分身之外，就要想到周乃慈身上。因周乃慈一来是谈瀛社的拜把兄弟，二来又是个同宗，况周乃慈镇日在周庸祐跟前奔走，早拿作亲弟一般看待，故除了他一个，再没可以委托的人。这周乃慈又是无赖的贫户出身，一旦得了这个机会，好像流丐掘得金窖，好不欢喜，故并不推辞，就来对周庸祐说道："小弟像鼠子尾的长疮，有多少脓血儿？怕没有多大本领，能担这个重任。只是既蒙老哥抬举，当尽力求对得住老哥。但内里怎么办法，任老哥说来，小弟没有不遵的。"周庸祐道："俗语说：'兄弟虽和勤算数。'总要明明白白。统计每年关库里，愚兄的进项，不下二十来万银子。今实在说，把个库书让过贤弟做去，也不用贤弟拿银子来承顶。总之，每年愚兄要得回银子十万两，余外就归贤弟领了，可不是两全其美？"周乃慈听了，就慌忙谢道："如此，小弟就感激不尽的了。请老哥放心，小弟自今以后，每年拿十万两银子，送到尊府上便是。"周庸祐大喜，就时立券，冯少伍在场见证，登时收付清楚。周庸祐即回明监督大人，周乃慈即进关库里办事，不在话下。

且说周庸祐自退出这个库书席位，镇日清闲，或在府里对马氏抽洋烟，或在各房姬妾处说笑，有时亦到香屏姨奶奶那里，此外就到谈瀛社，款朋会友，酒地花天，不能消说。

那日正在厅子里坐地，忽门上来回道："外面有一个乘着轿子的，来会老爷，年纪约五十上下，他说是姓傅的，单名一个成字。请问老爷，要请的还是挡的，恳请示下。"周庸祐一听，心上早吃一惊，还是沉吟未答。时冯少伍在旁，即问道："那姓傅的到来，究有什么事？老哥因什么大惊小怪起来？"周庸祐道："你哪里得知，因这个傅成是小弟的母舅，便是前任的关里库书。那库书向由他干来,小弟凭他艰难之际,弄个小小计儿,就承受做了去。今因张督去了,他却密地回来广东,必有所谋。想小弟从前尚欠他三万银子,或者到来讨这一笔账,也未可定。"冯少伍道:"些小三二万银子,着什么紧,老哥何必介意?"周庸祐道:"三万银子没打紧,只怕因库书事蓼辖[1] 未清,今见小弟一旦让舍弟少西,恐他要来算账,却又怎好?"冯少伍道:"老哥好多心,他既然是把库书卖断,老哥自有权将库书把过别人,他到来好好将就犹自可。近来世界,看钱份上,有什么亲戚?他若有一个不字,难道老哥就惧他不成?"周庸祐点头道"是",即唤门上传出一个请字。

　　少时,见傅成轿进来,周庸祐与冯少伍一齐起迎。让座后,茶罢,少不免寒暄几句,傅成就说及别后的苦况。周庸祐道:"此事愚甥也知得,奈自舅父别后,愚甥手头上一向不大松,故未有将这笔银汇到舅父处,很过意不去。"傅成道:"休得过谦。想关里进项,端的不少,且近来洋药又归海关办理,比愚舅父从前还好呢。"周庸祐道:"虽是如此,奈进项虽多,年中打点人情,却实不少。实在说,自从张督帅去后,愚甥方才睡得着,从前没有一天不着恐慌,不知花去多少,才得安静点儿。因此把库书让与别人,就是这个缘故。"冯少伍又接着向傅成说道:"老先生若提起库书的事,说来也长,因老先生遗下首尾未清,张督帅那里今日说要拿人,明天又说要抄家,好容易打点得来,差不多荡产倾家还恐逃不去的。"

　　傅成听说,暗忖自己把个库书让过他,尚欠三万两银子,今他发了三四百万的家财,都是从关里赚得。今他不说感恩,还说这等话,竟当自己是连累他的了。想罢,心上不觉大怒,又忖这个情景,欲望他有什么好处,料然难得,不如煞性向他讨回三万银子罢了。徐即说道:"此事难为贤甥打点,倒不必说。奈愚舅父回到省里,正没钱使用,往日亲朋,大半生疏,又没处张挪。意欲贤甥赏回那三万银子,未审尊意若何?"

　　周庸祐听得,只略点点头,沉吟未答,想了想才说道:"莫说这回舅父手头紧,纵是不然,愚甥断不赖这笔数。但恐目前筹措不易,请舅父

---

[1] 蓼辖（jiāo gé）：交错纠缠。

少坐，待愚甥打点得来。"说罢，即拂衣入内，对马氏把傅成的话说了一遍。马氏道："这三万银子，是本该偿还他的，只怕外人知道我家有了欠负，就不好看了。不如先把一万或八千银子不等交他，当他是到来索借的，我们还觉体面呢。"周庸祐听了，亦以此计为然，即拈出一万银券来回傅成道："这笔数本该清楚，惜前数天才汇了五六十万银子到香港去，是以目前就紧些。今先交一万，若再要使用的，改日请来拿去便是。"傅成听罢，心中已有十分怒气。奈这笔款并无凭据单纸，又无合同，正是无可告案的，只得忍气吞声，拿了那张银券，告辞去了。

周庸祐自送傅成去后，即对冯少伍说道："那姓傅的拿了那张银券，面色已露出不悦之意。倘此后他不时到来索取，脸上就不好看，却又怎好？"冯少伍道："任他何时到来，也不过索回三万银子，也就罢了，忧他则甚？"周庸祐道："不是这样说，自来关库里的积弊，只是姓傅的知得原委，怕他挟仇发难，便不是件小事。你试想，好端端像个铜山的库书，落到某手上，他心里未尝不悔；又因这三万银子的镠辖，他怎肯甘休？俗语说：'穷人思旧债。'他到这个田地，索债不得，就要报仇，却恐不免发作起来了。"冯少伍道："既是如此，就该把三万银子统通还了他也好。"周庸祐听了，即把马氏的用意，说个缘故。冯少伍道："这也难怪。但老哥今儿是有权有势的，还怕何人？不如就由知府衔加捐道员，谋个出身，他时做了大官，哪怕敌他不住？他哪敢在太岁头上来动土呢？"周庸祐道："此计甚妙，准可做去。因姓傅的是个官绅人家，若不是有些门面，怎能敌得他过？就依此说，加捐一个足花样的指省道员，然后进京里干弄干弄罢了。"说罢，就令冯少伍提万把银子，再在新海防里，由知府加捐一个指省道员去。这时派报红，换匾额，酬恩谒祖，周府上又有一番热闹。

过了些时，先备下三五十万银子，带同三姨奶奶香屏，即与冯少伍起程进京去。所有家事，即由骆子棠帮着马氏料理，大事就托周乃慈照应。先到了香港，住过五七日，即扬帆到上海那里。

是时上海棋盘街有一家□祥盛的字号，专供给船务的煤炭火食，年中生意很大，差不多有三四百万上下，与香港□记同是一个东主。那东主本姓梁的，原是广东人氏，与周庸祐是个至交，周庸祐即到那店里住下。俗语说："好客主人多。"周庸祐是广东数一数二的富户，自然招呼周到。

每夜里就请到四马路秦楼楚馆，达旦连宵，一般妓女，都听得他是有名富户，哪个不来巴结？况且上海的妓女，风气较广东又是不同，因广东妓女全不懂些礼数，只知是自高自傲，若是有了三五月交情的犹自可，倘或是头一两次认识的，休想他到来周旋，差不多连话儿也不愿说一句。就是下乘烟花地狱变相的，都装腔儿摆着架子，大模大样，十问九不应的了。惟上海则不同，就是初认识的人，还不免应酬一番；若当时同席上有认识的，也过来周旋周旋；这个派头，唤做转局，凡为客的见此情景，从没有吃醋的。

可巧那一夜，周庸祐应那姓梁的请酒，认得妓女金小霞。那金小霞本是姓梁的所欢，越夜，周庸祐还了一个东儿。金小霞见了，即过来周庸祐处周旋。那周庸祐虽然从前到过两次上海，却因公事匆忙，也不曾在烟花上走过。今见金小霞这个情景，只道金小霞另眼相看，好不欢喜。过了两夜，就背地寻到金小霞寓里，立意寻欢。那金小霞见周庸祐到来，念起姓梁的交情，自然爱屋及乌，怎敢把周庸祐怠慢？况周庸祐又是个有名的豪富，视钱财如粪土的，更不免竭力逢迎，这都是娼楼上的惯家。周庸祐看不清楚，确当金小霞是真爱自己的，自不用思疑的了。因此在金小霞寓里，一连流连了几天，渐亲渐熟，金小霞就把与姓梁的交情，移在周庸祐身上，周庸祐自然直受不辞。又看房中使用的娘姨，虽上了二十以上的年纪，究竟玉貌娉婷，较广东娼寮[1]使唤的仆妇，蓬头大足的，又有天渊之别。周庸祐看得，就把与金小霞的十分交情，自然有三分落到娘姨去了。所以周、金两人一男一女，已觉如胶似漆；那娘姨们又在一旁打和事鼓，又在冯少伍跟前献些殷勤。自古道："温柔乡里迷魂洞。"任是英雄到此，不免魄散魂消；何况周庸祐是个寻烟花的领袖，好女色的班头，哪不神迷意眩？因此周庸祐与金小霞早弄成个难解难分的样子。

那一日，正自口祥盛的店子出来到金小霞的寓里，忽又见一位雏妓在那里，年纪约十四五上下，约少金小霞三两岁，生得明眸皓齿，面似花飞，腰如柳舞，裹着小足儿，纤不盈握。见了周、冯两人，也随着金小霞起迎。周庸祐问道："这位叫什么名字？"金小霞答道："这是妹子金小宝。"周

[1] 娼寮：妓院。

庸祐听得，随与金小宝温存温存，见金小宝举止大方，应对娴熟，不胜之喜。金小霞道："舍妹子的寓现在迎春坊，没事儿常常到这里谈天，却巧遇见老爷。"冯少伍急摇手道："这会儿该唤周大人，不该唤老爷了。"周庸祐道："横竖只是一句，随便唤吧。"金小霞方欲说时，冯少伍恐他们不好意思，即又说道："一面之缘，亦属不易，若不是在这里相见，我们的脚踪儿从哪里认得令妹？"金小宝谦让一回，那周庸祐也没有说话，只把一双眼儿，对着金小宝看得出神。

　　娘姨们多半是心灵眼快，看得周庸祐有几分意思，即在旁答话，一边说金小宝好性子，一边说周庸祐好体面，说得天花乱坠，不由得周庸祐不移神，镇日就留小宝在小霞寓里，一同唱曲儿，侑金樽[1]，叉麻雀，消遣消遣。自此当那里是个安乐窝，纵有良朋束请，统通辞不赴席。那姊妹们又素知周庸祐的挥霍手段，也镇日伴着周、冯两人，尽力款洽，从不说一个钱字。周庸祐好不感激，正忧没处酬报，所以赠金银、送首饰与他姊妹两人，不下费了七八千银子。又把银子五百、金镯子一对，送与娘姨。整整一月有余，除有时回转口祥盛，余外日子，都在金小霞寓里过去。因此上海人士，见金小霞姊妹月来并不出局，就纷纷传说姊妹嫁了人。娘姨们就听得这点消息，即对周庸祐说知，随说道："外间既有此说，周大人不如索性带了他们回去吧。"周庸祐道："这也不是一件难事，若他姊妹愿意，没有做不得的。"娘姨们就从中说妥，订实他姊妹身价，统共二万银子，择日带了回去，那娘姨仍作体己跟人随了回来。那时一番热闹，自不必说。

　　这周庸祐来时，本是进京有事的，为勾留在金小霞寓里，耽搁了数十天。这时自把他姊妹带了回来，眼前未有所恋，就辞了口祥盛的东主，携同家眷，取道进京，各朋友送了一程自回。

　　有话即长，无话即短。不过三四天，已到了京城，先到南海会馆住下。是时京中多少官员，都知周庸祐前次进京，曾耗了数十万，为联元干差之事。今番再复到来，那些清苦京曹，或久候没有差使的，都当他是一座贵人星下降，上天钻地，要找个门儿来，与周庸祐相见，真是车马盈门，

---

[1] 侑金樽：助饮兴，劝酒。

应酬不暇。有些钻弄不到的，又不免布散谣言，说那周某带贿进京，要在官场上舞弊的。日内就有都老爷参他摺子，早已预备的了。

这风声一出，不知是真是假，吹到周庸祐的耳朵里，反不免惊惧起来，就与冯少伍商酌，要打点此事。

偏是事有凑巧，那日适是同乡的潘学士到来拜会，周庸祐接进里面，同是乡亲，少不免吐露真情，把这谣言对潘学士说了一遍。那潘学士正是财星入命，乘势答道："此事宁可信其有，不可信其无，尽要打点打点才是。"周庸祐道："据老哥在京许久，知交必多，此事究怎么设法才好？"潘学士低头想了一想，说道："此事须在一最有势力之人说妥，便是百十个都老爷，可不必畏他了。目下最有势力的，就算宁王爷，他是当今天潢[1]一派，又是总掌军机。待小弟明儿见他，说老哥要来进谒，那王爷若允接见时，老哥就尽备些礼物，包管妥当。"周庸祐道："礼无穷尽，究竟送哪一样方好？"潘学士道："天下动人之物，惟财与色，老哥是聪明的人，何劳说得？"周庸祐喜道："妙得很！小弟这回到上海，正买了两位绝色佳人，随行又带了三二十万银子，想没有不妥的了。"说罢，两人大喜。正是：

　　方在沪滨携美妓，又来京里拜亲王。

要知后事如何，且看下回分解。

---

[1] 天潢：皇族，帝王后裔。

第十五回

拜恩命伦敦任参赞　礼经筵马氏庆宜男

话说潘学士劝令同周庸祐预备礼物，好来拜谒王爷。周庸祐就猛然想起自己在上海携带了两个绝色的佳人，又随带有二十来万银子，正好作为进见王爷之礼，因此拜托潘学士寻条门路，引进王爷府去。

那时正是宁王当国，权倾中外的时候，王府里就有一位老夫子，姓江名超，本贯安徽的人氏，由两榜翰林出身，在王府里不下数年，十分有权有势，因他又有些才干，宁王就对他言听计从。偏是那王爷为人生性清廉，却不是贪贿赂弄条子的人，惟是有个江超在那里，少不免上下其手，故此求见王爷的，都在江翰林那里入马。叵耐宁王惟江翰林之言是听，所以说人情、求差使的，经过江翰林手上，就没有不准的了。这时潘学士先介绍周庸祐结识江超，那江超与潘学士又是有师生情分，加以金钱用事，自然加倍妥当。

闲话休说。那一日，江翰林正在宁王面前回覆公事，因这年恰是驻洋公使满任的时候，就中方讨论何人熟得公法，及何人合往何国。江翰林道："有一位由广东来的大绅，是从洋务里出身的，此人很懂得交涉事情，只是他资格上还不合任得公使，实在可惜。"宁王道："现在朝里正要破格用人，若然是很有才干的，就派他前往，却也不妨，但不知他履历是个什么底子？"江翰林道："正为此事，他不过一个新过班的道员，从前又没有当什么差使，晚生说他不合资格，就是这个缘故。"宁王道："既然是道员，又是新过班的，向来又没有当过差，这却使不得。只若是他有了才情，还怕哪里用不着？究竟此人是谁呢？"江超道："晚生正欲引此人进谒王爷。他是姓周，名唤庸祐，年纪不上四十，正是有用的时候。王爷若不见弃，晚生准可引他进来拜谒。"宁王道："也好，就由你明天带他来见见便是。"江超听了，拜谢而出。

次日，江翰林即来拜会周庸祐，把昨儿宁王愿见及怎么说，一五一十，对周庸祐说来。周庸祐听得王爷如此赏识，心上早自欢喜，就向江翰林说道："这都是老哥周全之力，明天就烦老哥一发引小弟进去。但有点难处：因小弟贸然献些礼物，只怕王爷不受，反致生气。若没有些敬意，又过意不去，怎么样才好？"江超道："这事都在小弟身上，改日代致礼物，向王爷说项便是。"周庸祐不胜之喜，江超就暂行辞别。

次日，即和周庸祐进谒。原来那宁王虽然掌执全权，有些廉介，究竟是没什么本领的人，只信江超说周庸祐有些能耐，他就信周庸祐有能耐。所以周庸祐进谒时，正自悚惧，防王爷有什么盘问，心上好不捉上捋落。谁想王爷只循行故事地问了几句，不过是南方如何风景，做官的要如何忠勤而已。周庸祐自然是对答如流，弄得宁王心中大喜，即训他道："你既然到京里，权住几天，待有什么缺放时，自然发放去便是。"周庸祐当堂叩谢，即行辞出，心里好生安乐。

次日，即把从上海带来的妓女小霞小宝二人，先将小霞留作自己受用，把小宝当作一个选来的闺秀，进侍王爷；又封了十万银子，递了一个门生帖，都交到江超手上。那江超先将那妓女留作自己使用，哪里有送到王府去。随把十万银子，截留一半，适是时离宁王的寿辰不远，就把五万银子，说是周某献上的寿礼送进。宁王收下。

自古道："运至时来，铁树花开。"那一年即是驻洋钦差满任之期，自然要换派驻洋的钦使。这时，就有一位姓钟唤做照衢，派出使往英国去。那钟照衢向在北洋当差，又是□班丞相李龙翔的姻娅，故此在京里绝好手面，竟然派到英国。自从谕旨既下，谢恩请训之后，即往各当道辞行。先到宁王府叩拜，宁王接进里面，随意问道："这回几时出京？随行的有什么能员？"那钟照衢本是个走官场的熟手，就是王爷一言一语，也步步留神。在宁王说这几句话，本属无心，奈自姓钟的听来，很像有意，只道他有了心腹之人，要安插安插的，就答道："晚生料然五七天内准可出京了，只目下虽有十把个随员，可惜统通是才具平庸的，尽要寻一个有点本领的人，参赞时务，因此特来王爷处请教。"宁王一听，就不觉想起周庸祐来，即说道："这回十分凑巧，目下广东来了一位候补道员，是姓周的，向从洋务里出身，若要用人时，却很合适。"钟照衢道："如此甚好，倘那位姓周的不弃，晚生就用他作一员头等参赞，只求王爷代为转致。"宁王听罢，就点头说一声："使得。"

钟照衢拜辞后，宁王即令江超告知周庸祐。周庸祐听了，实在欢喜，对着江超跟前，自不免说许多感恩知己的话。过了一二天，就具衣冠来拜钟照衢。钟照衢即与他谈了一会儿，都是说向来交涉的成案，好试周庸祐的工夫。谁想周庸祐一些儿不懂得，遇着钟照衢问时，不过是胡胡混混的对答。钟照衢看见如此，因忖一个参赞地位，凡事都要靠他筹策的，这般不懂事，如何使得？只是在宁王面前应允了，如何好反悔？惟有后来慢地打算而已。因说道："这回得老哥帮助，实是小弟之幸。待过五七天，就要起程，老哥回去时，就要准备了。"周庸祐答一声"是"，然后辞回。一面往叩谢宁王及江超，连天又在京里拜客，早令人打了一封电报，回广东府里报喜。又着冯少伍派人送香屏姨太太来京，好同赴任。

这时，东横街周府又有一番热闹，平时没事，已不知多少人往来奔走，今又因周庸祐做了个钦差的头等参赞，自然有那些人到来道喜，巴结巴结，镇日里都是车马盈门。因周庸祐过班道员时，加了一个二品顶戴，故马氏穿的就是二品补褂[1]，登堂受贺。先自着人覆电到京里，与周庸祐道贺，不在话下。

慢表周庸祐到伦敦赴任。且说马氏自从丈夫任了参赞，就嘱咐下人，自今只要称他做夫人了，下人哪敢不从？这时马夫人比从前的气焰，更加不同了。单恼着周庸祐这回赴任，偏要带同香屏，并不带同自己，心上自然不满意。有时在丫环跟前，也不免流露这个意思出来。满望要把香屏使他进不得京去，惟心上究有些不敢。原来马氏最憎侍妾，后来又最畏香屏，因马氏常常夸口，说是自己进到门里，周庸祐就发达起来，所以相士说他是银精。偏后来听得香屏进门时，也携有三十来万银子，故此在香屏跟前，也不说便宜话，生怕香屏闹出这宗来历出来，一来损了周家门风，二来又于自己所说好脚头的话不甚方便。所以这会香屏进京，只好埋怨周庸祐，却不敢提及香屏。

那日香屏过府来辞别，单是二房姨太太劝他路途珍重，又劝他照顾周大人的寒热起居，说无数话，惟马氏只寻常应酬而已。那香屏见马氏

[1]补褂：补服，又称补子，明清时期代表官阶的服装。

面色不像，倒猜出九分缘故，就说道："这回周大人因夫人有了身孕，不便随去，因此要妾陪行，妾到时嘛，准替夫人妥妥当当的料理大人就是了。"马氏听了，就强颜说一声"是"，香屏自回屋子去了。马氏即唤冯少伍上来嘱道："这会子大人升了官，府上就该庆贺，且亲串们具礼到来道贺的，也该备些酒筵回敬。从后天起，唱十来天戏，况且戏台建造时，本不合向的，皆因择得好日子，倒要唱多些戏，那家门自然越加兴旺的了。"冯少伍领诺退出来，一发备办，先行发帖请齐各亲串，说什么敬具音樽。

果然到了那日，除亲串外，所有朋谊及那些趋炎附势的，男男女女，都拥挤望周府来。除骆念伯和冯少伍打点事务，男的在东厅，就请周少西过来知客，马氏就亲自招呼堂客。这堂客又分两厅，凡各家太太奶奶姑娘小姐们在西厅上，是马氏招呼；余外为妾的，却令二房伍姨太在厢厅招呼。先分发几名跟人，伺候男客。丫环使妈梳佣们都伺候堂客；若打茶打水，便有侍役掌执。到下午五点钟时候，宾客到齐，略谈一会，所有男女客，便都去外衣，然后肃客入席。男的是周少西端了主位，冯、骆两管家陪候，其次就是官家裴鼎毓、李子仪、李庆年，亲谊是马竹宾，绅家的就是潘飞虎、苏如绪、刘鹗纯之类，不一而足。女的是马氏端了主位，二房伍姨太陪候，其次就是潘家太太、陈家奶奶、周十二宅大娘子，也不能胜记。

饮了一会，兴高采烈，席上不过说些颂扬周府的话，有的说："今儿做了参赞，下次自会升钦差的，自不难升到尚书的地位了。"又有说："这时候外交事情重得很，人才又难得很，怕将来周大人还要破格入阁呢。"你一言，我一语，把个马氏喜得笑逐颜开。又好几时才撤席，都请到后园里听戏。男客依然是周少西招待。只是用过膳，马氏正赶紧抽洋膏子，招待堂客的事，虽然不可怠慢，只抽洋膏是最要紧，因此实费踌躇。欲使二房伍姨太代劳，又因他只是个侍妾，似乎对着那些太太奶奶们不甚敬意。没奈何，只得令周十二宅的大娘子招待各家奶奶们，仍令二房招待各家侍妾。

各进座位后，马氏就在戏台对面的烟炕上，一头抽洋膏，一头听戏。那时唱的是杏花村班，小旦法倌唱那碧桃锦帕一出。马氏听得出神，梳佣六姐正和马氏打洋膏，凑巧丫环巧桃在炕边伺候着，转身时，把六姐臂膊一撞，六姐不觉失手，把洋烟管上的烟斗打掉了，将一个八宝单花精致人物的烟灯，打个粉碎。马氏看得，登时柳眉倒竖，向巧桃骂一声"臭丫头"，拿起烟管，正要往巧桃的顶门打下来。巧桃急的跪地，夫人前夫人后的讨饶，马氏怒犹未息。二房见了，就上前劝道："小丫环小小年纪，懂得什么？也又不是有意的，就饶他罢。"马氏反向二房骂道："你仗着有了儿子，瞧我不在眼内，就是一干下人，也不容我管束管束。怪得那些下人，恃着有包庇，把我一言两语，都落不到耳朵里！"且说且骂，脸上好像黑煞神一般，骂得二房一句话不敢说。不想马氏这时怒火归心，登时腹痛起来，头晕眼花，几乎倒在地上，左右的急扶他回房子里。在座的倒觉不好意思，略略劝了几句，也纷纷托故辞去了。

是时因马氏起了事，府里上下人等，都不暇听戏。冯少伍就令骆子棠管待未去的宾客，即出来着人唤大夫瞧脉去了。好半天，才得一个医生来，把完左手，又把右手，总说不出什么病症，但说了几句没相干，胡混开了一张方子而去。

毕竟是二房姨太乖觉，猛然想起马氏已有了八九个月的身孕，料然是作动分娩，且二房又颇识大体，急令人唤了稳婆来伺候，府上丫环们打茶打水，也忙得不得了。果然作动到三更时候，呱的三声，产下一个儿子来。马氏听得是生男，好不欢喜，就把从前气恼的事，也忘却了。又听得是二房着人找稳婆的，也觉二房还是好人，自己却也错怪，只因他有了儿子，实在碍眼。今幸自己也生了儿子，望将来长成，自己也觉安乐。正自思自想，忽听锣鼓喧天，原来台上唱戏，还未完场。马氏即着人传语戏班，要唱些吉祥的戏本。因此就换唱个送子、祝寿总名目，当下宾朋个个知得马氏产子，都道是大福气的人，喜事重重，又不免纷纷出来道贺。正是：

人情多似春前柳，世态徒添锦上花。

要知后事如何，且听下回分解。

第十六回

断姻情智却富豪家　庆除夕火烧参赞府

话说周府因庆贺周庸祐升官，正在唱戏时候，忽报马氏产子，这时宾客纷纷出堂道贺，正是喜事重重。又因马氏望子心切，今一旦得如所愿，各人都替他欢喜。这一会子的热闹，比从前二房生子时，更自不同了。连日门前车马到来道贺的，纷纷不绝。马氏为人，又好铺排的，平时有点事，都要装装潢潢，何况这回是自己有了喜事。就传骆子棠上来，嘱咐道："现在府里有事，每天大清早起就要点卯，分派执事。大凡亲串朋友送礼物来，就登记簿上。所有事情，总要妥当，休可惜三五块钱，就损失了体面。"骆子棠听罢，答一声"理会得"，随下去了。

随见冯少伍进来回道："方才到一位星士那里，查得小孩是有根基的；但十天内要禁冷脚，月内又不宜见凶喜两事，且关煞上不合听锣鼓的声音。这样看来，却不可不信。"马氏听了道"是"，先令后园停止唱戏，支结了戏金，再弥月后，方行再唱，冯少伍下去了。又见六姐来回道："适承夫人命，已寻得一位乳娘，年纪约三十上下。这人很虔洁的，月前产了一女，因家贫，送女到育婴堂去了，故他准可过府来。他前后共产过男女五胎，抚养极为顺手，这样雇他，着实不错。"马氏道："月钱多少，也不用计较，既是抚养顺利，就是好了。"六姐道："他要月钱十两，另要食物给他家的儿女。"这等讲说了，马氏一一应允，即令六姐速寻那乳娘过来。

马氏因日来分发各事，且又产后身子越加疲倦，就躺在床上，令丫环瑞香捶腿。六姐道："夫人精神不大好，休再理事，免劳神思。"马氏道："此言甚是有理。"故这一月内，府里的事务，都由二房打点。因自己初生了一个儿子，正望他根基长养，少不免多凭神力，就令各仆妇分头往各庙堂炷香作福，契神契佛，混混帐帐，自不消说。又忖自建了戏场之后，老爷也升了官，自己也生了子，喜事重重，若不是堪舆家点得好坐向，料然是兴工时择得好日子，料将来家门越加昌大，故就将儿子改了一个名字，唤做应昌。

过二十天上下，又将近弥月，是时亲朋道贺的，潘飞虎家是一副金八仙，兼藤镶金的镯子一只；周乃慈家是一个金寿星，取长生福寿之意，另金镶钻石的戒指一只，及袍料果物；刘鹗纯家的是一只金镯子，另珍珠缀花的帽子一件；裴县令那里更有金练子，随带一个金牌。其余李庆年、李子仪等，都来礼物相贺。单是清水濠内舅家马子良未到。

原来马家已经门户中落，这回妹子生了儿子，本应做个人情，只因偌大门户，非厚些礼仪，体面上就不好看。只是手头上不易打算得来，正在要寻个法子。马氏早知他的意思，就着心腹的梳佣六姐，挽着篮子，作为探问外家，暗藏一张五百元的纸币，送到马子良的手里。马子良会意，登时办妥礼物，金银珠石，不一而足。一来好争自己体面，二来周家里各房姬妾，倒知得马氏外家困乏，落得辉煌些，免被他们小觑自己。

统计具礼物来道贺的，不下百来家，就中一家姓邓的，是前室邓氏外家。马氏此时猛然想起，自己原是个继室，即俗语所说的填房，看来自己算是邓舅的姊妹，奈向来没有来往，自问倒过意不去。怪得自己年来身子塞滞，就是邓氏在九泉，或者是埋怨自己的，也未可定。偏是自己忘却了邓家，那邓家的又向没有到来府里，大抵古人说贫贱的常羞人，因此或不敢来到这里。就唤冯少伍到来，问道："周大人前室邓氏，现究有什么人在城里？"冯少伍说道："也听得佛山镇上那邓家的纸店仍依旧开张，只邓亲家年前已经弃世，现他的儿子唤做邓仪卿，就是邓奶奶的兄长，在城外一间打饷的店子雇工。惟向来与他不认识，不知夫人问他作甚？"马氏道："邓奶奶虽然弃世，究竟是个姻亲，怎好忘却？况他们近来家道不像，别人知得是我们姻亲，倒失了自家脸面。你听我说，好寻着邓仪卿到来坐坐，我要抬举他，好叫邓奶奶在九泉之下，也知我有姊妹的情分。"冯少伍道："这是夫人的厚道处，怎敢不从命？"遂辞了下来，忙出城外，转过联兴街寻着一间打饷馆子，先唤一声"老板"，问道："邓仪卿可在那里么？"可巧邓仪卿正在厅子里，听说有人来寻自己，忙闪出来一看，却是一个向不相识之人，就上前答道："老哥要寻那姓邓的究有什么贵干？"冯少伍道："小弟是周家来的，要寻他有句话说。"

邓仪卿听了，就知有些来历，即答道："只我便是。"冯少伍大喜，仪卿忙迎少伍到厅子坐下，茶罢，即问来意。少伍道："马太太因想起邓奶奶虽然身故，惟自己填继了他，与足下就是兄妹一般，都要来来往往，方成个姻戚的样子。故着小弟来请足下到府里一谈，望足下枉驾为幸。"邓仪卿道："小弟虽家不甚丰裕，然藉先人遗积，亦仅足自活；且小弟亦好安贫食力，不大好冲烦。敢劳老哥代覆马姐姐，说是小弟已感激盛意了。"冯少伍听罢，犹敦致几番，奈邓仪卿不从，只得退出。

自冯少伍去后，同事的因见周家如此盛意，偏邓仪卿不从，也觉得奇异，都问他有什么意见。邓仪卿初犹不言，及同事问了几次，邓仪卿才答道："这事非他人所知得的，实在说，悖入的自然悖出。自周庸祐随着前任监督晋祥进京回来后，我邓家早绝了来往。老哥们请放开眼儿看看，恐姓周的下场实在不大好呢。"各人听了，反不以为是，就有说他是嫌钱多的，又有说他是愿贫不愿富的。邓仪卿种种置之不理而已。

且说冯少伍回到周府里，把姓邓的不愿进来的话回覆马氏，马氏道："这又奇了，他既不愿进来，还有什么话说？"冯少伍道："他没有怎么说，但说到他父亲遗积还自过得去，不劳打搅的话。"马氏道："想是嫌这里向来没有瞅睬他，因此他就要负气，这都是我们的不是。我满意正趁着有点喜事，好请来和他相见，今他既不愿，也没有可说，由他也就罢了。"时梳佣六姐在旁答道："依俗例说，夫人进门时，本该先到邓家行探谒邓奶奶的爹娘，谓之再生亲女。今他不愿来，或者见夫人从前未曾谒过他们，就当是夫人瞧他不起，因此见怪未定。"丫环宝蝉啐道："六姐哪里说，只有他来谒夫人，哪有夫人先见他们的道理？"马氏听得，只露出几分喜意。此时六姐反悔失言，因马氏为人最好奉承的，且又最喜宝蝉，今他如此说，自然欢喜。马氏就乘机说别话，不再提邓家的事。一面令冯少伍退出办事。

是时去弥月之日，不过几天，马氏因身子不大好，镇日只在房子里抽洋烟，却不甚理事。因此丫环们也像村童离塾一般，无甚忌惮。况自马氏产子而后，各丫环都派定专一执事，比不同往日在马氏跟前，拘手拘脚，故干妥自己分内应办的事，或到后花园里耍戏，或掷骰子，或抹叶子。二房伍氏，为人又过宽容，丫环们还忌哪一个？

　　恰是那日一班丫环到后花园里，坐着一张石台上，谈天说地。巧桃道："偏是一个阎罗太太，竟能添丁，可不是一件奇事？"瑞香道："这想是周老爷的福气罢了。"碧云道："说什么福气不福气？前儿马夫人临盆，痛得慌，叫天叫地。俗话又道：'是儿女眼前冤。'看来生子有什么好处？"瑞香道："口儿对不着心里，怕姐姐嫁了时，又天天要望生子了。"巧桃道："可不是呢！我们虽落在这个人家，天天捱骂，不过做奴做婢；将来嫁了，又不过是个侍妾。俗语说：'有子方为妾，无子便是婢。'哪有不望生子的？"小柳道："看邓奶奶殁了，又没儿子，那周家和邓家的就如绝了姻亲，这般冷淡，可知儿女紧要的了。"正在说得高兴，忽然花下一声骂道："你们没脸的行货！小女人家没羞耻，说什么嫁了人？说什么生儿生女？外面事务正闹得慌，却偷懒到这里来。明儿我见马夫人，好和你算账！"各人听了，都吓得一跳，快跑开来一望，见是宝蝉，心才放下了。瑞香道："一时不做贼，便要作乡正[1]，鬼鬼祟祟来吓人。"说罢，大家笑了一会。宝蝉道："实在说，现在外头还多事，你们不合躲到这里。二姨太太着我来寻你们呢。"于是大家散了出来。

　　原来周少西家的大娘子来了，瑞香即回马氏的房子里伺候。因这几天禁完冷脚，各家来往渐渐多了，都由二房接待堂客。马氏还自过意不去，因见来往的都是大娘奶奶，仅用一个侍妾来招待，如何使得？奈自产后神气未复，撑持不住，也没得可说。

　　还幸过了三两天，就是弥月，各事都办个妥当。只见骆子棠来回道："现在预备各事，姜子买了五百斤，鸡卵子三千个，还恐不足用，已赶紧着人添买了。至于酒席，早定下了，男客四十席，堂客五十席。另有香港及乡里来贺的，或不来省赴宴，须别时另自请他。到那日想要请少西老爷进来知客，至于招待堂客的应用何人，还请示下。"马氏道："本意要请少西家的大娘来，只是他昨儿来说，近日知得身上有了喜，口中作闷，不思饮吃，故没什么精神，不便行动，难以使他。余外统通是宾客，不该着人代劳。若是大人乡里来的，又不大懂得礼数，横竖没人，就由二房打点吧。"骆子棠说一声"理会得"，就辞出来。

---

[1] 乡正：旧时有些地方称乡长。

果然那一日各事都铺摆得装潢，单是关煞上新小儿忌闻音乐，故未有唱戏，仍是车马填门，衣冠满座，把一间大大的参赞府，弄得拥挤极了。所有仪注，都比庆贺周庸祐升官时不相上下。统计这一场喜事，花去不下万两银子，只接来贺的礼物，还多几倍。因平时认识的，见周庸祐有财有势，哪一个不来巴结。这时正是十一月的时候，天气严寒，偏是那一年十一月下旬，连天降下大雪，如大雨一般。那些到来赴宴的，都冒雪而来。马氏向来羸弱，这时只在房子里，穿了两件皮袄，拥着两张鹤茸被子，却不敢出堂来。宴罢，送客回宅，即由乡里来的，次日都打发停妥。

过此之后，又是腊月光景。周府里上下，都打点度岁的事。二房将丫环辈都发了月钱，又着冯、骆两管家准备各事。一来因有了喜事，比往年的度岁，更加事务多了。且来春又要庆灯，这都是粤俗生子的俗例，在周府里更加张煌，先定制一盏花灯，高约一丈，点缀纸尾的人物花草，都不计其数，先挂在神楼上；余外纸钱香烛宝帛，比往年买的还多，都堆在神楼上面。

过了祀灶[1]之期，不久又是除夕，家家贴起宜春。周府的辉煌，更自不消说。门外先悬一对金字联，说什么"恩承金阙，庆洽南陬[2]"；又重新换的一对参赞府的灯笼；门内彩红飘扬，酸枝台椅摆满中堂及左右厢厅；自大厅至左右两廊，都在后花园里搬出无数花草，摆得万紫千红，挂得五光十色。晚上就是团年时候，粤说团年即是结年之意，家家都具酒筵祷神祈福。

可巧那年三十夜亥时节交春，令冯管家嘱咐人役，依时拜了新春，然后打睡，各人都领诺。因周府里的人，哪个不是守旧的？提起神权两字，就迷信到了不得，所以都沐浴身体听候。果然到了亥时，就炷香参神。不提防到了焚宝帛之时，丫环瑞香不甚留意，且又因夜深眼倦，看不及，竟被火势飞扬起来，烧着贮积神楼的纸钱宝帛。一切都是惹火之物，一时火烈具扬，瑞香也慌做一团，心口打颤，不能呼人灌救。少时火势愈猛，楼下的见得，都一起呼道救火。正是：

> 弥月方延姜酌喜，乘风先引火殃来。

要知后事如何，且听下回分解。

---

[1] 祀（sì）灶：古代五祀之一，阴历腊月二十三或腊月二十四，祭灶神。
[2] 陬（zōu）：边远偏僻的地方。

第十七回

论宝镜周家赏佣妇　赠绣衣马氏结尼姑

　　话说除夕那一夜，因祀神焚化纸帛，丫环瑞香不慎，失了火，就在神楼上烧起来。这时楼下人等看见了，慌忙赶上扑救。奈所贮的都是纸料，又有些竹炮，中有火药，正是引火之物，火势越加猛烈，哪里扑救的来？又因周家里面虽人口不少，然多半是女流，见着火，早慌忙不过；余外五七个男汉，拉东不成西。冯少伍看见这个情景，料救火不及，只得令人鸣金打锣，报告火警，好歹望水龙驰到，或者这一所大宅子，不致尽成灰烬。又一面令人搬移贵重物件，免致玉石俱焚；又吩咐丫环婢仆等，一半伴着马氏及二房伍姨太，先乘轿子，逃往潘家避火；余外人等，都要搬迁什物。争奈当时各人手忙脚乱，男的或打水桶，或扯水喉，哪里能顾得别样？女的自然是不济事，单是梳佣六姐究竟眼快，约令三五人帮手，急把挂在大厅上的西洋大镜子放了下来，先着人抬出府门去了。其余只有金银、珍珠、钻石、玛瑙物件，马氏和二房携带了，多少衣箱服饰，也不能多顾了。

　　少时，海关里在库书内受职的人，听得周家遇火，都提着灯笼奔到来。不多时，又有潘家的、陈家的，苏、潘、刘、李官绅各家，都派人奔到，志在搬运什物。争奈隆冬时候，风高物燥，各座厅堂，都延烧遍了；更加那夜东北风甚紧，火乘风势，好不猛烈。虽是夜正除夕，因商店催收年账，各街并没关闭闸门，行动还自易些。惟是岁暮，各家事务纷纷，所以各处水龙来得太迟，家人束手无策。所有亲友到来，帮着搬运什物的，尔一手，我一脚，纷纷走动。只是周府里的什物，皆是贵重的，西式铁床及紫檀木雕花床，固不能移动；就是酸枝云母石台椅亦是大号的，哪里搬得许多？那两名管家，只顾收检数部及租部银两银票，忙中不及吩咐搬什物往哪里，真是人多手脚乱，反把贵重台椅，塞拥门户。

　　忙了多时，火势又烈，忽然正厅上烧断梁柱，把一座正厅覆压下来，把左便厢厅同时压陷。此时人命紧要，冯少伍急令各人逃出避火，骆子棠把各数部带齐，先自奔往海关衙门去。

冯少伍见各处都已着火，料然各处什物搬不得，只得令府里人及外来帮忙的，都一起奔出来。才见水龙赶到，统城内外来的，不下伍拾辆水龙，一同搭皮喉救火。各家食井及街道的太平防虞井，水也汲尽了，火势方自缓些。这时，观火的、救火的，及乘势抢火的，已填塞街道。又些时，才见各营将官，带些半睡不醒的兵勇到来弹压，到时火势已寝息了。因周家的宅子大得很，通横五面，自前门至后花园，不下二百尺深，所以烧了多时，只烧去周家一所宅子，并未烧及邻近。各营兵勇及各处救火的人，已陆续散去，即各家来帮搬运物件的，冯少伍即说一声"有劳"，打发回去了。

总计这场火灾，一座楼阁峥嵘、厅堂富丽的大宅子，已烧个净尽，除了六姐取回那西洋大镜子，及马氏和二房带回些金银珠宝，数部银票亦由管家检回，计烧去西装弹弓床子八张，紫檀木雕刻花草人物的床子十张，酸枝大号台椅两副，酸枝云母石台椅三副，酸枝螺甸台椅两副，五彩宣窑大花瓶一个，价值千金，其余西式藤床子二三号，酸枝台椅搭机子与云母石玳瑁的炕床，和细软纱罗绫缎绸绉、顾绣的帐褥衣服，以至地毯、大小各等玩器，也不计其数，共约值二十余万两银子。并那大宅子及戏台，建造时费了六七万金，统通付之灰烬。时因各人跑东跑西，倒不知各人往哪里去。

不久就是天亮，始纷纷走往潘家，寻着马氏。冯、骆两管家回道："数部及银票不曾失去。余外因火势太猛，已不能搬运了。"马氏道："烧了没打紧，拿银便可再买，但不知可有伤人没有？"冯少伍道："家人仗夫人鸿福托庇[1]托庇，倒先后逃出了。"马氏道："这便是好了。你快下去，赶置器具，先迁往增沙的别宅子住几时，再行打算。"冯少伍说一声"理会得"，即退下来。

不多时，丫环、乳娘、梳佣也先后寻到，都诉说火势猛得很，不得搬运什物，实在可惜。马氏道："有造自然有化，烧去就罢了，可惜作甚？"各人都赞马夫人量大。随见六姐也进来，先见马氏回道："各物倒不搬运了，只我也急令人在正厅上取回那最大的西洋镜子，同数人运送增沙别宅去了。幸

---

[1] 托庇：旧时客套话。托人福庇。

亏各街没有关闸门，若是不然，那镜子这般大，还搬到哪里去？"马氏听了，不觉满面笑容。各人倒不解其意，只道数十万的器具，烧了还不介意，如何值千把银子的大镜取回，怎便这样欢喜？正自疑惑，只见马氏对六姐道："你很中用，这大镜子原是一件宝物。因大人向来虽有些家当，还不像今日的富贵。偏是有这般凑巧，自从买了这大镜子回来，就家门一年好似一年，周大人年年增多几十万家当，生儿子、得功名，及今做了官，好不兴旺！我从前也把这镜子的奇怪对多人说过，都道一件宝物在家里，可能镇得煞，挡得灾，兴发得家门。这会纵然是不幸，但各物倒不能取回，偏是这般大得很的镜子，能够脱离了火灾，可不是一件奇事？这都是六姐的灵机，也该赏你。"便令拿了二百两银子，赏过六姐，六姐千谢万谢的领了。去后，计点各人都已到齐，只单不见了丫环瑞香，查来查去，还没个影儿，就疑他葬在火坑去了。

各人正在叹息，冯少伍即来回道："哪有此事？自他失了火之后，已扶着他下了楼，在头门企[1]了多时，我叫人避火要紧，他方才出门去了。我因事忙，未有问他往哪里。只是他出门时，是我亲见的了。"马氏道："恐是街上往来拥挤，他跑错了路，抑是不知我来到这里，他误寻别家去了，也未可知。"六姐道："他出时，我也见他是同宝蝉一块儿出门的。"马氏就唤宝蝉来问。那宝蝉初还推说不知，六姐就证着他，马氏怒道："臭丫头！鬼鬼祟祟干什么？若还不说，怕要打你下半截来了！"宝蝉才说道："他前儿和李玉哥有了些交情，常对婢子说道：他若除了玉哥儿，今生就不嫁人了。这回火灾，本由他失慎，他一来畏忌夫人见罪，二来想随着玉哥儿同去，故趁这一个机会走了，也未可定。"马氏道："他可是与李玉同走的么？"宝蝉说："婢子见他和玉哥儿说了几句，正欲跑时，偏是婢子撞着他，他就哀求婢子，休对夫人说。"马氏又怒说："你既见他走了，如何不对家里人说，又不来告诉我？是什么缘故？"宝蝉道："这时府里人忙得很，哪里还顾得他？若寻来对夫人说，怕他不知跑到哪里去了。"马氏想了一会，又骂道："你既是知他前儿与李玉有交情，怎地不对我说？"宝蝉道："这事是二姨太太也知得的，他人不说，婢子哪里敢说？"马氏道："我要来割了你的滑舌头，快滚下去！"宝蝉听了，就似得了命，一溜烟的跑去了。

马氏又唤二房责道："你既然知瑞香与李玉有这般行径，就该对我说知，

---

[1] 企：踮着脚看。

好安置他，就不致弄出今儿这点事了。"二房伍氏道："夫人哪里说，试想瑞香在时，夫人怎地痛他，我纵是说出来，夫人未必见信，反至失了和气，怕那些丫头胆子还加倍大呢。"马氏听得，真没言可答。冯少伍道："走了一个丫头，没打紧，只是失了门风，外人就道我们没些家教了。但现在不必多说了，打点各事吧。"马氏道："你先到增沙的宅子看看，哪件没齐备的，就要添置，也不必来回我。明儿就迁到那里，安顿家人，迟些时我不如往香港吧。至于那臭丫头，既是走了，休要管他，也不必出花红[1]寻他了，免致被人看得，落得他人说闲话。"冯少伍答一声"理会得"，就令打点买置什物，一面又准备银子，赏给救护的水龙。

马氏在女客厅上，自有潘家大娘子置酒馔陪他抽洋膏子，或抹骨牌[2]，与他解闷。过了一夜，正是人多好做作[3]，什物都买齐，单没有紫檀床。况是新年时候，各事草草备办，都不暇铺排。马氏到增沙别宅时，就有些不悦。原来马氏生平最爱睡紫檀床的，因那时紫檀很少，每张床费了七八百银子，还不易寻着。骆子棠也知得马氏的意思，即来回道："整整找了一天，寻不着紫檀床，已到各家说过，托他们寻着了，就来这里说。"

马氏方欲有言，忽报十二宅的奶奶来贺年了，马氏即接进里面，先由丫环担茶果进去，马氏即与周奶奶团拜过了。坐后，周奶奶道："前天听得府上遇了火，昨儿本欲来问候，奈身子不大好，没有出门，不知那些贵重物件可有搬回没有？"马氏道："烧去也罢了，还亏那大镜子得六姐拿回。前儿用千来银子买了一盏精致花卉人物烟灯，那灯胆子是水晶制成八仙的，周大人也携往谈瀛社去；那烟盘正是中间一个圆窝，看来似个金鱼缸一样，也一并携去，所以不曾遇着火。只有几张紫檀床，统通没了，况且我向来的那一张雕刻好生精致，又是从来没有的紫檀，今儿烧了去，倒不容易再寻得，实在可惜了。"周奶奶听罢亦为叹惜，徐道："这是火灾，虽失了二十来万的家当，究竟是神灵庇佑，夫人这里都要酬神送火星，许个平安愿才是。"马氏道："这是理所应该的。我府里向来托赖，这会虽然遇了火，还亏人口平安。本要酬

---

[1] 花红：此指寻人的悬赏启事。

[2] 骨牌：用骨头、象牙等制成牌类娱乐用具。

[3] 做作：从事某种活动。

神，况今儿正是进火，不如一发请几名师傅和几位禅师，开坛念经，超幽作福，是不消说了。我记得长女初生时，星士说他八字生得硬，要他出家，方能消灾挡煞。只是这样人家，哪里愿把个好端端的女儿抛撒去，所以把长女的年庚八字，送到无着地庵堂里，当作出家，还拜尼姑阿容为师傅。那容师傅生得一种好性儿，不过二十来岁的人，相貌又好，初时还常常来往，奈近来我们家里事多得很，我身子又不大好，好容易挣扎得来，所以来往疏了。像别人看来，似是我们人家瞧他们不在眼内，总是枉屈我了。这会我要请他进来办这一件事罢。"说罢，就着骆管家派人请容师傅去。

当下马氏正和周十二宅的奶奶谈天，也不过是说失火的情形，及烧去的物件。马氏道："烧去也罢，我也不提，不过去了二十来万。俗语说道是'破财挡灾，人口平安'，也就罢了。"

正说着，忽报容师傅来了，马氏即离了烟炕，与周奶奶一齐起身迎接。果然容尼姑随进来，见了马氏，即唤一声"夫人"，道个万福，马氏忙即让座。周奶奶又与容师傅见礼。马氏先把容尼估量一番，见他身穿乌布外衣，束着乌布裤脚儿，即说道："我近来事务多，也不大出门，许久不见师傅来到这里，却怎地缘故？"容尼道："因前数月是清水濠姓张的做功德，整整闹了一个月有余。后来又往潮州探师傅去，不过回城数天，早闻贵府失了火。本该到来问候，只是新年光景，我们也少出门的。今得夫人传唤，方敢进来。"马氏听了，不觉面色变了。自因失火之后，这回度岁，不甚热闹，所以各事忘却了。因当时正是元旦一二天，也不该引尼姑进来。此时已自懊悔，但他是自己请来的，还有何说？只得勉强说道："也没相干，我不是像俗情多忌讳的。"说了，又把开坛诵经送火灾的事，说了出来。容尼道："既是如此，目下暂且当天酬拜神灵，过了寅日（即初七日），才做功德吧罢。"周奶奶道："还是师傅懂得事，夫人可依他做去。"马氏就答个"是"，容尼就要起辞而去，说称要定制绣衣。马氏道："近来事烦，也忘却把些物件送给师傅，这件绣衣要怎样的，让我们尽点薄情罢。"容尼还自推辞，马氏固请不已，方才肯依。正是：

　　　方向空门皈[1]净法，又从华第订交情。

要知后事如何，且听下回分解。

---

[1] 皈（guī）：同"归"。

第十八回

謷长男惊梦惑尼姑　迁香江卜居邻戏院

话说容尼说起要往定做绣衣，马氏就问他要做什么款式，正要自己尽点人情。容尼就答道："可不用了，我们庵里，虽比不上富厚之家，只各人有各人的使用。且凡替人念经做好事，例有些钱头，哪里一件绣衣，还敢劳夫人厚意？"马氏道："师傅这话可不是客气呢。我们实在说，你们出家人是个清净不过的，这些小功德钱，只靠着糊口，还有什么余钱？我说这话，师傅休嫌来得冲撞，不过实说些儿。况小女投师拜佛，也没有分毫敬意，多的或防我们办不起。这件绣衣，就该让人做过人情，若还是客气，可是师傅不喜欢也罢了。"周奶奶道："就是这样，师傅就不消客气了。"容尼道："夫人这话好折煞人！说是多的办不起，只除了这里人家办不得，还哪里办得来？夫人既这样喜欢，我只允从便是。"

马氏听了，好不欢喜，随再问绣衣如何款式，如何长短。容尼随道："款式倒是一样，贵的就用什么也不拘，贱的就用布儿也是有的。单是色要深红，是断改不得了。袖儿衿儿领儿都要金线镶捆，腰儿夹儿自然是宽阔些，袖口儿要一尺上下，所镶捆的金线子，贵重由人，只我身材不大高，不过长的要三尺上下。夫人若记不清楚，我包儿里还带着一件旧的来。"说了，随解开包儿，拿了一件半新不旧的绣衣出来，让马氏看。

时宝蝉在旁，笑说道："不知我们穿了来，又怎样似的？"周奶奶道："试穿来，给我看看。"宝蝉笑着，就要得穿。马氏："师傅是清净的上人，我们凡身，好容易穿得，师傅料然是不喜欢的，休玩罢。"容尼即接口道："夫人怎么说，我们出家人，是从不拘滞的，这样夫人反客气起来了。"说罢，即拿过让宝蝉穿起来，果然不长不短，各人看了，都一起笑起来。周奶奶道："宝蝉穿来很好看，不如就随师傅回去吧。"容尼道："哪里说？他们在这等富贵人家，如珠似玉，将来正要寻个好人家发配去，难道要像我们捱这些清苦不成？"宝蝉听罢，忙啐一口道："师傅休多说，我们倒是修斋的一样，休小觑人！”说罢，就转出去了。容尼自知失言，觉不好意思。

马氏随唤过六姐进来，着他依样与容尼做这件绣衣，并嘱不论银子多少，总求好看。身子要用大红荷兰缎子，所有金线，都用真金。又拿过五颗光亮亮的钻石，着缀在衣衿上，好壮观瞻。这钻石每颗像小核子大，水色光润，没半点瑕疵，每颗还值三四百银子上下。容尼见了，拜谢不已，随说道：“多蒙夫人厚意，感激的了。今儿到这里谈了半天，明儿再来拜候罢。”说了，便自辞出。马氏即令六姐随容尼出去，好同定做这件绣衣，又致嘱过了寅日，就拣过日子，好来禳[1]火灾、做好事，容尼也一一应允。马氏送容尼去后，回转来说了些时，周奶奶又辞去了。

不觉天时已晚，弄过晚饭之后，马氏回转房里，抽了一会洋膏子，不觉双眼疲倦，就在烟炕上睡着了。恍惚间，只见阴云密布，少时风雨交作，霹雳的一声，雷霆震动，那些雷火，直射至本身来。马氏登时惊醒，浑身冷汗，却是南柯一梦，耳内还自乱鸣，心上也十分害怕。看看烟炕上，只有宝蝉对着睡了，急地唤他醒来，问道：“霎时间风雨很大的，你可知得没有？”宝蝉道：“夫人疯了！你瞧瞧窗外还是月光射地，哪里是有风雨？夫人想是做梦了。”马氏见宝蝉说起一个梦字，身上更自战抖，额上的汗珠子，似雨点一般下来，忙令宝蝉弄了几口洋膏子。宝蝉只问马氏有什么事，马氏只是不答，惟自己想来，这梦必有些异兆，因此上心里颇不自在。过了一会，依旧睡着了。

次早起来，对人犹不自言。只见六姐来回道：“昨儿办这件绣衣，统通算来，是一百五十两银子。昨夜回来，见夫人睡着了，故没有惊动夫人。”马氏道：“干妥也就罢了。”六姐就不再言，只偷眼看看马氏，觉得形容惨淡，倒见得奇异，便随马氏回房子去。

忽见二房的小丫环小柳，从内里转出来，手拿着一折盅茶。奈跑得快，恰当转角时，与马氏打个照面，把那折盅茶倒在地上，瓷盅也打得粉碎。马氏登时大怒道：“瞎娘贼的臭丫头！没睛子，干怎么？”一头说，一头拿了一根竹杆子，望小柳头上打下来。小柳就跪在地上，面色已青一回黄一回，两条腿又打战得麻了。六姐道：“些些年纪，饶他这一遭儿罢。”

[1] 禳（ráng）：禳解，迷信的人向鬼神祈祷消除灾殃。

马氏方才息了怒，转进房里，说道："这年我早防气运不大好了，前儿过了除夕，就是新年，府上遭遇了火；我又忘了事，新年又请尼姑来府里；今儿臭丫头倒不是酒，又不是水，却把茶儿泼在身上。这个就是不好的兆头。"六姐道："这会子不是凭媒论婚，倒茶也没紧要。仗夫人的福气，休说气运不好的话。"马氏方才无话，随把前夜的梦，对六姐说知。六姐道："想是心中有点思虑，故有此梦。夫人若有怀疑，不如候容师傅到时，求他参详参详也好。"马氏点头称是。

果然过了数日，容尼已进府上来，说道："明儿初九，就是黄道吉日，就开坛念经禳火星罢。"马氏就嘱咐六姐，着管家预备。容尼又道："昨儿那件绣衣，已送到庵里去，缝的标致得很。只怕这些贵重物，我是空门中人，用着就损了福气。"马氏道："哪里说？这又不是皇帝龙袍，折什么福？"说了，大家都笑起来。那一夜无话。

次日，容尼又招几个尼姑同来，就在大厅子里摆设香案，开坛念经。都由容尼打点，所有念经，都是各尼在坛上嗷嗷嘈嘈，容尼却日夕都和马氏谈天。马氏忽然省起一事，就把那夜的梦儿，求他参详。容尼一想道："这梦来得很恶，我们却不敢多说。"马氏道："怕什么？你只管讲来便是。"容尼仍是欲吞欲吐，马氏早知他的意思，急唤离左右。容尼才说道："这梦想来，夫人身上很有不利。"说到这时，容尼又掩口住下，又不愿说了。马氏再问了两次，容尼道："雷火烧身，自然是不好，只在卦上说来，震为雷，震又为长男，这样恐是令长男于夫人身上有点不利，也未可定。"马氏听了，登时面色一变，徐说道："师傅这话很有道理，我的长男是二房所出，年纪也渐渐长大起来了，我倒要防备他，望师傅休把这话泄漏才好。"容尼道："此事只有两人知得，哪有泄漏之理？"说罢无话。自此马氏就把长子记在心头了。

过了几天，功德早已完满，又礼过焰口，超了幽，就打发各尼回去，只容尼一人常常来往。马氏徐令管家把府里遇火前后各事，报知周庸祐，随后又议往香港居住。因自从到增沙的宅里，身子不大好，每夜又常发恶梦；二来心中又不愿和二房居住，因此迁居之心愈急，就令冯管家先往香港寻宅子。

因周庸祐向有几位姬人在香港士丹利街居住，因忖向日东横街的宅子，何等宽大，今香港屋价比省城却自不同，哪里寻得这般大宅子？况马氏的性儿，是最好听戏的，竟日连宵，也不见厌，香港哪里使得？若寻了来，不合马氏的意，总是枉言，倒不如命六姐前往。因六姐平日最得马氏的欢心，无论找了什么宅子，马氏料然没有不喜欢的。因此管家转令六姐来港，那六姐自不敢怠慢。

到港后，先到了士丹利街的别宅子，先见了第六房姨太王春桂，诉以寻屋迁寓香港之事。春桂道："这也难说了，马氏夫人好听戏，在东横街府里，差不多要天天唱戏的。若在香港里，要在屋里并建戏台，是万中无一的。倘不合意，就要使性儿骂人，故此事我不敢参议，任从六姐干去便是。"六姐道："与人承买，怕要多延时日，不如权且租赁，待夫人下来，合意的就买了，不合的就另行寻过，岂不甚好？"春桂道："这样也使得。我前儿听得重庆戏院旁边，有所大宅子，或招租，或出卖，均无不合的。这里又近戏场，听戏也容易，不如先与租赁，待夫人到时再酌罢。"六姐道："这样很好，待我走一遭，看看那宅子是什么样的，然后回覆夫人定夺便是。"

说了，春桂即令仆妇引六姐前去，六姐看了那街道虽不甚堂皇，只那所宅子还是宽大，厅堂房舍也齐备了，紧贴戏院。若加些土木，即在窗儿也能看戏，料然马氏没有不合的。看罢，就即与屋主说合了，订明先租后买。自己先回省城去，把那屋贴挨戏院，看戏怎么方便，及屋里宽敞，一一对马氏说知。

马氏道："有这般可巧的地位，是最好的了。我自从过新年后，没一天是安宁的，目下就要搬迁。但望到港时住了，得个平安就罢了。"六姐听了，又把附近重庆戏院的宅子从前住的如何平安，如何吉利，透情说了一会。马氏十分欢喜，便传冯管家进来，说明要立刻迁往香港，眼前就要打点，一两天即要搬妥。所有贵重物件，先自付寄，余外细软，待启程时携带。正是：

　　　故府方才成瓦砾，香江今又换门楣。

要知后事如何，且听下回分解。

第十九回

对绣衣桂尼哭佛殿　窃金珠田姐逮公堂

话说自六姐往香港,租定重庆戏院隔壁的大宅子,回过马氏,就赶紧迁居,仍留二房在羊城居住。一面致嘱令人在省城好寻屋宇,以便回城。因姓周的物业,这时多在省中,况许多亲串及富贵人家,都在省城内来往惯的,自然舍不得羊城地面。争奈目前难以觅得这般大宅,故要权往香港。就是在香港住了,亦要在羊城留个所在,好便常常来往。

二房听嘱,自然不敢怠慢,马氏就打点起程。是日又是车马盈门,要来送行的,如李庆年的继室、周少西的大娘子,潘家、陈家的金兰姊妹,不能胜数。先由骆管家着人到船上定了房位,行李大小,约三十余件,先押到船上去了。马氏向众人辞别,即携同两女一儿,分登了轿子。六姐和宝蝉跟定轿后,大小丫环一概随行。送行的在后面,又是十来顶轿子,挤挤拥拥,一齐跑出城外。待马氏一干人登了汽船,然后送行的各自回去,不在话下。

且说马氏一程来了香港,登岸后,由六姐引路,先到了新居。因这会是初次进伙,虽在白日,自然提着灯笼进去,说几句吉祥话,道是进伙大吉,一路光明。有什么忌讳的,都嘱咐下人,不许妄说一句。及马氏下轿进门时,又一连放了些爆竹。

马氏进去之后,座犹未暖,王氏春桂已带了一干人过来,问候请安。马氏略坐一会,就把这所宅子看过了,果然好宽旷的所在,虽比不上在东横街的旧府,只是绿牖[1]珠棂[2],粉墙锦幕,这一所西式屋宇,还觉开畅。马氏看罢,就对六姐说道:"这等宅子,倒不用十分改作,只须将窗棂墙壁从新粉饰,大门外更要装潢装潢,也就罢了。"说了几句,再登楼上一望,果然好一座戏院,宛在目前,管弦音韵,生旦唱情,总听得嘹亮。心中自是欢喜,不觉又

---

[1] 牖(yǒu):窗户。
[2] 棂(líng):窗格子。

向六姐叹息道："这里好是好了，只是能听得唱戏，究不能看得演戏，毕竟是美中不足。我这里还有一个计较，就在楼上多开一个窗子，和戏院的窗子相对，哪怕看不得戏？这样就算是我们府里的戏台了。"王春桂道："人家的戏院，是花着本钱的，哪里任人讨便宜？任你怎么设法，怕院主把窗门关闭了，你看得什么来？"马氏道："你可是疯了！他们花着本钱，自然要些利。我月中送回银子把过他，哪怕他不从？"六姐道："夫人也说的是，古人说得好'有钱使得鬼推车'，难道院主就见钱不要的不成？就依夫人说，干去便是。"马氏听了，就唤骆管家上来，着人到重庆戏院，找寻院主说项。这自然没有不妥的，说明每月给回院主四十块银子。马氏即令人将楼上开了窗门，作为听戏的座位。又在楼上设一张炕子，好作抽洋膏子之时，使睡在炕上，就能听戏。那院主得马氏月中帮助数十块钱使用，自然把旁边窗门打开，并附近窗前，都不设座位，免至遮得马氏听戏。果然数天之内，屋内也粉饰得停当，又把门面改得装潢，楼上倒修筑妥了。

过了数天，只见骆管家来回道："由此再上一条街道，那地方名唤坚道的，有一所大宅子，招人承买。那一带地方，全是富贵人家居住，屋里面大得很，门面又很过得去，像夫人的人家，住在那里，才算是有体面。"马氏道："你也说的是。昨儿接得周大人回信，这几个月内，就要满任回来。那时节官场来往的多，若不是有这些门户，怎受得车来马往？但不知要给价银多少，才能买得？"骆管家说："香港的屋价，比不得羊城。想这间宅子，尽值六七万银子上下。"马氏道："你只管和他说，若是好的，银子多少没打紧。一来要屋子有些门面，二来住了得个平安，也就好了。"骆管家答个"是"，就辞下去了。

次日，只见守门的来回道："门外有位尼姑，道是由省城来的，他说要与夫人相见。"马氏听了，早知道是容尼，就令人接进里面坐下。容尼道："前儿夫人来港，我们因进城内做好事，因此未有到府上送行，夫人休怪。"马氏道："怎么说，师傅是出家人，足迹不到凡尘里，便是师傅来送，我也如何当得起？今儿因什么事，来香港干什么？"容尼道："是陈家做功德，请我们念经，要明天才是吉日，方好开坛，故此来拜谒夫人。"马氏道："没事就过来谈吧，我不知怎地缘故，见了师傅来，就舍不得师傅去，想是前世与佛有缘的了。"容尼道："凡出家人，倒要与佛门有些缘分，方能出家。我昨儿听得一事，本不欲对夫人说，只夫人若容我说时，就不宜怪我。"马氏道："有什么好笑事，说来好给我们笑笑，怎地要怪起你来？"容尼道："我前两天在城内，和人家做好事时，还有两间庵子的尼姑，同一块儿念经。有一位是唤做静坚，是新剃度的中年出家人，谈起贵府的事，他还熟得很。我就起了思疑。我问他有什么缘故。他只是不说，他还有一个师傅唤做明光，这时节我就暗地里向他师傅问个底细。那明光道：'周大人总对他不住，他就看破了世情，落到空门去。'夫人试想：这个是什么人？"马氏听了，想了想才说道："此事我不知道，难道大人在外寻风玩月，就闹到庵堂里不成？"

正说话间，忽王氏春桂自外来，直进里面，见了马氏，先见礼，后说道："今儿来与夫人请安，晚上好在这里楼上听戏。"马氏也笑道："我只道有心来问候我，原来为着听戏才到来的。"说了，大家笑起来。春桂见有个尼姑在座，就与他见礼。马氏猛省起来，就把容尼的话对春桂说知，问他还有知得来历的没有。春桂一想道："我明白了，这人可是年纪二十上下的？"容尼道："正是。面貌清秀，还加上一点白，是我佛门中罕见的。"春桂道："可不是呢！他从前在这里一间娼寮，叫什么锦绣堂，唤做桂妹的，他本意要随姓张的脱籍，后来周大人用了五千银子买了回来，不过数月间，妾又进来了。他见周大人当时已有了五七房姬妾，还怕后来不知再多几房，故此托称来这里听戏，就乘机上了省，削发为尼。这时隔今尽有数年了，如何又说起来？"容尼听罢，再把和桂妹相遇的原因，说了一遍。马氏道："原来如此，看将来这都是周大人的不是，他向在青楼上是风流惯了的，若不要他，当初就不该带他回来。今落到空门里，难为他捱这般清净。"容尼道："夫人说的是，亏你还有这点心，待我回城时，见着他，好把夫人的话对他说。"马氏道："可不是呢，他没睛子浪跟着回了来，今儿还要他捱着苦去，故今年气运就不佳了。"容尼点头称是。

过了数日，容尼完了功德，果然回城后，就往找寻桂妹。桂妹见容尼来得诧异，让座后，就问他来意。容尼把马氏上项的话，说了一遍，并劝他还俗。桂妹听了，想了想才答道："是便是了，只当初星士说我命儿生得不好，除是出家，才挡了灾。我只管捱一时过一时也罢了。"容尼见他如此说，只自言自语的说道："可惜落到这样人家，繁华富贵，享的不尽，没来由却要这样。"说了，桂妹只是不答。少顷容尼辞出。

到了夜分，这时正是二月中旬，桂妹在禅房里卷起窗帘一望，只见明月当中，金风飒飒，玉露零零，四无人声，好不清净。想起当初在青楼时，本意随着张郎去，奈姓周的偏拿着银子来压人，若不然就不至流落到这里。想到此情，已不禁长嗟短叹。又怨自己既到周家里，古人说得好，"女为悦己者容"，就不该赌一时之气，逃了出来。舍了文绣，穿两件青衣；谢却膏粱，捱两碗淡饭。况且自己只是二十来岁的人，不知捱到几时，才得老去？想来更自苦楚。

忽然扑的一声，禅堂上响动起来，不知有什么缘故，便移步转过来看。看到了台阶花砌之下，却自不敢进去，就思疑是贼子来了，好半晌动也不动。久之没点声息，欲呼人一同来看，只更深夜静，各尼倒熟睡去了，便拼着胆儿进去。这时禅堂上残灯半明半灭，就剔起灯来，瞧了一瞧，是个斋鱼跌在地上，好生诧异。想是猫儿逐鼠子撞跌的，可无疑了。随将斋鱼放回案上，转出来，觉自己不知怎地缘故，衣袜也全湿了。想了一会，才想起方才立在台阶时，料然露水滴下来的。急的转回房里，要拿衣穿换，忽见房门大开，细想自己去时，早将门掩上，如何又开起来？这时倒不暇计较，忙开了箱子，不觉吓了一跳，原来箱子里不知何故，那绣衣及衣服全失去了。想了又想，可是姓张的这一个，还是姓李的那一个没良心盗了我的不成？此时心上更加愁闷，又抚身上衣裳，早湿遍了，就躺在床上，哪里睡得着？左思右想，自忖当时不逃出来，不至有今日光景。又忆起日间容尼的说话，早不免掉下泪来。况且这会失了衣裳，实在对人说不得的。哭了一会子，就矇眬睡去。忽然见周庸祐回来，自己告以失衣之事。周庸祐应允自己造过，并允不再声张。桂妹狂嗟之极，不觉醒转来，竟没点人声，只见月由窗外照着房里，却是南柯一梦。回忆梦中光景，愈加大哭起来。是夜总不曾合眼。

次早日影高了才起来，身子觉有些疲倦。满望容尼再来，向他商量一笔银子，好置过衣裳，免对师傅说。谁想候了两天，才见容尼进来，还未坐下，早说道："你可知得没有，原来周大人已满任回来了，前天已到了香港。我若到港时，就对马夫人说，好迎你回去罢。"桂尼道："这是后话，目前不便说了。便是马夫人现在应允，总怕自己后来要呕气，负气出来，又屈身回去，说也说不响的。"说罢，又复哭起来，似还有欲说不说的光景。容尼着实问他因甚缘故，要哭得这样？桂尼这时才把失去衣裳的事说知，并说不敢告知师傅，要备银子再买。容尼道："备银子是小事，哪有使不得。只不如回家去，究

竟安乐些儿。你又没睛子，不识好歹，这些衣裳，还被人算了去。今马夫人
是痛你的，还胜在这里掤得慌。"桂尼道："俗语说得好：'出家容易归家难。'
你别说谎，马夫人见气运不好，发了点慈心，怕常见面时，就似眼儿里有了
钉刺了。周大人是没主鬼，你休多说吧。"容尼道："出家还俗万千千，听不
听由得你，我把你意思回复马夫人便是。"说了要去，桂尼又央容尼借银子，
并道："你借了，我可向周大人索回这笔数，当是周府题助这里香资便是。"
容尼不便强推，就在身上拿来廿来块银子，递过桂尼手上去，即辞了出来，
自然要把此事回知马氏。

　　马氏这时不甚介意，只这时自周庸祐回来，周府里又有一番气象。周庸
祐一连几天，都是出门拜客，亦有许多到门拜候的。因是一个大富绅，又是
一个官家，哪个不来巴结？倒弄得车马盈门，奔走不暇。

　　偏是当时香港疫症流行，王春桂住的士丹利街，每天差不多有三几人
死去，就是马氏住的左右，也不甚平静。因此周庸祐先买了前儿说过的坚道
的大屋子，给予马氏居住；又将春桂迁往海旁□记号的楼上，因附近海旁还
易吸些空气，况□记字号的生意，是个办馆，供给船上伙食的。那东主姓梁
字早田，是自己好朋友，楼上地方又很多。只是生意场中，住眷总有些不便。
其中就有位雇用的小厮名唤陈健，生出一件事来。

　　因周庸祐在上海买了两名妓女，除在京将金小宝送与翰林江超，余外一
名，即作第九房姬妾，姓金名唤小霞，也带着随任。这时满任而归，连香屏
和他都带了回来。除香屏另居别宅，其余都和春桂一块儿居住。那小厮陈健
年方十七岁，生得面如傅粉，唇若涂朱，平时服役，凡穿房入屋都惯了，周
庸祐为人，平时不大管理家事，大事由管家办理，小事就由各房姬妾着家僮
仆妇办理而已。

　　这时又有一位梳佣，唤做田姐，本大良人氏，受周家雇用，掌理第九房
姨太太的梳妆，或跟随出入，及打点房中各事，倒不能细述。那田姐年纪约
廿五六岁，九姨太实在喜欢他，虽然是个梳佣，实在像玉树金兰，作姊妹一
般看待了。那小厮陈健，生性本是奸狡，见田姐有权，常在田姐跟前献过多
少殷勤，已非一日。陈健就认田姐作契母，田姐也认陈健作干儿，外内固是
子母相称，里面就设誓全始全终，永不相背的了。且周庸祐既然不甚管理家
事，故九姨太的家务，一应落在田姐的手上。那田姐的一点心，要照顾陈健，

自然在九姨太跟前，要抬举他，故此九姨太也看上陈健了。

自古道："尾大不掉，热极生风。"那九姨太与田姐及陈健，既打做一团，所有一切行为，家里人统通知得，只瞒着周庸祐一人。那一日，田姐对九姨太金小霞说道："陈健那人生得这般伶俐，性情也好，品貌也好，不如筹些本钱把过他，好干营生，才不枉他一世。"九姨太点头称"是"。次日，陈健正在九姨太跟前，九姨太便问他懂得什么生理。陈健听说，就如口角春风，说得天花乱坠，差不多恨天无柱，恨地无环，方是他干营生的手段。九姨太好不欢喜，便与田姐商量，要谋注本钱，好栽培陈健。田姐道："九姨太若是照顾他，有怎么难处？"九姨太道："怎么说？我从前跟着大人到任，手上虽赚得几块钱，也不过是珠宝钻石的物件，现银也不大多。自周大人回来，天天在马夫人那里，或在三姨太的宅子，来这里不过一刻半刻，哪容易赚得钱来？"田姐道："你既然有这点心事，就迟三五天也不打紧。"九姨太答个"是"。自此田姐就叫陈健唤九姨太做姨娘，就像亲上加亲，比从前又不同了。

过了数天，九姨太就和田姐计较，好拿些珠宝钻石及金器首饰，变些银子，与陈健作资本，田姐自然没有不赞成的了，果然拿了出来，统共约值五万银子上下，着陈健拿往典肆，田姐又一同跟了出来，都教陈健托称要做煤炭生意，实则无论典得多少，田姐却与陈健均分。田姐又应允唆九姨太勿将此事对周大人说，免至泄漏出来。

二人计议既定，同往典肆。怎想香港是个法律所在，凡典肆中人，见典物的来得奇异，也有权盘问，且要报明某街某号门牌，典当人某名某姓的。当下陈健直进典肆，田姐也在门外等候。那司当见陈健是小厮装束，忽然拿了价值数万银子的物件来，早生了疑心，便对陈健说道："香港规则，男子不该典当女子物件。你这些贵重物，究从哪里得来？"陈健听说，不觉面色一变，自忖不好说出主人名字，只怎样说才好？想来想去，只是答不出。偏又事有凑巧，正有暗查进那典肆来查失物，见司当人盘问陈健，那暗查便向陈健更加盘问一回，并说道："若不说时，就要捉将官里去了。"陈健早慌到了不得，正是：

　　　世情多被私情误，失意原从得意来。

要知后事如何，且听下回分解。

第二十回

定窃案控仆入监牢　谒祖祠分金修屋舍

话说小厮陈健拿了金器珠石往典肆质银，被司当的盘问起来，适暗差又至，盘问得没一句话说。时田姐正在典肆门外，猛然想起，一个男汉，不该典当妇人家的头面，便赶进典肆里说道："这东西是妾来典当的，可不用思疑了。"暗差道："这等贵重的东西，好容易买得？你是什么人家，却从哪里得来？"田姐听了，欲待说将出来，又怕碍着主人的名声，反弄得九姨太不好看。正自踌躇，只得支吾几句。那暗差越看得可疑，便道："你休说多话，你只管带我回去，看你是怎地人家。若不然，我到公堂里，才和你答话。"田姐没得可说，仍复左推右搪，被暗差喝了几句，没奈何，只得与陈健一同出来，回到口记店门首。

那暗差便省得是周家的住宅，只因周庸祐是富埒[1]王侯，贵任参赞的时候，如何反要典当东西？迫得直登楼上，好问个明白。偏是那日该当有事，周庸祐正自外回来，坐在厅子上。那暗差即上前见一个礼，问道："那东西可是大人使人典当的不成？"周庸祐瞧了一瞧，确认是自己的物件，就答道："怎么说？东西是我的，只我这里因什么事要当东西？你没睛子不识人，在这里胡说。"暗差道："我不是横撞着来的，在典肆里看他两人鬼头鬼脑，就跟着了来，哪不知大人不是当东西的人家，只究竟这东西从哪里得来？大人可自省得，休来怪我。"周庸祐听了，正没言可说。

那时田姐和陈健心里像十八个吊桶，魂儿飞上半天，早躲在一处。周庸祐只得先遣那暗差回去，转进金小霞的房子来，像凶神恶煞的问道："家里有什么事要典得东西？怎地没对我说？还是府里没使用，没廉耻干这勾当？你好说！"金小霞听得，早慌做一团，面色青一回黄一回，没句话可答。暗忖此事他如何懂得？可不是机关泄漏去了？周庸祐见他不

---

[1] 埒（liè）：等同；并立。

说，再问两声，金小霞强答道："哪有这些事，你从哪里听得来？"周庸
祐道："你还抵赖！"说了，就把那些珠石头面掷在桌子上，即说道："你
且看，这东西是谁人的？"金小霞看了，牙儿打击，脚儿乱摇，暗忖赃
证有了，认时，怕姓周的疑到有赔钱养汉的事；不认时，料然抵赖不过。
到这个时候，真顾不得七长八短，又顾不得什么情义，只得答道："妾在
大人府里，穿也穿不尽，吃也吃不尽，哪还要当东西？且自从跟随大人，
妾的行径，大人统通知得了，正是头儿顶得天，脚儿踏得地，哪有三差四错，
没来由这东西不知怎地弄了出来，统望大人查过明白，休冤枉好人。"周
庸祐道："这东西横竖在你手上，难道有翼能飞，有脚能行？你还强嘴！
我怕要割了你的舌头。"金小霞答道："你好没得说，若是查得清，察得明，
便是头儿割了，也得甘心。我镇日在屋子里，像唇不离腮，哪有什么事
干得来？你也要个主张，好把丑名儿顶在头上，传出外边去好听？"这
几句话，说得周庸祐一声儿没言语。暗忖这东西可不是陈健和田姐七手
八脚盗了出来，看来都像得八九分。便道："若不是，便是狗奴才盗去了，
我要和他们算账。"说了，即出房子来，好着找田姐和陈健。

原来田姐和陈健早匿在一处，打听得周庸祐出来了，田姐即潜到九
姨太房子里，把泄漏的缘故，说个透亮。金小霞道："你不仔细，好负累人，
险些儿就辩不开。你好对健哥说，由他认了盗这东西，也不是明抢打劫，
不过监禁三五月儿就了事。这时我不负他，暗地里把回两三千银子过他
也罢了。若是不然，大家败露，将来也没好处。你快些去，休缠我，怕
大人再回转来，就不好看了。"田姐道："这也使得，只如何发付我？料
大人再不准我在这里，我如何是好？"九姨太无奈，只得应允田姐，赔
补一千银子。田姐方才出来，对陈健商妥。陈健暗忖得回三二千银子也好，
纵不认盗得来，总不免一个罪案，没奈何只得允了。

少时，周庸祐寻着了田姐和陈健两人，就报到差馆，说道僮仆偷窃
主人物件，立派差拿去了。

到了堂讯之时，陈健直认偷窃不讳。田姐又供称是陈健哄着他，是
主人当押东西，因男汉不该当押妇人头面，叫自己跟随去。当下讯得明确，
以田姐被控无罪，陈健以偷窃论监禁六月，并充苦工，案才结了。

那一日，周庸祐回转马氏的住宅，马氏听得此事结了案，便向周庸

祐说道："许多贵重的头面，自然收藏在房子里箱儿柜儿，好容易盗得去？陈健那个小厮，比不得梳佣仆妇，穿房入室的，九丫头不知往哪里去，盗了还不知。你又没主鬼，总不理理儿，镇日在外胡撞，弄出这点事，被外人传将出来，反落得旁人说笑。我早知今年气运不大好，家里常常闹出事，因我命里八字官杀混杂，又日坐羊刃。今岁流年是子午相冲，怕冲将来，就不是玩的。我曾在太岁爷爷处处作福了，虽我妇人家没甚紧要，只横竖是家里人，但望人凭神力得个平安，只大人你偏不管。今儿闹出事，虽然是偷窃事小，只闭门失盗，究不大好听。"周庸祐道："事过就罢了，何必介意？"马氏道："今宵不好，待明朝，我妇人家不打紧，只大人也要干好些。前儿抛撇了五房到空门去，就不是事？我曾着容师傅请他回来，他不愿，也没可说。只今还有句话，你自从离了乡，倒没有回去。古人说：'富贵不还乡，就如衣锦夜行。'哪有知得。大人不如趁满任回来，回乡谒谒祖宗，拜拜坟墓，好教先人在阴间免埋怨你。"周庸祐道："这话也说得是，我正要回羊城那里走走，一来看少西老弟打理得关库怎么样。二来因宅子烧去了，要另寻一间大宅，将来男婚女嫁，或是在省就亲，倒有个所在。这时就依夫人说，回乡去便是。"马氏道："宅子不易寻得，你来看有什么宅子，我们能够居住。我没奈何，才迁到这里，既然大人肯回乡，我也要同去。因我进门来没有回乡，过门拜祖，就少不得的。"周庸祐听了，点头称是，于是着骆子棠管理香港的家事，自与马氏和香屏三姨太及儿女回乡，各事都着冯少伍随着打点，先自回了城。

　　这时粤海关监督自联元满任之后，已是德声接任，库书里的事，都依旧办去，只二房伍姨太住在增沙别宅，周庸祐与马氏一干人等，都先到增沙别宅子来，正是一别数年。二房的儿子，早长多几岁年纪，且生得一表相貌，周庸祐好不欢喜。当下与二房略谈过家里事。到了次日，那些听得周某回来的，兄兄弟弟，朋朋友友，又纷纷到来拜候。

　　忙了几天，就着冯少伍先派人回乡，告知自己回来谒祖，一面寻了几号艇，择日乡旋。那些谈瀛社的兄弟，愿同去的有几人，正是富贵迫人来，当时哪个不识周庸祐？

　　当下五号画舫，第一号是周庸祐和妻妾，第二号是亲串和乡中出来迎接的，第三号是结义兄弟和各朋友，第四号是家人婢仆，第五号是知己武弁[1]派来的护勇,拥塞河面。船上的牌衔,都是候补知府、尽先补用道、二品顶戴、赏戴花翎及出使英国头等参赞种种名目,不能缕述[2]。船上又横旗高竖,大书"参赞府周"四个大红字。仪仗执事,摆列船头,浩浩荡荡,由花地经蟾步,沿佛山直望良坑村而去。那船只缓缓而行,在佛山逗留了一夜。那佛山河面原有个分关,那些关差吏役,自然出来款接。次日晨即起程,不多时,早到了良坑,在海旁用白板搭成浮桥,五号画舫,一字儿停泊。

这时,不特良坑村内老幼男女出来观看,便是左右村乡,都引动拖男带女,前来观看了。河边一带,真是人山人海。周家祠早打扫的洁净,祖祠内外,倒悬红结彩,就中一二绅衿[3]耆老[4],也长袍短褂,戴红帽,伺候着。选定那日午时,是天禄贵人拱照,金锣响动,周庸祐即登岸,十数个长随跟着,十来名护勇拥着而行,陪行的就是周少西、冯少伍,其余宾客亲友,都留在船上,另有人招待。先由乡内衿耆,在码头一揖迎接,也一起到了祖祠。但见祠前门新挂一联道:"官声詟异国,圣泽拜当朝。"墙上已遍粘报红,祠内摆设香案。先行三献礼,祭毕,随在两廊会茶。其中陪候的绅耆,俱是说些颂扬话,道是光增乡里,荣及祖宗。祠外族中子侄,有说要演戏的,有说是风水发达的,有的又说道:"要在祖祠竖两根桅杆。"其中有懂得事的,就暗地说道:"他不是中举人中进士,哪里要竖起桅杆?"你一言,我一语。又因炮声、枪声、鼓乐声、爆竹声、人声喧闹,哪里听得清楚?

少时,各绅耆因周庸祐离乡已久,都要带在乡中四围巡看,此时万人眼中,倒注视一个周庸祐。他头戴亮红顶子,身穿二品袍服,前呼后拥,好不钦羡。其中有想起他少时贫困,今日一旦如此身荣,皆道:"怪得说宁欺白须公,莫欺少年穷。"其中女流之辈,就叹道:"邓氏娘子早殁了,真是没福!"这都是世态炎凉,不必细表。

---

[1] 武弁(biàn):武官;武夫。

[2] 缕述:详细叙述。

[3] 绅衿(jīn):旧时泛指地方绅士和在学的人。

[4] 耆老:年逾六十岁之人。

　　且说周庸祐自巡看乡中，只见那些民居湫陋[1]，颇觉失了观瞻。又见乡人都奉承得不亦乐乎，暗忖自己发达起来，原出自这乡里，且各乡人如此殷勤，都要有些好意过他。看乡内不过百来家屋子，就与他建过，只费十万八万银子，也没打紧。想罢，就对各衿耆说道："各兄弟如此屋舍，怎能住得安？"衿耆齐道："我们人家，哪里比得上周大人？休说这话罢。"周庸祐道："彼此兄弟，自应有福同享，我不如每家给五百银子，各人须把屋子重新筑过，你们还愿意否呢？"各人齐道："如得十大人这般看待，就是感恩不浅，哪有不愿意的道理？"周庸祐大喜，便允每家送五百两银子，为改建屋宇之用，各人好不欢喜。行了一会，再回自己的屋子一看，这时同房的兄弟，又有一番忙碌。他的堂叔父周有成，先上了香烛，待周庸祐祭过先祖，然后回船小憩。一面又令马氏及随回的姬妾，登岸谒祖。因马氏过门后，向住省港，未曾回乡庙见，这回就算行庙见礼。

　　当下即有许多婶娘姑嫂，前来迎接。但见马氏登岸时，头上那只双凤朝阳髻，髻管是全金，满缀珍珠；钗儿镶大红宝石；簪儿是碧犀[2]镶的，两旁花管，都用珠花缀成；两耳插着一双核子大的钻石耳塞儿；手上的珠石金玉手钏，不下六七双；身穿荷兰缎子大褂，扣着五颗钻石纽儿；下穿百蝶裙，裙下双钩，那帮口花儿，也放着两颗钻石；其余头面，仍数不尽。就是各姬妾的头面，也色色动人。乡间女儿，从不曾见过，都哄做一团议论。十来名梳佣美婢随着，先后谒过家庙祖祠，然后回船。是晚良坑村内，自然大排筵席，老老幼幼，都在祠内畅饮，自然猜三道四。忽听得一派喧闹之声，直拥进祖祠里来。正是：

　　　　方宴祠中敦族谊，陡惊门外沸人声。

　　要知乡人因何喧闹起来，且听下回分解。

[1] 湫（jiǎo）陋：低下简陋。
[2] 碧犀：青绿色或青白色的犀牛角。碧，青绿色、青白色。犀，犀牛角。

第二十一回

游星洲马氏漏私烟　悲往事伍娘归地府

话说周庸祐因回乡谒祠，族中绅耆子侄，正和他一块儿在祖祠内燕饮[1]，因闻祠外喧嚷之声，都跑出来观看。原来周有成因吃醉了几杯，到祠外游逛，这时乡中各人，都向周有成说东说西，有说他的兄弟富贵回来，定然有个好处；有的又说道："你来看，乡中各人，尚得他几百银子起做屋舍，何况他亲房兄弟？若不是带他做官，就是把大大的本钱过他，好做生意。"说了，谁想周有成就闹起来，嚷道："你们说得好听，因困穷的时候，可不是识得俺吗？他自从一路发达起来，哪有一个字回来把过我？这会子做了官回来谒祖，各人都有银子几百，也算领得他恩典，对着俺就没有一句说过来。你们不知得，就当我是掘得金窖，种得钱树，怕俺明儿就要到田上种瓜种菜；若是不然，只怕饿死了，都没有人知呢！"说了，还是东一句西一句的蛮闹。

那周庸祐听得，好不脸儿红涨了。当下就有说好说歹的，扶周有成回去，各说道："你醉得慌了，还不回家，闹怎么？"周有成还自絮絮不休，好容易扶他回到屋子里。周庸祐自然见不好意思，有些人劝两句说："他是醉慌了，大人休要怪他。"周庸祐略点头称是，遂不欢而散。

次早将各船开行，嘱令冯少伍到省，即打点分发，送与乡中各人得银项，不在话下。只周庸祐在省过了两天，因又在羊城关部前添买了一间大宅子，却把第八房的姨太太银仔，迁回这里居住，香屏三姨太仍在素波巷，自己却和马氏回香港去。奈自从九姨太闹出田姐那一案件，马氏却在周庸祐跟前，往往说姬妾们的不是，所以周庸祐也不回九姨太那里去。惟是香港规则，纵然休了妻妾，也要回给伙食的。可巧这时，那□记的办馆生理，也与周庸祐揭借了十万银子，故周庸祐就使□记办馆

---

[1] 燕饮：聚会在一起吃酒饭。

的老板梁早田，将息项每月交一百四十块银子与九姨太作使用，内中六十块银子当是租项，其余八十块，就是家用的了。因此上各姬妾见周庸祐将九姨太这样看待，倒有些不服。因那田姐本是马氏的随侍近身，留过九姨太使用，这回引蛇入宅，马氏本有些不是，这会偏尽推在九姨太身上，又不责田姐，好没道理！只虽是如此，怎奈各人都畏忌马氏，哪个敢说个不字来？

闲话不表。且说马氏生平已是憎恶姬妾，这会见周庸祐休了九姨太正如乞儿分食，少一个得一个。那日对周庸祐问起九姨太那里，每月使用给回多少银子。周庸祐就把□记的揭项利息，交割一百四十块银子的事，对马氏说知。马氏道："□记老板是什么人，大人却把十万两银子就过信他？"周庸祐道："那老板是姓梁的，为人很广交的，就是北洋海军提督丁军门[1]，也和他常常来往。其余别的官员绅士，就不消说了。况且又是有家当的人，所以他的生理，还做得很大，不仅供应轮船伙食，兼又租些轮船出外洋去，因此就信他，十万八万也不妨。"马氏道："原来如此，只他既是常常租些船只出外，我们就乘他船，上外洋逛逛也好，但不知往哪处才好？"周庸祐道："这都使得，但游北京也好。只北京地面，寒时就雪霜来得利害，夏时就热到不得了。若要到日本去，惟他国的人，见了缠足的妇人，怕不要哗笑起来吗？至于金山地方，就不容易登得岸去。单是南海一带，地土温和，到到也好。"马氏道："果然是好的，不知他何时方有船往那里？"周庸祐听说，就拿了一张新闻纸看看，恰可迟四五天，就是香星轮船开行。这香星轮船，是那梁老板占些股本，现在又是□记字号料理，不如附这船去也罢。

马氏听罢，好不欢喜，随说道："但不知去了何时才得回来？"周庸祐道："这由得夫人的主意，若多两月，就多游三两个埠头[2]，却也不错。"马氏道："这都容易。但那地方洋膏子究竟怎样？若是不好的，就要一同带去也好。"周庸祐道："星加坡那埠，是带不得洋膏子的。若到那里时，那船自然有三五七天停泊。不如先将洋膏藏在船上，待登岸时，或托人

---

[1] 军门：对提督的敬称。

[2] 埠头：码头。

到洋膏公司那里说个人情，然后带上岸去便是。"马氏听罢，连说有理，就打定主意，要游南洋去。一面着家人打点行李，又嘱管家骆子棠道："别处的洋膏，不像我们家里的，我将是游外埠去，只现在所存的二百两洋膏，就从今日赶熬五百两上下，随身带去。"骆子棠答声"理会得"，便下来打点。因马氏抽的洋膏，是高丽参水熬的，别的自然是抽不得。果然三两天，就熬了洋膏四百多两，连旧日存的，统通六百两上下。到了那日，即带同丫环宝蝉，及新买的丫环碧霞、红月，及梳佣六姐，并自己一子两女，及仆妇几人，与周庸祐起程，即附香星轮船而去。那船主因他们是老板梁早田的好友，致嘱船上人，认真招待。

自从那船开行之后，马氏本向来不惯出门，自然受不得风浪，镇日里只在炕上抽洋膏。若遇风平浪静，就在窗子外望望海景，真是海连天，天连海，倒旷[1]些眼界。一路经七洲洋、琼州口、安南口，不消六天上下，早到了星加坡埠。马氏令人一面收拾烟具行李，正待将存下的洋膏子交付船上收贮，只见洋烟公司的巡丁，已纷纷登船搜查搭客，有无携带私烟。周庸祐只道他们搜查什么，也不甚留意；一来又忖自己是坐头等房子的人，比不同在大舱的，要乱查乱搜。谁想一个巡丁到处一张，只见马氏一个妇人，却有许多婢佣跟随，正在收拾烟具。看那些烟具好生贵重，料不是等闲的人家，定带备许多洋膏，未必到这时就吸个干净，就即上前查检。

原来凡一个烟公司的人役，哪有法儿查得走私，不过看轮船搭客，有无洋膏余存，就拿他错误。这会恰可查到马氏，翻箱倒箧，整整查出五六十大盅，都是洋膏，不下六百两，好生了得！就对马氏说道："你可知星加坡规则，烟公司是承了饷办得来，哪容得你把这般大宗私烟来走私？"马氏慌了道："我们不是走私漏税的人，不过是自己要用的，我家大人就是现时驻英国的钦差参赞，哪里像走私漏税的人？"那巡丁道："我不管怎么三赞两赞，既是有这大宗私烟，就要回公司里报告了。"说了，这时周庸祐正在大餐楼坐着，听说夫人被人搜着私烟，急跑过来，还自威威风风，把巡丁乱喝道："你们好没眼睛，把夫人来混帐！"那巡丁被他喝得无明火起，不理三七二十一，总说要拿烟拿人。周庸祐没法，急

[1] 旷：开阔。

求船主，好说个人情。那船主到时差不多喉也干了，那巡丁才允留下马氏各人，只携那几百两洋膏回公司去，听候议罚。

周庸祐与马氏没精打彩，只得登岸，先寻一间酒店住下，好托人向烟公司说项。只听得船上人说，香港梁早田和他烟公司人很相好的，急地打了一张电报回港，叫他回电说情。初时烟公司的管事人，仍坚持要控案重罚，没奈何周庸祐又往星加坡领事府那里，求他代向公司解说。奈罗领事虽见周庸祐曾做英京参赞，本是个同僚，只是自己面目所关，若向公司说不来，那面目怎过得去？左思右想，才勉强一行，向那公司说道："这周某是驻伦敦的参赞大人，他本未曾满任，因那龚钦差常向他索借款项，故此回来。这样究竟是一个参赞，若控到公庭，就失去一国的体面了。"这时，那烟公司是潮福人承办，本与广府人没什么感情，怎奈既得了梁早田的电报，又有领事来说项，不好过强，落得做个人情，因此讲来讲去，便允罚了一百块银子，洋膏充公，始免到公堂控告。这场风波，就算是了结。

只虽是了事，奈马氏向来吸的洋膏，是用高丽参或是用土术参熬水煮成的，那时节失了这宗洋膏，究从哪里再觅得来吸食？便对周庸祐怨道："我只道一个参赞大人哪事干不来，偏是些洋膏子就保不住。别家洋膏，我又向来吸不惯的，如何是好？"周庸祐听了，也没言可答，只得又向烟公司说妥，照依时价给了，把那几百两洋膏子买回，以应目前之用。惟马氏自从经过这次风潮，见外国把洋烟搜得这样严密，便把游埠的心都冷了一半，恨不得早日回来，倒觉安乐，便不愿往前处去。周庸祐自然不敢却他意思，在星加坡住了些时，就打算回港。

自马氏洋烟被获一事传到家中，上下人等，统通知得，就中单表二房伍氏，见马氏这般行为，周庸祐百依百顺，倒觉烦恼。俗语说："十个妇人，九个胸襟狭隘。"觉马氏行为，不过得眼，少不免要恼起病来，因此成了一个阴虚症候。内中心事，向来不敢对周庸祐说一声，因怕周庸祐反对马氏说将出来，反成了一个祸根，只得恼在心里。这日听得马氏在外被人查出私烟，好不失了脸面，愈加伤感，就咯血起来。镇日只有几个丫环服侍，或香屏三姨太及住关部前的八姨太，前来问候一声儿，余外就形影相对，差不多眼儿望穿，也不得周庸祐到来一看。已请过几个大夫到来诊脉，所开方药，都是不相上下的，总没点起色。伍氏自知不起，那日着丫环巧桃请香屏到来，嘱咐后事。

　　不多时，香屏到了，只见伍氏哭得泪人一般。香屏先问一声安好，随又问道："姐姐今天病体怎地？"伍氏道："妾初时见邓大娘子的病，还惜他没点胸襟，今儿又到自己了。你看妾的膝下儿子，长成这般大，还镇日要看人家脸面，没一句话敢说，好不受气！但不是这样，又不知先死几年了。一来念儿子未长成，落得隐忍[1]。今儿这般病症，多是早晚捱不过。妾也本没什么挂碍，偏留下这一块肉，不知将来怎地。望妹妹体贴为姐，早晚理理儿！"香屏听了，哭道："姐姐休挂心，万事还有我，只望吉人天相，病痊就是好了。"伍氏道："妾日来咯血不止，夜来又睡不着，心上觉是怔忡[2]不定。昨儿大夫说我心血太亏，要撇开愁绪，待三两月，方才保得过。只是愁人一般，哪里撇得开？况这般呕气的人，死了倒干净。"

　　正说着，只见八姨太过来，看见这个情景，不由得心上不伤感。正欲问他时，伍氏先已说道："妹子们来得迟，妾先到这里的，还是这样，你们为人，休要多管事，随便过了，还长多两岁呢。"八姨太听了，敢是放声大哭，引动各人，倒哭做一团。伍氏又唤自己儿子到床前，训他休管闲事，奋志读书，早晚仗三姐来教训教训，也要遵从才是。那儿子十来岁年纪，哪不懂事，听了还哭得凄楚。各人正待与伍氏更衣，忽见伍氏眼儿翻白起来，各人都吓一跳。正是：

　　　　生前强似黄粱梦，死后空留白骨寒。

　　毕竟伍氏性命如何，且看下回分解。

---

[1] 隐忍：事情藏在内心，勉强忍耐。

[2] 怔忡（zhēng chōng）：中医指心悸。

第二十二回

办煤矿马氏丧资　宴娼楼周绅祝寿

话说伍姨太嘱咐了儿子之后，各人欲与他更衣，只见他登时牙关紧闭，面儿白了，眼儿闭了。男男女女，都唤起"观音菩萨救苦救难"的声来。忽停了一会子，那伍姨太又渐渐醒转来了，神色又定了些，这分明是回光返照的时候，略开眼把众人遍视了一回，不觉眼中垂泪，香屏姨太就着梳佣与他梳了头，随又与他换过衣裳，再令丫环打盆水来，和他沐浴过了。

香屏姨太因坐得疲倦，已出大厅上坐了片时，只见八姨太银仔出来说道："看他情景，料然是不济的了。大人又不在府里，我两个妇人没爪蟹，若有山高水低，怎样才好？"香屏道："这是没得说了。他若是抖不过来，倒要着人到香港去叫骆管家回来，好把丧事理理儿便罢。"八姨太道："既是如此，就不如赶着打个电报过他，叫骆管家乘夜回来也好。"香屏答个"是"，就一面着人往打电报去，然后两个人一同进伍氏的房子里。见他梳洗过了，衣裳换了，随把伍氏移出大堂上，儿子周应祥在榻前伺候着，动也不动。少时，见他复气喘上来，忽然喉际响了一声，眼儿反白，呜呼哀哉，敢是殁了。立即响了几声云板，府里上上下下人等，都到大堂，一齐哭起来。第一丫环小柳，正哭得泪人一般。还是仆妇李妈妈有些主见，早拉起香屏姨太来，商了丧事，先着人备办吉祥板，一面分派往各亲朋那里报丧，购买香烛布帛各件，整整忙了一夜。次早，那管家骆子棠已由香港回到了，但见门前挂白，已知伍氏死了，忙进里面问过，各件都陆续打点停妥。到出殡之期，先送柩到庄上停寄，好待周庸祐回来，然后安葬。这时因七旬未满，香屏姨太都在增沙别宅，和儿子应祥一块儿居住，不在话下。

且说马氏和周庸祐在星加坡，自从因携带洋膏误了事，那心上把游埠的事，都冷淡去了，因此一同附搭轮船回港。这时听得二房伍氏殁了，在周庸祐心上，想起他剩下了个儿子，今一旦殁了，自然凄楚。只在马氏跟前，也不敢说出。在马氏心上，也像去了眼前钉刺的一般，不免有些快意，只在周庸祐跟前，转说些怜惜的话，故此周庸祐也不当马氏是怀着歹心的，便回省城去，打点安葬了伍氏。就留长子在城里念书，并在香屏的宅子居住。忙了三两天，便来香港。

只自从九姨太闹出这宗事，那周庸祐也不比前时的托大，每天必到各姨太的屋子里走一遭。那日由九姨太那里，回转马氏的大宅子，面上倒有不妥的样子。马氏看了，心里倒有些诧异，就问道："今天在外，究是有什么事，像无精打彩一般？不论什么事，该对妻子说一声儿，不该怀在肚子里去闷杀人。"周庸祐道："也没什么事，因前儿□记字号的梁老板，借了我十万银子，本要来办广西省江州的煤矿，他说这煤矿是很好的，现在倒有了头绪。怎奈工程太大，煤还没有出来，资本已是完了。看姓梁的本意，是要我再信信他，但工程是没有了期的，因此不大放心。"马氏道："大人也虑得是，只他既然是资本完了，若不是再办下去，怕眼前十万银子，总没有归还，却又怎好？不如打听他的煤矿怎地，若是靠得住的，再行打算也罢了。"周庸祐答个"是"，就转出来。

次日，马氏即唤冯少伍上来，问他："那江州的煤矿，究竟怎么样的？你可有知得没有？"冯少伍道："这煤矿吗，我听得好是很好的，不如我再打听打听，然后回复夫人便是。"马氏道："这样也好，你去便来。"冯少伍答声"理会得"，就辞出，暗忖马氏这话，料然有些来历，便往找梁早田，问起江州煤矿的事，并说明马氏动问起来，好教梁早田说句实话。梁早田听了，暗忖自己办江州的煤矿，正自欲罢不能，倒不如托冯少伍在马氏跟前说好些，乘机让他们办去，即把那十万银子的欠项作为清债，岂不甚妙？便对冯少伍说得天花乱坠，又说道："从来矿务却是天财地宝，我没福气，自愿让过别人。若是马夫人办去，料然有九分稳当的了。"

冯少伍一听，暗忖梁早田既愿退手，若马夫人肯办，自己准有个好处，不觉点头称是。急急地回去，又忖马氏为人最好是人奉承他好福气的，便对马氏说称："梁早田因资本完了，那煤矿自愿退手。"又道："那煤矿本来是好的很，奈姓梁的没了资本，就可惜了。"马氏道："既然如此，他又欠我们十万银子，不如与他定明，那煤矿顶手，要回多少银子，等

我们办去也好。"冯少伍道："这自然是好的,先对大人说过,料姓梁的
是没有不允了。"马氏听罢,就待周庸祐回来,对他说道："横竖那姓梁
的没有银子还过我们,不如索他把煤矿让我们办去吧。"那周庸祐向来听
马氏的话,本没有不从,这会说来,又觉有理,便满口应承。随即往寻
梁早田,说个明白,求他将煤矿准折。梁早田心内好不欢喜,就依原耗
资本十万,照七折算计,当为七万银子,让过周家。其余尚欠周家三万
银子,连利息统共五万有余,另行立单,那煤矿就当是凭他福气,必有
个好处。周庸祐倒应允了,马氏就将这矿交冯少伍管理,将股份十份之
一拨过冯少伍,另再增资本七万,前去采办。矿内各工人,即依旧开采。

　　谁想这矿并不是好的,矿质又是不佳,整整办了数月来,总不见些
矿苗出现。一来冯少伍办矿不怎在行,二来马氏只是个妇人,懂得甚事?
因此上那公司中人,就上下其手,周庸祐又向来不大理事,况都是冯少
伍经手,好歹不知,只凭着公司里的人说,所以把马氏的七万银子,弄
得干干净净。

　　冯少伍只怨自己晦气,还亏承顶接办,是由周大人和梁早田说妥,
本不干自己的事,只自己究不好意思,且这会折耗了资本。幸是周庸祐
不懂得矿务是怎么样的,亏去资本,是自然没话好说,其中侵耗,固所
不免。只究从哪里查得出,马氏心上甚是懊悔。幸周庸祐是向来有些度
量的,不特不责骂,反来安慰马氏道："俗语说'破财是挡灾',耗耗就
罢了。且这几万银子,纵然不拿来办矿,究从哪里向姓梁的讨回?休再
说罢!"马氏道："是了,妾每说今年气运不大好,破财是意中事,还得
儿女平安,就是好的。"

　　次日,马氏即谓冯少伍道："幸周大人没话说,若是别人,怕不责我
们没仔细呢?"冯少伍道："这都是周大人和夫人的好处,我们哪不知得?
只今还有一件事,八月二十日,就是周大人的岳降生辰。大人做过官回来,
比不同往日,怎么办法才好?"马氏道："我险些忘却了,还亏你们懂得事。
但可惜今年周大人的流年,不像往年好,祝寿一事,我不愿张煌,倒是
随便也罢。"冯少伍道个"是",便主意定了,于八月二十,只在家里寻
常祝寿,也不唱戏。

　　只当时自周庸祐回港,那时朋友,今宵秦楼,明夜楚馆,每夜哪

里有个空儿？这时就结识得水坑口近香妓院一个妓女，唤做阿琦，年纪十七八上下，生得婀娜身材，眉如偃月，眼似流星，桃花似的面儿，樱桃似的口儿，周庸祐早把他看上了。偏是阿琦的性子，比别人不同，看周庸祐手上有了两块钱，就是百般奉承。叵奈见周庸祐已有十来房姬妾，料回去没有什么好处，因此周庸祐要与他脱籍，仍是左推右搪。那姓周的又不知那阿琦怎地用意，仍把一副肝胆，落在阿琦的身上去了。这会阿琦听得周庸祐是八月二十日生辰，暗忖这个机会，把些好意来过他，不怕他不来供张我。便对周庸祐说道："明儿二十日是大人的生日，这里薄备一盏儿，好与大人祝寿，一来请同院的姊妹一醉，究竟大人愿意不愿意，妾这里才敢备办来。"周庸祐听了，暗忖自己正满心满意要搭上阿琦，今他反来奉承我，如何不喜欢？便答道："卿这话我感激的了，但今卿如此破费，实在过意不去，怎叫周某生受？"阿琦道："休说这话，待大人在府里祝过寿，即请来这里，妾自备办去了。"周庸祐自是欢喜。

到了二十那一日，周家自然有一番忙碌，自家人妇子祝寿后，其次就是亲戚朋友来往的不绝。到了晚上，先在府里把寿筵请过宾客，周庸祐草草用过几杯，就对马氏说："另有朋友在外与他祝寿，已准备酒筵相待，不好不去。"先嘱咐门上准备了轿子伺候着，随又出大堂，与众亲朋把一回盏，已是散席的时候，先送过宾客出府门去了，余外就留住三五知己，好一同往阿琦那里去。各人听得在周家饮过寿筵，又往近香娼院一醉，哪个不愿同去？将近八点钟时分，一同乘着轿子，望水坑口而来。

到了近香楼，自然由阿琦接进里面，先到厅子上坐定。周庸祐对众人说道："马夫人说我今年命运不大好，所以这次生日，都是平常做去，府上并没有唱戏。这会又烦阿琦这般相待，热闹得慌。还幸马夫人不知，不然，他定然是不喜欢的。"座中如潘云卿、冯虞屏都说道："妇人家多忌讳，也不消说，只在花天酒地，却说不去。况又乘着美人这般美意，怎好相却？"正说着，那些妓女都一队拥上来，先是阿琦向周庸祐祝寿，说些吉祥的话儿，余外各妓，都向周庸祐颂祷。周庸祐一一回发，赏封五块银子，各人称谢。少时，锣鼓喧天，笙箫彻耳。一班妓女，都一同唱曲子，或唱《汾阳祝寿》，或唱《打金枝》，不一而足。

唱罢曲子，自由阿琦肃客入席，周庸祐和各宾客自在厅子里一席，余外各姊妹和一切仆妇，都相继入席，男男女女，统共二十席。这时鬓影衣香，说不尽风流景况。阿琦先敬了周庸祐两盅，其余各妓，又上来敬周庸祐一盅。敬酒已罢，阿琦再与各宾客各姊妹把盏，各宾客又各敬周庸祐一二盅。那时节，周庸祐一来因茶前酒后，自然开怀畅饮；二来见阿琦如此美意，心已先醉了。饮了一会，觉得酩酊大醉，急令冯少伍打赏六百银子，给与阿琦。席犹未撤，只得令阿琦周旋各宾友，自己先与冯少伍乘着轿子，回府而去。正是：

　　　　挥手千金来祝寿，缠头[1]一夜博承欢。

　　要知后事如何，且听下回分解。

---

[1] 缠头：艺人表演后看客赠与的罗锦或财物。

第二十三回

天师局李庆年弄计　赛金楼佘老五争娼

话说周庸祐在近香楼饮了寿筵之后，因夜深了，着冯少伍打发了赏封，先自回府去，马氏接着了，知周庸祐有了酒意，打点睡了去。

次日，冯少伍来回道："大人的岳降，已是过了。前儿在附近重庆戏院买了这所宅子，现在抛荒[1]去了。因大人说过，要在那里建个花园，怎奈八月是大人的生辰，不便动土兴工，若到十月，又是几位姨太太生辰。只有这九月没事，这会子就要打点打点，在九月内择个日子兴工，不然就是一月延多一月，不知何时才筑得妥了。"马氏答道"是"。又道："你可像在城里旧宅子建筑戏台一般，寻个星士，择个日子，谨慎些儿，休要冲犯着家中人口才是。"冯少伍道："是自然的，但不知拨哪一笔银子兴工，还请夫人示下来。"马氏道："现在大人占了股份的那银行，是不大好，银子起的不易。只是耀记的银店，是我家里存放银的所在，除了咱的和各姨太存贮的，就在大人名下的，拿张单子起了来使用吧。"冯少伍道："我昨儿到耀记坐坐，听说近来银口也紧些儿，还问我筹付五七万应支，只怕起得不易。若银行里大人放占股份三十来万银子，料然起回三五万不妨。"马氏道："不是这样说，勉强起些，就名声不大好了。既是耀记银行银口紧了，横竖建这花园，不过花费一二万，现省城里十数间行店，哪处起不得？且本年十二宅那里，还未得关书里那十万银子拨将来。除现存府里不计，我家存放在外的银子正多，任由你在哪一处取拨便是。"

冯少伍答声"理会得"，下了来，一面择过日元，却是九月初二日是吉星照着，便好兴工。先自回过马氏，就寻起做的店子估了价，头门外要装潢装潢，内面建所大厅子，预备筵宾宴客之用。余外又建楼台两座，

---

[1] 抛荒：弃置；荒废。

另在靠着戏院之旁，建一所亭子，或要来听戏，或是夏秋纳凉，倒合用着。其余雕栏花砌，色色各备，自不消说了。只因赶紧工程，自然加多匠工。果然一月上下，早已竣工。是时省港亲朋，因周家花园落成，莫不到来道贺，即在花园里治具，向亲朋道谢。至于省中道贺的亲朋，少不免要回省一遭，邀请亲朋一醉。

周庸祐自与冯少伍回省，到过三姨太、八姨太那里之后，随到谈瀛社。那时一班拜把兄弟，都见周庸祐久不到谈瀛社，这会相逢，料自然有一番热闹。只就中各人虽同是官绅之家，惟一二武员劣弁[1]，在谈瀛社内，除了花天酒地，却不免呼卢唱雉[2]，或抹牌为赌，因谈瀛社内面比从前来往的多。今见周庸祐回了来，因前时香港地面牌馆还多得很，周庸祐在港地一赌，动说万数。这班人见他来了，如何不垂涎？内中一位拜把兄弟李庆年，先怀了一个歹心，早与一位姓洪字子秋的酌议，要藉一个牌九局，弄些法儿，好赚周庸祐十万八万。洪子秋听了大喜，因忖周庸祐钱财多得很，且手段又是阔绰，纵然输了五七万，料然不甚介意；况他向不是江湖子弟，料看不出破绽来。

主意既定，又忖谈瀛社内来往的多，不便设局，便另雇一花舫，泊在谷埠里，说是请周庸祐饮花酌酒，实则开赌为实。由洪子秋出名，作个东道主，另聘定一位赌徒出手，俗语称此等角式为师巴，都是惯在赌场中讨生活，十出九胜的了。那周庸祐因有李庆年在局，是称兄称弟的朋友，也不防有别的蹊跷，且又不好却洪子秋的好意。到那一夜，果然修整赴席。统计花舫之内，连姓周的共七人，座中只认得李庆年、洪子秋，余外都是姓洪的朋友。到初更后，因为时尚早，还未入席，先由李庆年说道："现时尚早，不如设一局作玩意儿也好。"那李庆年说了，即有一个人答应着一个好字，跟手又是洪子秋赞成。周庸祐见各人皆已愿意，自己也不好强推，因此亦应允入局。但自忖道：看他们有多少家当，我若赢了他，恐多者不过三五万，少的只怕三五千；若我输了时，就怕十万廿万也未

[1] 劣弁：品格低劣的低级武官。
[2] 呼卢唱雉：古时博戏，用五枚骰子。骰子一面涂黑，画牛犊；一面涂白，画雉。一掷五子皆黑为卢，为最胜彩；五子四黑一白为雉，是次胜彩。赌博时为得胜彩，往往边掷边呼唱卢或雉。后因称赌博为"呼卢喝雉"。

可定，这样可不是白地吃亏？只既允了，不可不从，便相同入局。初赌三两巡，都无别的不妥；再历些时，各人注码渐大起来，初时一注只是三二十金，到此时已是七八千一掷。周庸祐本是好于此道，到这时，自然步步留神。不提防李庆年请来的赌手，工夫还不大周到，心内又小觑周庸祐，料他富贵人家，哪里看得出破绽，自不以为意。谁想周庸祐是个千年修炼的妖精，凭这等技术，不知得过多少钱财。这会正如班门弄斧，不见就罢；仔细一看，如看檐前点水，滴滴玲珑，心中就笑道：这叫做不幸狐狸遇着狼虎，这些小技，能欺骗别人，如何欺骗得我过？今儿又偏撞着我的手里，看他手段，只是把上等牌儿叠在一处，再从骰子打归自己领受。周庸祐先已看真切时，已负去一万银子有余，既托故小解，暗向船上人讨两牌儿，藏在袖子里，回局后略赌些时，周庸祐即下了十五万银子一注，洪子秋心上实在欢喜。又再会局，周庸祐觑定他叠牌，是得过天字牌配个九点，俗语道天九王，周庸祐拿的是文七点，配上一个八点一色红，各家得了牌儿，正覆着用手摸索。不料姓周的闪眼间将文七点卸下去，再闪一个八点红一色出来，活是一对儿。那洪子秋登时面色变了，明知这一局是中了计，怎奈牌是自己开的，况赌了多时，已胜了一二万银子上下。纵明知是假，此时如何敢说一个假字？肚子里默默不敢说，又用眼看看李庆年。李庆年又碍着周庸祐是拜把兄弟，倒不好意思，只得摇首叹息，诈做不知。周庸祐便催子秋结数。洪子秋哪里有这般方便，拿得十来万银子出来？心上又想着，与李庆年两人分填此数，只目下不敢说出。奈周庸祐又催得紧要，正是无可奈何，便有做好做歹的，劝子秋写了一张单据，交与周庸祐收执。没奈何，只得大家允诺。是夜虽然同饮花筵，却也不欢而散。

　　各人回去之后，在洪子秋心里，纵然写了一张单据，惟立意图赖这一笔账项。只是周庸祐心上如何放得过？纵然未曾惊动官司，不免天天寻李庆年，叫他转致洪子秋，好早完这笔账。

　　独李庆年心上好难过，一来自己靠着周家的财势，二来这笔账是自己引洪子秋出来，若是这笔数不清楚，就显然自己不妥当，反令周庸祐思疑自己，如何使得？便乘着轿子，来找洪子秋，劝他还了这笔账。洪子秋心里本不愿意填偿的，自是左推右搪。李庆年心生一计道："那姓周的为人，是很大方的，若不还了他，反被他小觑了。不如索性还了，还显得自己大方。即遇着什么事情，要银用时，与他张挪，不怕不肯。"洪子秋听了，暗忖姓周的确有几百万家财，这话原属不错。遂当面允了李庆年，设法挪了十来万银子，还与周庸祐，取回那张单据，就完结了。后来姓洪的竟因此事致生意倒盘，都是后话不提。

且说姓洪的还了这笔款与周庸祐，满望与周庸祐结交，谁想周庸祐得了这十来万银子，一直跑回香港去，哪里还认得那姓洪的是什么人。自己增了十万，道是意外之财，就把来挥霍去了，也没打紧。因此镇日里在周园里会朋结友，重新又有一班人，如徐雨琴、梁早田，都和一块儿行步，若不在周园夜宴，就赴妓院花筵。

那时周庸祐又结识一个赛凤楼的妓女，唤做雁翎。那雁翎年纪约十六七上下，不仅色艺无双，且出落得精神，别样风流，故周庸祐倒看上他。只是那雁翎既有这等声色，就不仅周庸祐喜欢他，正是车马盈门，除了周庸祐之外，和他知己的，更不知几人。就中单表一位姓佘的，别字静之，排行第五，人就唤他一个佘老五排名。这时正年方廿来岁，生得一表人材。他虽不及周庸祐这般豪富，只是父亲手上尽有数十万的家财。单是父亲在堂，钱财不大到自己手上，纵然是性情豪爽，究不及周庸祐的如取如携，所以当时在雁翎的院子里，虽然与雁翎知己，惟是那天字第一号的挥霍大名，终要让过周庸祐去了。独是青楼地方，虽要二分人才、三分品貌，究竟要十分财力，所以当时佘老五恋着雁翎，周庸祐也恋着雁翎，各有金屋藏娇之意。论起佘老五在雁翎身上，花钱已是不少，还碍周庸祐胜过自己，心上自然不快。但姓佘的年轻貌美，雁翎心上本喜欢他的，怎奈身不自由，若是嫁了佘老五，不过取回身价三五千，只鸨母心上以为若嫁与周庸祐，怕是一万八千也未可定。故此鸨母与雁翎心事，各有不同。

那一日，周庸祐打听得佘老五与雁翎情意相孚，胜过自己，不如落手争先，就寻他鸨母商酌，要携带雁翎回去。鸨母素知周庸祐是广东数一数二的巨富，便取价索他一万银子。周庸祐听了，先自还价七千元，随后也八千银子说妥。鸨母随把此事对雁翎说知，雁翎道："此是妾终身之事，何便草草？待妾先对姓佘的说，若他拿不得八千银子出来，就随姓周的未迟。"鸨母听了，欲待不依，只是香港规则，该由女子择人，本强他不得；况他只是寻佘五加上身价，若他加不上时，就没得可说。想罢，只得允了。

那时周庸祐既说妥身价，早交了定银，已限制雁翎不得应客，雁翎便暗地请佘老五到来，告以姓周的说妥身价之事。佘老五听得八千银子，心上吓一跳，随说道："如何不候我消息，竟先行说妥，是个什么道理？"雁翎道："此事是姓周的和鸨母说来，妾争论几回，才寻你到来一说。你若是筹出这笔银子，不怕妾不随你去。"佘老五道："父兄在堂，哪里筹得许多？三二千还易打算，即和亲友借贷，只是要来带卿回去，并非正用，怕难以开口，况又无多时候，如何是好？"雁翎听罢，好不伤感。又说道："妾若不候君消息，就不到今日了。你来看姓周的十来房姬妾，妾回去怎么样才好？妾自怨薄命，怎敢怨人？"说罢，泪如雨下。佘老五躺在床上，已没句话说。雁翎又道："既是无多时候，打算容易，若妾候君十天，却又怎地？"佘老五一听，就在床跃起来说道："若能候至十天，尽能妥办，断没有误卿的了。"雁翎心上大喜，便唤鸨母进来，告以十天之内，候姓佘的拿银子来，再不随周庸祐去了。鸨母道："若是真的，老身横竖要钱，任你随东随西，我不打紧。若是误了时，就不是玩的。"佘老五道："这话分明是小觑人了，难道这八千银子，姓佘的就没有不成？"那鸨母看佘老五发起恼来，就不敢声张。佘老五便与雁翎约以十天为期，断不有误，说罢，出门去了。

鸨母见佘老五仍是有家子弟，恐真个寻了银子出来，就对周庸祐不住，即着人请周庸祐到来，告以佘老五限十天，要携银带雁翎的事。周庸祐听了，本待把交了定银的话，责成鸨母，又怕雁翎不愿，终是枉然。忽转念道：那雁翎意见，不愿跟随自己，不过碍着有个佘老五而已。若能撤去佘老五，那雁翎自然专心从己，再不挂着别人了。想罢，便回府去，与徐雨琴商量个法子。徐雨琴道："如此甚易，那佘老五的父亲，与弟向有交情，不如对他父亲说道：他在外眠花宿柳，冶游散荡，请他父亲把佘老五严束，那佘老五自然不敢到雁翎那里去，这便如何带得雁翎？那时，不怕雁翎不归自己手上。"周庸祐听了，不觉鼓掌称善，着徐雨琴依着干去。正是：

　　　　方藉资财谋赎妓，又施伎俩暗伤人。

要知雁翎随了哪人，且听下回分解。

第二十四回

勤报效书吏进京卿　应恩闱[1]幼男领乡荐

却说周庸祐因怕佘老五占了雁翎，便与徐雨琴设法计议。徐雨琴道："那佘老五的父亲，与弟却也认识，不如对他父亲说：那老五眠花宿柳，要管束他，那时佘老五怎敢出头来争那雁翎？这算是一条妙计。"周庸祐道："怪不得老兄往常在衙门里有许大声名，原来有这般智慧。小弟实在佩服，就依着干去便是。"

徐雨琴便来拜会佘老五的父亲唤做佘云衢的，说老五如何散荡，如何要携妓从良，一五一十，说个不亦乐乎。还再加上几句道："令郎还不止散荡的，他还说道，与周庸祐比个上下。现赛凤楼的妓女唤做雁翎的，周庸祐愿把一万银子携带他，令郎却又要加点价钱，与周庸祐赌气。老哥试想想：那姓周的家财，实在了得，还又视钱财如粪土的，怎能比得他上？令郎尚在年少，若这样看来，怕老哥的家财，不消三两年光景，怕要散个干净的了。"佘云衢听了，好不生气。徐雨琴又道："小弟与老哥忝[2]在相好，若不把令郎着实管束了，还成个生理场中什么体统呢？"奈佘云衢是个商场中人，正要朴实，循规蹈矩。今听徐雨琴这一番说话，少不免向徐雨琴十分感谢。徐雨琴见说得中窍，越发加上几句，然后辞出来。

佘云衢送徐雨琴去后，就着人往寻佘老五回来。这时佘云衢的店内伙伴，倒听得徐雨琴这一番说话，巴不得先要通知佘老五去。佘老五听得这点消息，向知父亲的性子，是刚烈的人，这会风头火势，自然不好回去见他，便歇了些时，只道父亲这点气略下去了，即回店子里来。谁想父亲佘云衢一见就骂道："不肖儿干得好事！在外花天酒地，全不务些

---

[1] 闱（wéi）：科举时代称考场为闱。

[2] 忝（tiǎn）：表示辱没他人，自己有愧，常用作谦辞。

正项儿，倒还罢了，还要把万数的银子，来携带妓女。自古道：'邪花不宜入宅。'可是个生意中人的所为吗？"佘老五被父亲骂了一顿，不敢做声，只遮遮掩掩的转进里面去了。

次日，佘云衢亲自带了佘老五回乡，再不准留在香港来。那佘老五便把对付雁翎的心事，也真无可奈何了。

那雁翎日盼佘老五的消息，总是不见。不觉候了两天，只道他上天下地，料必寻那八千银子到来。不想又候了一天，才见与佘老五同行同走的朋友进来，把徐雨琴弄计的事儿，说了一遍。雁翎不听犹自可，听了真是盆冷水从头顶浇下来，好不伤感！暗忖自己只望他拿八千银子来争了一口气，今反被人所算，便是回到周家那里，那还复有面目见人！因此镇日里只是哭。鸨母见了这个情景，转恐雁翎寻个短见，他死了也没紧要，便白白把一株大大的钱树折去了，如何不防？便急的令人逻守着他，一面着人往寻周庸祐，说称佘老五已不来了，快了结了雁翎的事。

那时周庸祐这边，早由徐雨琴得了消息，知道佘云衢已打发佘老五回乡去，心上自然欢喜，就要立刻取雁翎回来。徐雨琴道："他若不愿意时，带他回来，也没用的。趁这会佘老五不到雁翎那里，我们再往雁翎处温存几天，不怕他的心不转过来。"周庸祐见说得有理，便与徐雨琴再往雁翎那里，盘桓了几天。那雁翎虽然深恨徐雨琴，只当着面实不好发作，就不比前天的镇日哭泣。周庸祐就当他心事忘却佘老五去了，即再过付几千银子，即把雁翎带了回来。雁翎自然不敢不从，就回周家去了。因当时周庸祐既把第九房金小霞当为休弃了一样，便将雁翎名是第十房，实则活填了第九房去了。

是时周庸祐即多上几房姬妾，各项生理又不劳自己打点，都是冯少伍、骆子棠、徐雨琴、梁早田和马氏的亲弟马子良一号竹宾的互相经理，周庸祐只往来省港各地，妻财子禄，倒也过得去，自然心满意足。单碍着关书里的来历，及内面的情形，常常防着官场有什么动弹。计不如从官阶下手，或做个大大的官儿好回来，才把门户撑得住。那时恰是谭督师离任，姓德的第一次署理总督的时候。这姓德的为人很易商酌的，故那时周庸祐在羊城地面，充走官门，较往常实加一倍的势力了。

那一日，徐雨琴正来说道："现在因北方闹了一场干戈，亏李丞相说了和，每年要大笔款赔把过外国去了，所以派俺广东每年多筹二百万款项，库款好不吃紧。那朝上又催迫兴办各省学务，所以广东要办一间唤做武备学堂，尚欠十来万银子，方能开办。闻督衙有人说，若从这里报效一笔款，尽得个大大的保举。大人若要做官时，这机会就不好放过了。现闻有位姓张的，是从南洋起家的人，要报效这笔款，大人总要落手争先为是。不知大人有意没有呢？"周庸祐道："这亦是一个机会，因小弟曾任过参赞，若加上一点子保举，便不难谋个钦差了。但不知要报效多少才使得呢？"徐雨琴道："闻说这间武备学堂，欠费用约十五六万上下，就报效一半，留一半让姓张的做去，你道如何？"周庸祐大喜，便令徐雨琴设法干弄，休使别人知得，免至自己的报效赶不上去。徐雨琴道："大人休慌，骤然出这十万八万，也不容易。只有那姓张的是大埔人，还有一位姓张的是加应人，或者干得来。究竟衙门手段，不像我们神通，就在小弟手里，定不辱命的了。"徐雨琴说罢去了。周庸祐这里一面令冯少伍打点预备八万银子，另备一二万，好送官场的礼。待报效之后，好望这张保折多说几句好话。冯少伍答声"理会得"，周庸祐见打点停妥，只静听徐雨琴的回信。

到了次日，徐雨琴进来说道："恭喜大人！这事妥得八九了，明儿先递张禀子，禀明要报效，好待总督批发下来。"徐把禀稿念与周庸祐听。谁想禀尾有两句，道是："不敢仰邀奖叙"。周庸祐听得，吓了一跳，便问道："小弟报效这八万金，全为奖叙一层起见，今说不敢仰邀奖叙，可不是白掉了不成？"徐雨琴道："大人还不懂得官场里的混账，这不过是句套话罢了。怕上头奏将来，说出以资鼓励一句，哪有没奖叙的道理？"周庸祐听罢，方才醒悟，便由徐雨琴代递了这张禀子。果然次日就见督辕批发出来，赞他关怀桑梓，急功好义，并说明奏请奖赏的话。周庸祐心上大喜，一面交妥那八万银子。同时那姓张的也同周庸祐一般，把八万银子报效去了，德督师就一同把周、张两人保举。周庸祐料得那奏折到京，没有不准的，少不免日望好音。

不消一月上下，早有电旨飞下来，把周庸祐赏给一个四品京堂候补。试想那八万银子，好容易报效得来，朝廷里面正当库款奇绌的时候，广东又向来著名富商很多的，正要重重的赏给他们，好为将来的劝勉，故此把四品京堂赏给了他们。论起那个四品京堂，虽然只是四品的官衔，只是位置实在尊贵，就是出京见了督抚，也不过是平级的罢了。当下周庸祐好不欢喜，谒祠拜客，周家又有一番热闹了。

这时，周庸祐的声名，比从前更加大起来，平时谈瀛社的朋友，自然加倍趋承，便是督抚三司，也常常来往。在羊城拜过客之后，先自一程返到香港大宅子里，马氏接着，先自道喜，随说道："府里自年前失了火，家内各事，不大如意。今儿虽费了十万银子上下，也没甚紧要。还幸得了个京堂，对着督抚大员，也是平班一辈子，便是关书里什么事，还有哪个敢动弹得来？"周庸祐道："那还止是个京堂，我尽将来要弄个尚书侍郎的地位呢。只这些关里事，夫人休担着惊，因我们在关书里干的事，统通和监督一样，若把我们算将来，怕不要牵连多少监督来呢。任是什么大权大位的人，哪有这般手段？"马氏道："自古道：'吉人自有天相。'统望大人作了大官回来，把从前敲磨我们的官儿，伸了这口气，就是万幸了。"周庸祐道："夫人说得是，这都是夫人的好处，助成俺有今日的地位。若是不然，试看广东几千万人来，哪有几人像俺的功名富贵，件件齐全的呢？"那周庸祐说罢，只口里虽如此说，惟心里究想自雁翎一进了门来，就得个四品的京堂，可知隐助自己发财的，自然是马氏；若隐助自己升官的，料将来又要仗着雁翎的了。

肚子里正想得出神，忽报三姨太香屏、六姨太春桂、七姨太凤蝉、九姨太金小霞、十姨太雁翎，都进大屋来，在厅子里伺候，要与大人道喜。周庸祐听了，随转出来，并请马氏换过大褂罗裙，一同到大堂来，和周庸祐并肩儿坐着，受各姨太拜贺；暨那几个儿女，都先后道贺毕，也各人发了赏封。随后的就是管家和家人婢仆佣妇，统通叩拜过了，周庸祐即嘱对管家骆子棠，准备家宴。那时港中朋友，听得周庸祐回港的，又纷来道贺，正是车马盈门。周庸祐又要出门回拜，一连忙了几天，周庸祐即在周园子里唱戏设宴，好酬谢到来道贺的宾客。这时，港中绅商富户，差不多也到齐了。自古道"富贵逼人来"，倒也难怪。

单说那夜周园里设宴，男女宾客，衣冠济济。女的由马氏主席，若是各家的侍妾，自由六姨太王氏春桂主席；男的自然是周庸祐主席。先听了一回戏，到入席时，已近三更时分。正杯筹交错间，管家冯少伍忽由羊城附夜轮船回港，周庸祐接着道：“少伍在城里打点各事，如何便回？”
冯少伍就引周庸祐至一旁说道：“现在又因有一个机会，都因国家现在筹
款，已分谕各省，如有能报效二万金的，不论生员还是监生，统通作为
取中了举人，一体会试。若从这个机会，为两公子图个进身，不特目下
是个举人；且大人在京里，知交正多，再加上一点工夫，恐进士翰林都
是不难到手了。”周庸祐听了，答道：“此事甚好，待宾客去后，再说未迟。”
说罢，重复入席。未几宾客渐散，冯少伍又道：“小弟见有这个机会，特
回来说知，不知大人怎地意见？”那周庸祐正自寻思，原来周庸祐的意
见，自忖替儿子谋个举人，自是好事。但长子年纪大了，若要谋个举人，
自然要谋在长子的身上；但长子是二房所出，料马氏必然不大喜欢；若
为次子谋了，怕年纪太少，不免弄出许多笑话来。因此不能对那冯少伍
说得定什么主意，便答了一声：“明日再说。”随转回马氏住的大宅子里，
先把冯少伍的话，对马氏说知。

那马氏不听犹自可，听了哪有不愿为自己儿子谋个举人的？便一力
要周庸祐办去。周庸祐本不敢不从，只究以儿子幼小，恐被人说笑话；
况放着长子不谋，反替幼子谋了这个举人，亦对二房不住。想了一会，
计不如凑足四万金，替两个儿子一并谋个举人罢了。即把此意对马氏说知。
那马氏心上实不愿长子得个举人，与自己的儿子平等，便道：“大人谋一
个举人，恐还被人说笑，若谋两个时，怕外间说话越多起来了。”周庸祐
听到这话，亦觉有理，心上左思右想，总没占一主意。

马氏见周庸祐还自思疑，不如索性自己作主为是。次日，便唤冯少
伍到来，问他谋举人的路，可是实的？冯少伍道：“哪有不实？现在已有
了明文，省中早传遍了。夫人若要下手时，就该早些，迟点就恐不及了。”
夫人听了，便对冯少伍道：“依你干去便了，无论在哪一项设法，尽把
二万银子拨来干去。”冯少伍说声“理会得”，随转下来。见马氏有了主
意，想是与周庸祐商议定的了，再不必向周庸祐再说，便赶即回城，即
把二万银子筹足，报效去。果然不消一月上下，已发表出来，那幼子早
中了一个举人去了。正是：

　　大人方进京堂秩，幼子旋攀桂苑香。

要知后事如何，且听下回分解。

第二十五回

酌花筵娼院遇丫环　营部屋周家嫁长女

　　话说冯少伍自把二万银子报效去了，果然一月上下，就有旨把周应昌钦赐了一名举人。那时城厢内外，都知得周家中举的事，只是谁人不识得周家儿子没有什么文墨，就统通知道是财神用事的了。

　　过了一二天，又知得周应昌是周庸祐的次子，都一齐说道："这又奇了，他长子还大得几岁年纪，今他的次子，也不过是十二三岁的人，就得了举人，可不是一件怪事！"就中又有的说道："你们好不懂事，只为那次子是继室马氏生得，究竟是个嫡子，因此就要与他中个举人了。"又有些说道："这越发奇了！主试的凭文取录，哪有由自己要中哪人，就中哪人的道理？"当下你一言，我一语，直当一件新闻一般谈论。

　　内中有省得事的，就道："你们哪里知道？你道那名举人是中的，只是抬了两万银子去，就抬一名举人回来罢了。他的长子是二房庶出，早早没了娘亲，因此继室的马氏，就要与自己儿子谋个举人，哪里还记得二房的儿子呢？"街上谈来说去，也觉得这话有理。那时有科举瘾的学究，倒摇头叹息，有了钱就得举人，便不读书也罢。

　　只是周府里那管人说什么话，只家内又得了一名举人，好不高兴。一来马氏见得举人的是自己儿子，更加欢喜。凡平时来往的亲戚朋友，也纷纷派报红拜客，又复车马盈门的到来道贺。且马氏为人，平日最喜人奉承的，这会自己儿子得了举人，那些趋炎附势的，自不免加几句赞颂。说他少年中举，不难中进士，点状元的了。你一句，我一句，都是赞颂得他不亦乐乎，几乎忘记他的举人是用钱得来的了。马氏就令设筵宴待那些宾客。过了数日，就打算要回乡谒祖，好在祖祠门外竖两枝桅杆，方成个体势，这都是后话。

　　而今且说周庸祐自儿子得了举人，连日宴朋会友，又有一番热闹，镇日在周园里宾来客去，夜里就是秦楼楚馆，几无暇晷[1]。那一夜正与二三知己到赛凤楼来，因那赛凤楼是周庸祐从前在那里携带过雁翎的，到时自然一辈子欢迎。先到厅上，多半妓女是从前认识的，就问诸妓女中有新到的没有。各人都道："有了一位，是由羊城新到的，唤做细柳。"周庸祐忙令唤他出来，谁想细柳见了周庸祐，转身便回转去了。周庸祐不知何故，也见得奇异，同座的朋友，如徐雨琴、梁早田的，就知道有些来历，只不敢说出。周庸祐道："究竟他因什么事不肯与人会面？座中又不是要吃人肉的，真是奇了。"说罢，便要唤他再复出来。同院姊妹一连叫了两次，细柳只是不出，也不敢勉强。看官试想：那周庸祐是个有声有势的人，凡是鸨女仆妇，正趋承到了不得的，这时自然惊动院中各人了。

那鸨母知道周庸祐要唤细柳，那细柳竟是不出，心上好不吃了一惊，单怕周庸祐生气，一来院中少了一宗大生意，二来又怕那周庸祐一班拍马屁的朋友，反在周庸祐耳边打锣打鼓，不是说争口气，就是说讨脸面，反弄个不便。急的跑上厅来，先向周庸祐那班人说个不是，随向房子里寻着细柳，要他出来。不料细柳对着鸨母只是哭，鸨母忙问他缘故，细柳只是欲言不言的景象。鸨母不知其故，就嚷道："若大的京堂大人，放着几百万的家财，也不辱没你的。你若是怕见人时，就不必到这里了。"细柳道："我不是不见人，只是不见他就罢了。"鸨母正待问时，忽仆妇回道："厅子上的客人催得紧了。"鸨母只得强行拉了细柳出来，细柳犹是不肯，只哪里敢认真违抗，只得一头拭泪，一头到厅上来，低着头也不敢看周庸祐。惟庸祐把细柳估量一番，觉也有几分面熟，似曾见过的，但总想不出是什么人。只心上自忖道："他不敢来见我，定然与我有些瓜葛。"再想从前桂妹是出家去了，且又不像他的样子，想来想去，总不知得。

这时，徐雨琴一班人又见细柳出来，总不见有什么事，就当是细柳必因初落河下怕见人，故至于此，因此也不怎么见得怪异。坐了一会子，细柳才转出来。但那同院姊妹，少不免随着出来，问问细柳怕见周庸祐是什么缘故。细柳道："我初时是他府上的丫环，唤做瑞香，因那年除夕

---

[1] 暇晷（guǐ）：空闲的时日。

失火，烧那姓周的东横街大宅子，就与玉哥儿逃了出来。谁想那玉哥儿没点良心，把我骗在那花粉的地面，今又转来这里，因此见他时，就不好意思，就是这个缘故。"姊妹听了，方才明白。各姊妹便把此事告知鸨母，鸨母听得，只怕周庸祐要起回那细柳，就着各人休得声张。只院中有一名妓女唤做香菱，与徐雨琴本有点交情，就不免把个中情节，对徐雨琴说知，徐雨琴早记在心里。

当下厅上正弦歌响动，先后唱完了，然后入席。在周庸祐此时，仍不知细柳是什么人，但觉得好生熟识。一来府里许多房姬妾，丫环不下数十人，且周庸祐向来或在京或出外，便是到英京参赞任时，瑞香年纪尚少，又隔了几年，如何认得许多？所以全不在意。到散席时候，各自回去。

次日，周庸祐又与各朋友在周园聚会，徐雨琴就把昨夜香菱那一番说话，把细柳的来历，细细说来。周庸祐方才醒得，便回府里，对马氏问道："年来府里的丫环，可有逃走的没有？"马氏道："年来各房分地居住，也不能知得许多。单是那一年失火时，丫环瑞香却跟着小厮阿玉逃去，至今事隔许多年。若大人不问起来，我险些儿忘却了。"周庸祐道："从前失婢时，可有出个花红没有？现在阿玉究在哪里呢？"马氏道："他两人踪迹，实在不知得，大人问他却是何故？"周庸祐道："现在有人说在赛凤楼当娼的有一妓名细柳，前儿是我们府上的丫环，因失火时逃去的。"马氏道："是了，想是瑞香无疑了。他脸儿似瓜子样儿，还很白的。"周庸祐道："是了，他现在妓院干那些生涯，哪个不知得是我们的丫环？这样就名声不大好了。"马氏道："这样却怎样才好？"周庸祐道："我若携他回来，他只道回来有什么难处，料然不肯。不如摆布他去别处也罢。若是不然，就着别的朋友携带了他，亦是一件美事。"马氏道："由得老爷主意。总之不使他在这埠上来出丑，也就好了。"周庸祐答个"是"，然后出来再到周园那里，与徐雨琴筹个善法。

雨琴道："任细柳留在那里，自然失羞；若驱逐他别处去，反又太过张扬，更不好看。虽然是个丫环，究是家门名誉所在，大要仔细。"周庸祐道："足下所言，与弟意相合，不如足下娶了他也罢。"雨琴道："此事虽好，只怕细柳心不大愿，也是枉然。"周庸祐道："须从他鸨母处说妥，若细柳不允时，就设法把他打进保良局去。凡妓女向没知识，听得保良局三个字，早是胆落了，哪怕他不肯？若办妥这件事时，一面向细柳打听小厮阿玉在哪里，然后设法拿他，治他拐良为娼之罪，消了这口气，有何不可？"徐雨琴听了，觉得果然有理，当即允之。就与鸨母商议。

那鸨母见周庸祐是有体面的人，若不允时，怕真个打进保良局，岂不是人财两空？急得没法，惟有应允。便说妥用五百块银子作为两家便宜便罢，于是银子由周庸祐交出，而细柳则由徐雨琴承受。鸨母既妥允，那细柳一来见阿玉这人已靠不住，二来又领过当娼的苦况，三来又忌周庸祐含恨，自没有不从，因此就跟徐雨琴回去，便了却这宗事。

只周庸祐自见过这宗事之后，倒嘱咐各房妻妾，认真管束丫环，免再弄出瑞香之事。至于服侍自己女儿的丫环，更加留心；况且女儿已渐渐长大来了，更不能比从前的托大。再令马氏留意，与女儿打点姻事。单是周庸祐这些门户，要求登对的，实在难得很，这时纵有许多求婚的富家儿，然或富而不贵，又或贵而不富，便是富贵相全的，又或女婿不大当意，倒有难处。

忽一日，梁早田进来道："听说老哥的女公子尚未许字，今有一头好亲事，要与老哥说知。"周庸祐便问："哪一家门户？"早田道："倒是香港数一数二的富户，蔡灿翁的文孙，想尽能对得老哥的门户。"周庸祐道："姓蔡的我也认得，只他哪有如此大年纪的孙儿呢？"梁早田道："姓蔡的当从前未有儿子时，也在亲房中择了个承嗣子，唤做蔡文扬，早早也中了一名顺天举人。纵后来蔡灿翁生了几个儿子，那蔡文扬承继不得，究竟蔡灿翁曾把数十万的家财发拨过他。且那蔡文扬本生父也有些家财，可见文扬身上应有两副家资的分儿了。如此究是富贵双全的人家，却也不错。"周庸祐道："据老哥说来，尽可使得，待小弟再回家里商酌便是。"便回去对马氏说知。马氏道："闻说蔡灿拨过蔡文扬的不过十万银子，本生父的家财又不知多少。现他已不能承继蔡灿，就算不得与蔡灿结姻家了，尽要查查才好。"周庸祐想了想，随附耳向马氏说道："夫人还有所不知，自己的女儿，吸洋膏子的瘾来得重了，若被别人访访，终是难成。不如过得去也罢了。"马氏点头道"是"。此时已定了几分主意。

偏是管家冯少伍早知得这件事，暗忖主人的大女儿是奢华惯的，羊城及乡间富户，料然不怎么喜欢。若香港地面的富商，多半知得他大女儿烟瘾过重，反难成就。看将来倒是速成的罢了。只心上的意，不好明对周庸祐夫妻说出，只得旁敲侧击，力言蔡文扬如何好人品，他的儿子如何好才貌，在庸祐跟前说得天花乱坠。在周庸祐和马氏的本意，总要门户相当，若是女婿的人品才貌，实在不甚注意。今见冯少伍如此说，亦属有理，便拿定主意，往复梁早田，决意愿与蔡文扬结亲家了。梁早田又复过姓蔡的。

自来做媒的人，甘言巧语，差不多树上的雀儿也骗将下来，何况周、蔡两家，都是有名的门户，哪有说不妥的？

那一日再覆过周庸祐道："蔡文扬那里早已允了，只单要一件事，要女家的在羊城就亲，想此事倒易停妥。因在省城办那妆奁还较易些，不如就允了他罢。"周庸祐听得，也允从了，一面又告马氏。马氏道："回城就亲，本是不难的。单是我们自东横街大宅遇火之后，其余各屋，都是门面不大堂皇的，到时怕不好看。"周庸祐道："夫人忒呆了，我家横竖迟早都要在城谋大屋的，不如赶速置买便是。难道有了银子，反怕屋子买不成？"马氏道："既是如此，就一面允他亲事，一面嘱咐管家营谋大屋便是。"因此上就使梁早田做媒，把长女许给那蔡灿的孙子。徐把马氏之意，致嘱冯、骆两管家，认真寻屋子，好预备嫁女。冯、骆两人也不敢怠慢，轮流的往羊城寻找。究竟合马氏意思的大屋，实在难觅。

不觉数月之久，冯少伍自省来港，对周庸祐说道："现寻得一家，只怕业主不允出卖，因那业主不是卖屋之人，若他允卖时，真是羊城超前未有的大宅子了。"周庸祐急急地问是谁的宅子来？正是：

　　　　成家难得宜家女，买屋防非卖屋人。

要知后事如何，且听下回分解。

第二十六回

周淑姬出阁嫁豪门　德榷使吞金殉宦海

却说冯少伍自羊城返港，说称："现在西关有所大宅子，真是城厢内外曾未见过的敞大华美，只可惜那业主不是卖屋的人，因此颇不易购得。"马氏正不知此屋果属何人的，便问业主是什么名姓。冯少伍道："那屋不过是方才建做好的，业主本贯顺德人氏，前任福建船政大臣的儿子，正署福建兴泉水道，姓黎的唤做学廉，他的家当可近百万上下，看来就不是卖屋的人了。"马氏听得，徐徐答道："果然他不是卖屋的人，只求他相让或者使得。"冯少伍道："说那个让字，不过是好听些罢了。他既不能卖，便是不能让的，而且见他亦难以开口。"马氏道："这话也说得是，不如慢些商量吧。"冯少伍听了，即自辞出。

在周庸祐之意，本不欲要寻什么大屋，奈是马氏喜欢的，觉不好违他，便暗地里与冯少伍商酌好，另寻别家购买将来。冯少伍道："这也难说的了，像东横街旧宅这般大的，还没有呢。马夫人反说较前儿宅子大的加倍，越发难了。大人试想，有这般大的宅子的人家，就不是卖业的人家了。"周庸祐觉得此言有理，即与马氏筹议，奈马氏必要购所大屋子在省城里，好时常来往，便借嫁女的事，赶紧办来。周庸祐道："不如与姓黎的暂时借作嫁女之用，随后再行打算。"马氏道："若他不肯卖时，就借来一用也好。"

周庸祐答个"是"，便回城去，好寻姓黎的认识，商量那间屋子的事。那姓黎的答道："我这宅子是方才建筑成了，哪便借别别人？老哥休说吧。"周庸祐道："既是不能借得，就把来相让，值得多少，小弟照价奉还便是。"姓黎的听了，见自己无可造词，暗忖自己这间屋子，起时费了八万银子上下，我不如说多些，他料然不甘愿出这等多价，这时就可了事。便答道："我这间屋子起来，连工资材料，统费了十六万金。如足下能备办这等价，就把来相让便是。"

那姓黎的说这话，分明是估量他不买的了。谁想周庸祐一听，反没半点思疑，又没有求减，就满口应承。姓黎的听了，不禁愕然，自己又难反口，没奈何只得允了。立刻交了几千定银，一面回覆马氏，好不欢喜。随备足十六万银两的价银，交易清楚。就打点嫁女的事，却令人分头赶办妆奁。因周家这一次是儿女婚嫁第一宗事，又是马氏的亲女，自然是要加倍张皇。

那马氏的长女，唤做淑姬，又从来娇惯的，因见周家向来多用紫檀床，就着人对蔡家说知，要购办紫檀床一张。蔡家听得，叵耐当时紫檀木很少，若把三五百买张洋式的床子，较还易些；今紫檀床每张不下八百两银子上下，倒没紧要，究竟不易寻得来。只周家如此致嘱，就不好违他，便上天下地，找寻一遍，才找得一张床子，是紫檀木的，却用银子一千一百元买了回家，发覆过周家。

那时周家妆奁也办得八九床帐，分冬夏两季，是花罗花绉的；帐钩是一对金嵌花的打成；杭花绉的棉褥子，上面盖着两张美国办来的上等鹤茸被子。至于大排的酸枝大号台椅的两副，二号的两副，两张酸枝机子，上放两个古磁窑的大花瓶。大小时钟表不下十来个，其余罗绉帐轴，也不消说了。至于木料的共三千银子上下，瓷器的二千银子上下。衣服就是京酱宁绸灰鼠皮袄、雪青花绉金貂皮袄、泥金花缎子银鼠皮袄、荷兰缎子的灰鼠花绉箭袖小袄，又局缎银鼠箭袖皮袄各一件，大褂子二件，余外一切贵重衣物裙带，不能细说。统计办服式的费去一万银子上下。头面就是钗环簪耳[1]，都是镶嵌珍珠，或是钻石不等。手上就是金嵌珍珠镯子一对，金嵌钻石镯子一对。至于金器物件，倒不能说得许多。统计办头面的费去三万银子上下。若特别的，就是嵌着大颗珍珠的抹额，与足登那对弓鞋帮口嵌的钻石，真是罕有见的。还有一宗奇事，是房内几张宫座椅子上，却铺着灰鼠皮，奢华绮丽，实向来未有。各事办得停妥，统共奁具不下六七万银子，另随嫁使用的，约备二万元上下。统共计木料、锡器、瓷器、金银炕盅、房内物件及床铺被褥、顾绣垫搭，以至皮草衣服、帐轴与一切台椅，及随嫁使用的银子，总不下十万来两了。

---

[1] 簪耳（ěr）：发簪和耳饰。古代多为高贵妇女的首饰。

到得出阁之日，先将香港各处家眷，都迁回西关新宅子，若增沙关部前素波巷各宅眷，亦因有了喜事，暂同迁至新宅子里来，那些亲串亲友，先道贺新宅进伙，次又道贺周家嫁女，真是来往的不绝。

周家先把门面粉饰一新，挂着一个大大的京卿第扁子，门外先书一联，道是："韩诗歌孔乐，孟训戒无违。"门外那对灯笼，说不出这样大，写着"京卿第周"四个大字。门内的辉煌装饰，自不消说。到了送奁之日，何止动用五六百人夫，拥塞街道，观者人山人海，有赞他这般富豪的，有叹他太过奢侈的，也不能胜记。

过了两天，就是蔡家到来迎娶，自古道："门户相当，富贵相交。"也不待说。单说周家是日车马盈门，周庸祐和马氏先在大堂受家人拜贺，次就是宾客到来道贺，绅家如潘飞虎、苏如绪、许承昌、刘鹗纯，官家如李子仪、李文桂、李庆年、裴鼎毓之伦 [1]，也先后道贺。便是上至德总督，和一班司道府，以及关监督，都次第来贺。因自周庸祐进衔京卿之后，声势越加大了，巴结的平情相交的，哪里说得许多。男的知客是周少西同姓把弟，女的知客就是周十二宅的大娘子。至于女客来道贺的，如潘家奶奶、陈家奶奶，都是马氏的金兰姊妹，其余潘、苏、许、李、刘各家眷属也到了。这时宾客盈堂，冯少伍也帮着周少西陪候宾客，各事自有骆子棠打点。家人小厮都是正中大厅至左右厢厅，环立伺候使唤。若锦霞、春桂两姨太太，就领各丫环，自宝蝉以下，都伺候堂客茶烟，自余各姨太太，也在后堂伺候陪嫁的女眷，不在话下。统计堂倌共二十余名，都在门内外听候领帖，应接各男女宾客。道喜的或往或来，直至午后，已见蔡家花轿到门，所预备丫环十名，要来赠嫁，也装束伺候，如梳佣及陪嫁的七八人，也打点登轿各事。

因省城向例迎亲的都是日中或午后登轿的较多。是时周家择的时辰，是个申时吉利，马氏便嘱咐后堂陪嫁的，依准申时登轿。因马氏的长女周淑姬，性情向来娇惯，只这会出阁，是自己终身的大事，既是申时吉利，自然不敢不依。淑姬便问各事是否停妥，陪嫁的答道"妥当了"，便到炕上再抽几口大大的洋膏子，待养足精神，才好登轿而去。抽了洋膏之后，

---

[1] 伦：辈；类。

即令丫环收拾烟具，随嫁却是一对正崖州竹与一对橘红福州漆的洋烟管，烟斗就是谭元记正青草及香娘各一对，并包好那盏七星内外原身车花的洋烟灯。收拾停妥之后，猛然想起一件事，不知可有买定洋膏没有？便着人往问马氏，才知这件紧要的事，未有办到，便快快的传骆子棠到来，着他办去。骆子棠道："向来小姐吸的是金山烟，城中怕不易寻得这般好烟来。除是夫人用参水熬的，把来给过他，较为便捷呢。"马氏道："我用的所存不多，府中连日有事，又不及再熬，这却使不得。但不知城中哪家字号较好的，快些买罢了。"骆子棠道："往常城内，就说燕喜堂字号，城外就说是贺隆的好了。若跑进城内，怕回来误了时候，请夫人示下究往哪家才好？"马氏道："城内来去不易，不如就在城外的罢了。"骆子棠应一声"晓得"，即派人往购一百两顶旧的鸦片膏来。

　　谁想那人一去，已是申牌时分，府里人等已催速登轿，马氏心上又恐过了时辰，好不着急，便欲先使女儿登轿，随后再打发人送烟膏去。只是今日过门，明儿才是探房，却也去不得。在周淑姬那里，没有洋膏子随去，自然不肯登轿，只望买烟的快快回来。惟自宝华正中约跑至新豆栏贺隆字号，那路程实在不近，望来望去，总未见回来。外面也不知其中缘故，只是催迫登轿，连周庸祐也不知什么缘故，也不免一同催速。还亏马氏在周庸祐跟前，附耳说了几句话，方知是等候买洋膏子回来。没奈何周庸祐急令马氏把自己用的权给三五两过他，余外买回的，待明天才送进去。一面着人动乐，当即送淑姬出堂，先拜了祖宗，随拜别父母，登了花轿，望蔡家而去。这里不表。

　　周家是晚就在府上款燕来宾，次日，就着儿子们到蔡家探房。及到三朝回门之后，其中都是寻常细故，也不须细述。

　　且说周庸祐正与马氏回往西关新宅子之后，长女已经过门，各房姨太太，也分回各处住宅去了。周庸祐倒是或来或往，在城中除到谈瀛社聚谈之外，或时关书里坐坐。偏是那时海关情景，比往前不同，自鸦片拨归洋关，已少了一宗进款；加之海关向例，除凑办皇宫花粉一笔数外，就是办金叶进京。年中办金的不下数万两，海关书吏自然凭这一点抬些金价，好饱私囊。怎奈当时十来年间，金价年年起价，实昂贵得不像往时。海关定例，只照十八换金价，凑办进京。及后价涨，曾经总督李幹翔入奏，请海关照金价的时价，解进京去。偏又朝廷不允，还亏当时一位丞相，唤做陵禄，与前监督有点交情，就增加些折为二十四换。只是当时金价已涨至三十八九换的了，因此当时任监督，就受了个大大的亏折。那前任的联元，虽然耗折，还幸在闹姓项下，发了一注大大的意外钱财，故此能回京覆命。及到第二任监督的，唤做德声，白白地任了两年监督，亏折未填的，尚有四五十万之多。现届满任之时，怎地筹策？便向周庸祐商量一个设法，其中商量之意，自不免向周庸祐挪借。

当下周庸祐听了德监督之言，暗忖自己若借了四五十万过他，实在难望他偿还。他便不偿还，我究从哪里讨取？况自己虽然有几百万的家当，怎奈连年所用，如干了一任参赞，又报效得个京卿，马氏又因办矿务，去了不下十万，今又买大宅子与办长女的妆奁。几件事算来，实在去了不少。

况且近来占了那间银行的股份，又不大好景，这样如何借得过他？虽然自己也靠关里发财，今已让过少西老弟做了，年中仅得回十万银子，比从前进项不同。想了便对德声道："老哥这话，本该如命。只小弟这里连年用的多，很不方便，请向别处设法吧。"德声见周庸祐硬推，心上好过不去，只除了他更没第二条路；况且几十万两银子，有几人能举得起？便是举得起的，他哪里肯来借过我？想了便再向周庸祐唤几声兄弟，求他设法。怎奈周庸祐只是不从。

这时因新任监督已经到省，德声此时实不能交代，只得暂时迁出公馆住下。欲待向库书吏及册房商量个掩饰之法，怎又人情冷暖，他已经退任，哪个肯干这宗的事来？因此也抑郁成病。那新任的文监督，又不时使人来催清楚旧任的帐目。德声此时真无可如何，便对他的跟人说道："想本官到任后，周庸祐凭着自己所得之资财，却也不少。今事急求他，竟没一点情面，实在料不着的了！"那跟人道："大人好没识好歹！你看从前晋监督怎样待他，还有个不好的报答他；况大人待他的万不及晋监督，欲向他挪借几十万，岂不是枉言么？"德声道："他曾出过几十万金钱，与前任姓联的干个差使，看来是个豪侠的人，如何待俺的却又这样？"那跟人道："他求得心腹的来，好同干弄，自然如此，这却比不得的了。"德声听了，不觉长叹了几声。正是：

　　穷时难得挥金客，过后多忘引线人。

要知后事如何，且看下回分解。

第二十七回

繁华世界极侈穷奢　冷暖人情因财失义

话说海关德监督，因在任时金价昂贵，因此亏缺了数十万库款，填抵不来，向周庸祐借款不遂；又因解任之后，在公馆里，新任的不时来催取清做册数，自己又无法弥补。自念到任以来，周庸祐凭着关里所得的资财不少，如何没点人情，竟不肯挪借，看来求人的就不易了。再想广东是有名的富地，关监督又是有名的优差，自己反弄到这样，不禁愤火中烧，叹道："世态炎凉，自是常有，何况数十万之多，这却怪他不得。但抵填不来，倒不免个罪名，不如死了吧。"便吞金图个自尽。后来家人知得灌救时，已是不及了。正是：空叹世途多险阻，任随宦海逐浮沉。

当下德监督既已毕命，家人好不苦楚！又不知他与周庸祐借款不遂之事，只道德监督自然是因在任亏缺，无法填补，因求毕命而已。周庸祐听得德声已死，心上倒不免自悔，也前往吊丧，封了三五百银子，把过他的家人，料理丧事。暗忖德声已死，他在任时，还未清结册数，就在这里浮开些数目，也当是前任亏空的，实在无人知觉；况德声在任时，亏缺的实在不少，便是他的家人，哪里知得真数？就将此意通知周乃慈，并与册房商妥，从中浮开十来二十万，哪里查得出来。那时把浮开的数，二一添作五，彼此同分，实不为过。那时造册的，自然没有不允，便议定浮开之数。周乃慈与造册的，共占分一半，周庸祐一人也占分一半。白地增多一注钱财，好不高兴。只可怜公款亏得重，死者受得苦，落得他数人分的肥。大凡书吏的行为，强半这样，倒不必细说了。

且说周家自买了黎氏这所大屋之后，因嫁女事忙得很，未有将宅子另行修造。今各事停妥，正要把这般大宅，加些堂皇华丽，才不负费一场心思，把十六万银子，买了这所料不到的大宅子来。一面传冯少伍寻那建造的人来，审度屋里的形势，好再加改作。偏是那间大屋，十三面相连，中间又隔一间，是姓梁的管业，未曾买得，准要将姓梁的一并买了。那时一面墙直连十三面门面，更加装潢。叵耐那姓梁的又是手上有块钱的人家，不甚愿将名下管业来转卖。论起那姓梁屋子，本来价值不过五六千银子上下，今见周家有意来拉拢，俗语道"千金难买相连地"，便硬着索价一万银子。谁想那周庸祐夫妇，皆是视财如水的人，那姓梁的索一万，就依价还了一万，因此一并买了姓梁的宅子，统通相连，差不多把宝华正中约一条长街，占了一半。又将前面分开两个门面，左边的是京卿第，右边的是荣禄第，东西两门面，两个金字匾额，好不辉煌！

两边头门，设有门房轿厅，从两边正门进去，便是一个花局，分两旁甬道，中间一个水池，水池上都是石砌阑干。自东角墙至西角墙，地上俱用雕花街砖砌成。那座花局，都是盆上花景，靠着照墙。对着花局，就是几座倒厅，中分几条白石路，直进正厅。正厅内两旁，便是厢房；正厅左右，又是两座大厅，倒与正厅一式。左边厢厅，就是男书房；右边厢厅，却是管家人等居住。从正厅再进，又分五面大宅，女厅及女书房都在其内。再进也是上房，正中的是马氏居住。从斜角穿过，即是一座大大的花园，园内正中新建一座洋楼，四面自上盖至墙脚，都粉作白色；四边墙角，俱作圆形。共分两层，上下皆开窗门，中垂白纱，碎花莲幕。里面摆设的自然是洋式台椅。从洋楼直出，却建一座戏台，都是重新另筑的，戏台上预备油饰得金碧辉煌。台前左右，共是三间听戏的座位，正中的如东横街旧宅的戏台一般；中间特设一所房子，好备马氏听戏时睡着好抽洋膏子。花园另有几座亭台楼阁，都十分幽雅。其中如假山水景，自然齐备。至四时花草，如牡丹庄、莲花池、兰花榭、菊花轩，不一而足。直进又是几座花厅，都朝着洋楼，是闲时消遣的所在。凡设筵会客，都在洋楼款待。

自大屋至花园，除白石墙脚，都一色水磨青砖。若是台椅的精工，也不能细说。又复搜罗尊重的玩具、陈设。厅房楼阁，两边头门轿厅，当中皆粘封条，如候补知府、分省试用道、尝戴花翎、候补四品京堂、二品顶戴、出使英国参赞等衔名，险些数个不尽。与悬挂的团龙衔匾[1]

---

[1] 衔匾：写有官衔的匾额。

及摆着的衔牌[1]，也是一般声势。大厅上的玩器，正中摆着珊瑚树一枝，高约二尺有余。外用玻璃围罩，对着一个洋瓷古窑大花瓶，都供在几子上。余外各厅事，那摆设的齐备，真是无奇不有：如云母石台椅、螺甸台椅、云母石围屏、螺甸围屏以及纱罗帐幔，着实不能说得许多。除了进伙时，各亲串道贺的对联帐轴之外，凡古今名人字画，倒搜罗不少。山水如米南宫[2]二樵丹山的遗笔，或悬挂中堂，或是四屏条幅。即近代有名的居古泉先生花卉却也不少。至于翎毛顾绣镜藏的四屏，无不精致，这是用银子购得来的，更是多得很。

内堂里便挂起那架洋式大镜子，就是在东横街旧宅时烧不尽的，早当是一件宝物。因买了宝华坊黎姓那宅子，比往时东横街的旧宅，还大的多，所以陈设器具，比旧时还要加倍。可巧那时十二宅周乃慈正在香港开一间金银器及各玩器的店子，唤做口昌字号，搜罗那些贵重器皿，店里真如五都之市，无物不备。往常曾赴各国赛会，实是有名的商店，因此周庸祐就在那口昌店购取无数的贵重物件来，摆设在府里，各座厅堂，都五光十色，便是亲串到来观看的，倒不能识得许多。至如洋楼里面，又另有一种陈设，摆设的如餐台、波台、弹弓床子、花晒床子、花旗国各式藤椅及夏天用的电气风扇，自然色色齐备。或是款待宾客，洋楼上便是金银刀叉，单是一副金色茶具，已费去三千金有余。若至大屋里，如金银炕盎、金银酒杯，或金或银，或象牙的箸子，却也数过不尽。

周庸祐这时，把屋子已弄到十分华美，又因从前姓黎的建筑时，都不甚如意，即把厅前台阶白石，从雕刻以至头门墙上及各墙壁，另行雕刻花草人物，正是踵事增华[3]，穷奢极侈。又因从前东横街旧宅，一把火便成了灰烬，这会便要小心，所以一切用火油的时款洋灯子，只挂着做个样儿，转把十三面过的大宅里面数十间，全配点电灯，自厅堂房舍至花园内的楼阁亭台，统共电灯一百六十余火，每昼夜分就点着，照耀如同白日。自台阶甬道，与头门轿厅，及花园隙地，只用雕花阶砖；余外

---

[1] 衔牌：书写官衔的木牌。
[2] 米南宫：米芾，北宋书画家。
[3] 踵（zhǒng）事增华：继续以前的事业并更加发展。

厅堂房舍，以至亭台楼阁，都铺陈地毡，积几寸厚。所有墙壁，自然油抹一新。至于各房间陈设，更自美丽。

单有一件，因我们广东人思想，凡居住的屋舍及饮食的物件，都很识得精美两个字，只是睡觉的地方，向来不甚讲究。惟是马氏用意，却与别的不同。因人生所享用的，除了饮食，就是晚上睡觉的时候，才是自己受用的好处。因此床子上就认真装饰起来。凡寻常的床子，多数是用木做成，上用薄板覆盖为顶，用四条木柱上下相合，再用杉条斗合，三面横筍，唤做大床，都是寻常娶亲用的。又有些唤做潮州床，也不过多几个花瓣，床面略加些雕刻而已。若有些势派的人，就要用铁床了，都是数见不鲜。只有马氏心上最爱的就是紫檀床，往上也说过了，他有爱紫檀床的癖，凡听得哪处有紫檀床出售，便是上天落地，总要购了回来，才得安乐。

自从宝华坊大宅子进伙之后，住房比旧宅还多。马氏这时，每间房子，必要购置紫檀床一张。那时管家得了马氏之意，哪里还敢怠慢？好容易购得来，便买了二十余张紫檀床子，每间房子安放一张。论起当时紫檀木来的少，那床子的价，自然贵得很。无奈马氏所好，便是周庸祐也不能相强，所以管家就不计价钱的购了来。故单说那二十来张紫檀床子，准值银子二万有余。就二十来张床之中，那马氏一张，更比别张不同：那紫檀木纹的细净，及雕刻的精工，人物花草，面面玲珑活现。除了房中布置华丽，另在床子上配设一枝电灯，床上分用四季的纱绫罗绸的锦帐，帐外还挂一对金帐钩，耗费数百金制成。床上的褥子，不下尺厚，还有一对绣枕，却值万来银子。论起那双绣枕，如何有这般贵重？原来那绣枕两头，俱缝配枕花。一双绣枕，统计用枕花四个，每个用真金线缝绣之外，中间夹缀珍珠钻石。那些珠石，自然是上等的，每到夜里灯火光亮时，那珍珠的夜明，钻石的水影，相映成色，直如电光闪飒。计一个枕花，约值三千银子，四个枕花，统计起来，不下万来银子了。实没有分毫说谎的。

所有府里各间，即已布置停妥，花园里面又逐渐增置花木。马氏满意，春冬两季，自住在大屋的房子；若是夏秋两季，就要到花园里居住。可巧戏台又已落成，那马氏平生所好那抽吸洋膏一门，自不消说，此外就不时要听戏的了。这回戏台落成，先请僧道几名，及平时认识的尼姑，如庆叙庵阿苏师傅、莲花庵阿汉师傅、无着地阿容师傅，都请了来，开坛念经，开光奠土。又因粤俗迷信，每称新建的戏台，煞气重得很，故奠土时，就要驱除煞气，烧了十来万的串炮。

过了奠土之后，先演两台扯线宫戏，唤做挡灾，随后便要演有名的戏班。因马氏向来最爱听的是小旦法佶，自从法佶没了，就要听小旦苏佶，凡苏佶所在的那一班，不论什么戏金，都要聘请将来。当时宝华坊周府每年唱戏，不下十来次，因此上小旦苏佶声价骤然增高起来。这会姓周的新宅子，是第一次唱戏，况因进伙未久，凡亲朋道贺新宅落成的，都请来听戏。且长女过门之后，并未请过子婿到来，这会一并请了前来。香港平日相洽的朋友，如梁早田、徐雨琴等，早先一天到省城的。就是谈瀛社的拜把兄弟，也统通到来了。也有些是现任的官场，倒不免见周庸祐的豪富，到来巴结。前任海关德监督虽然没了，只是他与周庸祐因借款不遂的事，儿子们却没有知得，故德监督的儿子德陵也一同到来。至于女眷到来的，也不能细说。正是名马香车，填塞门外。所有男宾女客，都在周府用过晚餐。又带各人游过府里一切地方，然后请到园子里听戏。内中让各宾朋点戏，各视所爱的打发赏封，都是听堂戏的所不免，亦不劳再表。

偏是德陵到来听戏，内中却有个用意，因不知他父亲与周庸祐因借款不遂，少不免欲向周庸祐移挪一笔银子，满意欲借三五万，好运父亲灵柩回旗。只周庸祐不允借与德声，哪里还认得他的儿子？但他一场美意到来，又不好却他意思，只得借了二千银子过他，就当是恩恤的一样。德陵一场扫兴，心上自然不怎么快意，以为自己老子抬举他得钱不少，如何这样寡情？心上既是不妥，自然面色有些不悦。那周庸祐只作不理，只与各朋友言三说四的周旋。正在听戏间兴高采烈的时候，忽冯少伍走进来，向周庸祐身边附耳说了几句话，周庸祐一听，登时面色变了。正是：

　　　　穷奢享遍人间福，尽兴偏来意外忧。

要知冯少伍说出什么话来，且听下回分解。

第二十八回

诬奸情狡妾裸衣　赈津饥周绅助款

话说周家正在花园里演戏之时，周庸祐与各亲朋正自高谈雄辩，忽冯少伍走近身旁，附耳说了几句话，周庸祐登时面色变了。各人看得倒见有些奇异，只不好动问。

原来冯少伍说的话，却是因关库里那位姓佘的，前儿在周庸祐分儿上用过一笔银子，周庸祐心上不服，竟在南海县衙里告他一张状子，是控他擅吞库款的罪情，因此监禁了几年。这时禁限满了，早已出了狱来，便对人说道："那姓周的在库书内，不知亏空了多少银子。他表里为奸，凭这个假册子，要来侵吞款项。除了自己知得底细，更没有人知得的了。今儿被他控告入狱，如何消得这口气？定要把姓周的痛脚拿了出来，在督抚衙门告他一纸，要彻底查办，方遂心头之愿。"所以冯少伍听得这一番说话，要来对周庸祐说知。那周庸祐听得，好不惊慌，不觉脸上登时七青八黄。各亲朋虽见得奇异，只不好动问。当下各人听了一会戏，自纷纷告别。周庸祐也无心挽留，便送各宾朋去了，场上就停止唱戏。

周庸祐回至下处，传冯少伍进来，嘱他认真打听姓佘怎样行动，好打点打点。只周庸祐虽有这等痛脚落在姓佘的手上，但自从进了四品京堂及做过参赞回来之后，更加体面起来，凡大员大绅，来往的更自不少。上至督抚三司，都有了交情，势力已自大了。心上还自稳着，暗忖姓佘的纵拿得自己痛脚，或未必有这般手段。纵然发露出来，那时打点也未迟。想到此层，又觉不必恐惧，自然安心。镇日无事，只与侍妾们说笑取乐。但当时各房姬妾，除二房姨太太殁了，桂妹早已看破凡尘，出家受戒；那九姨太太又因弄出陈健窃金珠一案，周庸祐亦不怎么喜欢他。余外虽分居各处，周庸祐也水车似的脚踪儿不时来往。

单是继室马氏是最有权势的人，便是周庸祐也惧他三分。且马氏平日的性子，提起一个妾字，已有十分厌气。独六姨太太王氏春桂，颇能得马氏欢心。就各妾之中，马氏本来最恨二姨太，因他儿子长大，怕将来要执掌大权，自己儿子反要落后。今二姨太虽然殁了，只他的儿子已自长大成人，实如眼中钉刺，满意弄条计儿，好使周庸祐驱逐了他，就是第一个安乐；纵不能驱逐得去，倒要周庸祐憎嫌他才好。那日猛然想起一计，只各人都难与说得，惟六姨太王氏春桂是自己腹心，尽合用着，且不愁他不允。便唤春桂到来，把心里的事，与春桂商量一遍，都是要唆摆二房儿子之意。春桂听了，因要巴结马氏，自没有不从，只是计将安出？马氏便将方才想的计策，如此如此，附耳细说了一回，春桂不觉点头称善。又因前儿春桂向在香港居住，这会因嫁女及进伙唱戏，来了省城西关大宅子，整整一月有余。今为对付长男之事，倒令春桂休回香港去，在新大宅子一块儿同居，好就便行事。

那春桂自受了马氏计策之后，转不时与二房长子接谈。那长子虽是年纪大了，但横竖是母娘一辈子，也不料有他意，亦当春桂是一片好心，心上倒自感激。或有时为那长子打点衣裳，或有时弄中饭与他吃，府里的人，倒赞春桂贤德。即在周庸祐眼底看着了，倒因二房伍氏弃世之后，这长男虽没甚过处，奈各房都畏惧马氏，不敢关照他，弄得太不像了，今见春桂如此好意，怎不喜欢？因此之故，春桂自然时时照料那长子，那长子又在春桂眼前不时趋承，已非一日，倒觉得无什么奇处。

那一日，周庸祐正在厅子里与管家们谈论，忽听得春桂的房子里连呼救命之声，如呼天唤地一般，家人都吓得一跳，一起飞奔至后堂。周庸祐猛听得，又不知因什么事故，都三步跑出来观看，只见长男应扬正从春桂的房子飞跑出来，一溜烟转奔过花园去了。一时闻房里放声大哭，各丫环在春桂房门外观看，都掩面回步，惟有三五个有些年纪的梳佣，劝解的声，怒骂的声，不绝于耳。都骂道："人面兽心，没廉耻的行货子！"

周庸祐摸不着头脑，急走到春桂房子来要看个明白。谁想不看犹自可，看了，只见王氏春桂赤条条的，不挂一丝，挨在床子边，泪流满面。那床顶架子上挂了一条绳子，像个要投缳[1]自尽的样子。周庸祐正要问个缘故，忽听得春桂哭着骂道："我待他可谓尽心竭力，便是他娘亲在九

[1] 投缳（huán）：上吊。

泉，哪有一点对他不住？今儿他要干那禽兽的行为，眼见得我没儿没女，就要被人欺负。"周庸祐这时已听得几分。

那春桂偷眼见周庸祐已到来，越加大哭，所有房内各梳佣丫环，见了周庸祐，都闪出房门外。周庸祐到这时，才开言问道："究为什么事，弄成这个样子？"春桂呜呜咽咽，且骂且说道："倒是你向来不把家事理理儿，那儿子们又没拘束，致今日把我恩将仇报。"说到这来，方自穿衣，不再说，又是哭。周庸祐厉声道："究为着什么事？你好明明白白说来！"春桂道："羞答答的说怎么？"就中梳佣六姐，忍不住插口道："据六姨太说，大爷要强逼他干没廉耻的勾当，乘他睡着时，潜至房子里，把他衣衫解了，他醒来要自尽的。想六姨太待大爷不错，他因洽熟了，就怀了这般歹心。若不是我们进来救了，他就要冤枉了六姨太的性命了。"

正说着，听得房门外一路骂出来，都是骂"没家教，没廉耻，该杀的狗奴才"这等话。周庸祐认得是马氏声音，这时头上无明孽火高千丈，又添上马氏骂了一顿，便要跑去找寻长男，要结果他的性命。跑了几步，忽回头一想，觉长子平素不是这等人，况且青天白日里，哪便干这等事？况他只是一人，未必便能强逼他；就是强逼，将来尽可告诉自己来作主，何至急欲投缳自尽？这件事或有别情，也未可定。越想越像，只到这时，又不好回步，只得行至花园洋楼上，寻见了长男，即骂道："忘八羔子！果然你干得好事！"那长子应扬忙跪在地上，哭着说道："儿没有干什么事，不知爹爹动怒为何故？"周庸祐道："俗语说：'过了床头，便是父母。'尽分个伦常道理，何便强逼庶母，干禽兽的行为？"长子应扬道："儿哪有这等事？因六太太待儿很好，儿也记在心头。今天早饭后，六太太说身子不大舒服，儿故进去要问问安。六太太没言没语，起来把绳子挂在床头上。儿正不知何故，欲问时，他再解了衣衫，就连呼救命。儿见不是事，即跑了出来。儿是饮水食饭的人，不是禽兽的没人理，爹爹好查个明白，儿便死也才得甘心。"周庸祐听得这一席话，觉得实在有理。且家中之事，哪有不心知？但此事若仍然冤枉儿子，心上实问不过；若置之不理，那马氏和春桂二人又如何发付？想了一会，方想出一计来，即骂了长子两句道："你自今以后，自己须要谨慎些，再不准你到六太太房子去。"长子应扬答道："纵爹爹不说时，儿也不去了。只可怜孩儿生母弃世，没人依靠，望爹爹顾念才好。"说了大哭起来，周庸祐没话可答，只不免替他可惜，便转身出来。

这时因周庸祐跑了过去，各人都跟脚前来，听他要怎样处置长男。今见他没事出来，也见得诧异。但见周庸祐回到大屋后堂，对马氏及各人说道："此事也没亲眼看见他来，却实在责他不得，你们休再闹了。"马氏道："早知你是没主脑的人，东一时，西一样，总不见着实管束家人儿子，后来哪有不弄坏的道理？前儿九房弄出事来，失了许多金珠，闹到公堂，至今仍是糊里糊涂。今儿又弄出这般不好听的事，不知以后还要弄到什么田地？"周庸祐道："不仅事无证据，且家丑不出外传，若没头没脑就喧闹出去，难道家门就增了声价不成？"那时周庸祐只没可奈何，答了马氏几句，心中实在愤恨王氏春桂，竟一言不与春桂再说。惟那马氏仍是不住口的骂了一回。那王春桂在房子里见周庸祐不信这件事，这条计弄长子不得，白地出丑一场，觉可羞可恨，只有放声复哭一场，或言服毒，或言跳井。再闹了些时，便有梳佣及丫环们好说歹说的，劝慰了一会子。春桂自见没些意味，只得罢休，马氏也自回房子去了。

周庸祐正待随到马氏房里解说，忽见骆子棠进来说道："外面有客到来拜访大人呢。"周庸祐正不知何人到了，正好乘势出了来，便来到厅子上，只见几人在厢厅上坐定，都不大认识的。周庸祐便问："有什么事？"骆子棠就代说道："他们是善堂里的人，近因北方有乱，残杀外人，被各国进兵，攻破了京城。北省天津地方，因此弄成饥荒，故俺广东就题助义款，前往赈济，所以他们到来，求大人捐款呢。"周庸祐这时心中正有事，听得这话，觉得不耐烦，只是他们是善堂发来的，又不好不周旋。便让他们坐着，问道："现时助款，以何人为多？"就中一位是姓梁的答道："这都是随缘乐助，本不能强人的，或多或少，却是未定，总求大人这里踊跃些便是。"周庸祐道："天津离这里还远得很，却要广东来赈济，却是何故？"姓梁的道："我们善堂是不分畛域[1]的，往时各省有了灾荒，没一处不去赈济。何况天津这场灾难，实在利害，所以各处都踊跃助款。试讲一件事给大人听听：现在上海地面，有名妓女唤做金小宝，他生平

---

[1] 畛域（zhěn yù）：界限。

琴棋诗画，件件着实使得。他听得天津有这场荒灾，把生平蓄积的，却有三五千银子不等，倒把来助款赈济去了。只是各处助赈虽多，天津荒灾太重，仍不时催促汇款。那金小宝为人，不仅美貌如花，且十分侠气。因自忖平时积蓄的，早已出尽，还要想个法子，再续赈济才好。猛然想起自己生平的绝技，却善画兰花，往时有求他画兰花的，倒要出得重资，才肯替人画来。今为赈济事情要紧，便出了一个招牌，与人画兰花。他又说明，凡画兰花所赚的钱财，都把来赈济天津去。所以上海一时风声传出，一来爱他的兰花画得好，二来又敬他为人这般义侠，都到来求他画三两幅不等。你来我往，弄得其门如市，约计他每一天画兰花赚的不下三两百金之多，都尽行助往天津。各人见他如此，不免感动起来，纷纷捐助。这样看来，可见天津灾情的紧要。何况大人是广东有名的富户，怕拿了笔在手一题，将来管叫千万人赶不上。"

说了这一场话，在姓梁的本意，志在感动周庸祐，捐助多些。只周庸祐那有心来听这话？待姓梁的说完，就顺笔题起来写道："周栋臣助银五十大元。"那姓梁的看了，暗忖他是大大的富户，视钱财如粪土的，如何这些好事，他仅助五十的？实在料不到。想了欲再说多几句，只是他仅助五十元，便说千言万语，也是没用。便愤然道："今儿惊动大人，实不好意思。且又要大人捐了五十元之多，可算得慷慨两个字。但闻大人前助南非洲的饥荒，也捐了五千元。助外人的，尚且如此，何以助自己中国的，却区区数十，究竟何故？"周庸祐听了，心中怒道："俺在香港的时候，多过在羊城的时候。我是向受外人保护的，难怪我要帮助外人。且南非洲与香港同是英国的属地，我自然捐助多些。若中国没什么是益我的。且捐多捐少，由我主意，你怎能强得我来？"说罢，拂袖转回后面去了。姓梁的冷笑了一会，对骆子棠道："他前儿做过参赞，又升四品京堂，难道不是中国的不成？且问他有这几百万的家财，可是在中国得的，还是在外国得的？纵不说这话，哪有助外人还紧要过助自己本国的道理？也这般没思想，说多究亦何用？"便起身向骆子棠说一声"有罪"，竟自出门去了。正是：

　　　　虏但守财挥霍易，人非任侠报施难。

　　要知后事如何，且听下回分解。

第二十九回

争家权长子误婚期　重洋文京卿寻侍妾

话说那姓梁的向骆子棠骂了周庸祐一顿，出了门来，意欲将他所题助五十块银子，不要他捐出也罢。但善事的只是乐捐，不要勒捐的，也不能使气，说得这等话。只如此惜财没理之人，反被他抢白了几句，实在不甘。惟是捐多捐少，本不能奈得他何，只好看他悖入的钱，将来怎样结局便罢了。

不表姓梁的自言自语。且说周庸祐回到后堂，见了马氏，仍是面色不豫，急地解说了几句，便说些别的横枝儿话，支使开了。过了三两天，即行发王氏春桂回香港居住，又令长子周应扬返回三房香屏姨太太处居住，免使他和人常常见面，如钉刺一般。又嘱咐家人，休把日前春桂闹出的事传扬出外，免致出丑，所以家人倒不敢将此事说出去。

次日，八姨太也闻得人说，因六房春桂有要寻短见的事，少不免过府来问个缘故，连十二宅周大娘子也过来问候。在马氏这一边说来，倒当这事是认真有的，只责周庸祐不管束他儿子而已。各人听得的，哪不道应扬没道理。毕竟八姨太是有些心计的人，暗地向丫环们问明白，才知是春桂通同要嫁害二房长子的，倒伸出舌头，叹马氏的辣手段，也不免替长子此后担忧。时周庸祐亦听得街外言三语四，恐丫环口唇头不密，越发喧传出来，因此听得丫环对八房姨太说，也把丫环责成一顿。自己单怕外人知得此事，一连十数天，倒不敢出门去，镇日里只与冯、骆两管家谈天说地。

那日正在书房坐着，只见三房香屏姨太那里的家人过来，催周庸祐过去。周庸祐忙问有什么事，家人道："不知三姨太因什么事，昨夜还是好端端的，今儿就有了病，像疯癫一般，乱嚷乱叫起来，因此催大人过去。"周庸祐听了，暗忖三房有这等病，难道是发热燥的，如何一旦便失了常性？倒要看个明白，才好安心。便急的催轿班准备轿子，好过三房的住宅去。

一面使人先请医生，一面乘了轿子到来三房的住宅，早见家人像手忙脚乱的样子，又见家人交头接耳，指天画地的说话。周庸祐也不暇细问，先到了后堂，但见丫环仆妇纷纷忙乱，有在神坛前点炷香烛，唤救苦救难菩萨的；有围住唤三姨太，说休要惊吓人的。仔细一望，早见香屏脸色青黄，对周庸祐厉声骂道："你好没本心！我前时待你不薄，你却负心，乘我中途殁了，就携了我一份大大的家资，席卷去了，跟随别人。我寻了多时，你却躲在这里图快乐，我怎肯甘休？"说了，把两手拳乱捶乱打。

周庸祐见了此时光景，真吓了一跳，因三房骂时的声音，却像一个男子汉，急潜身转出厅上，只嘱咐人小心服侍。自忖他因什么有这等病？想了一会，猛然浑身冷汗，觉他如此，难道是他的前夫前关监督晋大人灵魂降附他的身上不成？自古道："为人莫作亏心事，半夜敲门也不惊。"叵耐自己从前得香屏之时，他却携了晋大人一份家资，却有二三十万上下。今他如此说，可无疑了。又见世俗迷信的，常说过有鬼神附身的事，这时越想越真，惟有浑身打战。

不多时，医士已自到来，家人等都道："这等症候是医生难治的。"此时周庸祐已没了主意，见人说医生治不得，就立刻发了谢步，打发那医生回去了，便问家人有什么法子医治？人说什么，就依行什么。有说要买柳枝、桃枝，插在家里各处的，柳枝当是取杨枝法雨，桃枝当是桃木剑，好来辟邪；又有说要请茅山师傅的，好驱神捉鬼；又有说要请巫师画净水的符。你一言，我一语，闹做一团，一一办去。仍见香屏忽然口指手画，忽然怒目睁视，急的再请僧道到来，画符念咒，总没见些功效。那些老媪仆又对着香屏问道："你要怎么样？只管说。"一声未了，只见香屏厉声道："我要回三十万两关平银子，方肯罢手。不然，就要到阎王殿上对质的了！"周庸祐听得此语，更加倍惊慌。时丫环婢仆只在门内门外烧衣纸，炷香烛，焚宝帛，闹得天翻地覆，整整看了黄昏时候。香屏又说道："任你们如何作用，我也不惧。我来自来，去自去。但他好小心些，他眼前命运好了，我且回去，尽有日我到来和他算帐。"说了这番话，香屏方渐渐醒转来。

周庸祐此时好像吃了镇心丸一般，面色方定了些。一面着家人多焚化纸钱宝帛。香屏如梦初觉一般，丫环婢仆渐支使开了，周庸祐即把香屏方才的情景，对香屏说了一遍。这时连香屏也慌了，徐商量延僧道念经忏悔。周庸祐又嘱家人，勿将此事传出，免惹人笑话。只经过此事与王春桂的事，恐被人知得，自觉面上不大好看，计留在城里，不如暂往他处。继又想，家资已富到极地，虽得了一个四品京堂，仍是个虚衔，计不若认真寻个官缺较好。况月来家里每闹出事，欲往别处，究不如往北京，一来因家事怕见朋友，避过些时；二来又乘机寻个机会，好做官去。就拿定了主意，赶速起程。

　　突然想起长子应扬，前儿也被人播弄，若自己去了，岂不是更甚？虽有三房香屏照料，但哪里敌得马氏？都要有个设法才使得。便欲与长子先定了婚，好歹多一个姻家来关照关照，自己方去得安乐。只这件大事，自应与马氏商议。当即把此意对马氏说知。马氏听得与长子议婚一事，心上早着了怒气，惟不好发作，便答道："儿子年纪尚少，何必速议婚事？"周庸祐道："应扬年纪是不少了，日前六房还说他会干没廉耻的勾当。何以说及亲事，夫人反说他年纪少的话来？"马氏故作惊道："我只道是说儿子应昌的亲事，不知道是说儿子应扬的亲事。我今且与大人说：凡继室的儿子，和那侍妾的儿子，究竟哪个是嫡子？"周庸祐道："自然是继室生的，方是嫡子，何必多说？"马氏道："侍妾生的，只不过是个庶子罢了，还让嫡子大的一辈，哪有嫡子未娶，就议及庶子的亲事？"周庸祐道："承家的自然是论嫡庶，若亲事就该论长幼为先后，却也不同。"马氏道："家里事以庶让嫡，自是正理。若还把嫡的丢了在后，还成个什么体统？我只是不依。"周庸祐道："应扬还长应昌有几岁年纪，若待应昌娶了，方议应扬亲事，可不是误了应扬的婚期。恐外人谈论，实在不好听。夫人想想，这话可是个道理？"马氏道："我也说过了，凡事先嫡后庶，有什么人谈论？若是不然，我哪里依得？"说了更不理会，便转回房里去。

　　周庸祐没精打彩，又不敢认真向马氏争论。正在左思右想，忽报马子良字竹宾的来了。周庸祐知是马氏的亲兄来到，急出厅子上迎接。谈了一会，周庸祐即说道："近来欲再进京走一遭，好歹寻个机会，谋个官缺。只不知何日方能回来，因此欲与长男定个亲事。怎想令妹苦要为他儿子完娶了，方准为二房的长子完娶。奈长子还多几岁年纪，恐过耽延了长子的婚事，偏是令妹不从，也没得可说。"马竹宾道，"这样也说不去，承家论嫡庶，完婚的先后，就该论长幼。既是舍妹如此争执，待小弟说一声，看看如何。"说了，即进内面，寻着马氏，先说些闲话，即说及周庸祐的话，把情理解说了一回，马氏只是不允。马竹宾道："俗语说得好：'侍妾生儿，倒是主母有福。'他生母虽然殁了，究竟是妹妹的儿子，休为这事争执。若为长子完娶了，妹妹还见媳妇多早几年呢。"说了这一番话，马氏想了一会，才道："我的本意，凡事是不能使庶子行先嫡子一步。既是你到来说这话，就依我说，待我的儿子长大时，两人不先不后，一同完娶便是。"马竹宾听了这话，知他的妹妹是再说不来的，便不再说，即转出对周庸祐把上项事说了一遍。周庸祐也没奈何，只得允了。便把儿子婚事不再提议，好待次子长时，再复商量。

马竹宾便问进京要谋什么官缺，周庸祐道："我若谋什么内外官，外省的不过放个道员，若是内用就什么寺院少卿也罢了。我不如到京后，寻个有势力的，再拜他门下，或再续报效些银子，统来升高一二级便好。且我前儿任过参赞，这会不如谋个驻洋公使的差使，无论放往何国，待三年满任回来，怕不会升到侍郎地步吗？"马竹宾道："这主意原是不差。且谋放公使的，只靠打点，像姐夫这般声名，这般家当，倒容易到手。但近来外交事重，总求个精通西文的做个得力之人，才有个把握。"周庸祐道："这话不错。但是一任公使，准有许多参赞随员办事，便是自己不懂西文，也不必忧虑。"马竹宾道："虽是如此，只靠人不如靠自己，实不如寻个自己亲信之人，熟悉西文的才是。"周庸祐道："这样说来，自己子姓姻娅中，没有一个可能使得；或者再寻了一房姬妾，要他精通西文的，你道如何？"马竹宾鼓掌道："如此方是善法，纵有别样交涉事情，尽可密地商量，终不至没头没脑的靠人也罢了。但寻个精通西文的女子，在城中却是不易，倒是香港地方，还易一点。"周庸祐答个"是"，便商量同往香港而去。

次日即打叠些行装，与马竹宾一同望香港而来。回到寓里，先请了那一班朋友如梁早田、徐雨琴，一班儿到来商酌，只目下寻的还是不易。徐雨琴道："能精通西文的女子，定是出于有家之人，怕不嫁人作妾，这样如何寻得？"周庸祐道："万事钱为主，他若不肯嫁时，多用五七百银

子的身价，哪怕他不允？”说罢，各人去了，便分头寻觅。徐雨琴暗忖
这个女子，殊不易得，或是洋人父华人母的女子，可能使得，除了这一
辈子，更没有了。便把这意对梁早田说，梁早田亦以为然。又同把此意
回过周庸祐，周庸祐道：“既是没有，就这一辈也没相干。”徐雨琴便有
了主意，向此一辈人寻觅，但仍属难选。或有稍通得西文的，却又面貌
不大好，便又另托朋友推荐。

　　谁想这一事传出，便有些好作弄之徒到来混闹。就中一友寻了一个，
是华人女子，现当西人娼婆的，西文本不大精通，惟英语却实使得，遂
将那女子领至一处，请周庸祐相看。那周庸祐和一班朋友都来看了，觉
得面貌也过得去，有点姿色。只那周庸祐和一班朋友都不大识得西文，
纵或懂得咸不咸淡不淡的几句话，哪里知得几多？便是知得时，对面也
难看得出。又见那女子动不动说几句英语，一来寻得不易，二来年纪面
貌便过得去，自然没有不允。先一日看了，隔日又复再看，都觉无甚不妥，
便问什么身价。先时还要二千银子，后来经几番说了，始一千五百银说
妥了，先交了定银三百块，随后择日迎他过门。到时另觅一处地方，开
过一个门面，然后纳妾。这时各朋友知得的，都来道贺，自不消说。其
中有听得的，倒见得可笑。看那周庸祐是不识西文西话的人，那女子便
叽里咕噜，说什么话，周庸祐哪里分得出？可怜掷了千多块银子，娶了
个颇懂英语、实不大懂西文的娼婆，不仅没点益处，只是叫人弄的笑话。
正是：

　　　　千金娶得娼为妾，半世多缘妁[1]误人。

　　要知后事如何，且听下回分解。

---

[1] 妁（shuò）：媒人。

第三十回

苦谋差京卿拜阉宦[1]　死忘情债主籍良朋

话话周栋臣耗了一千五百块银子，要娶个精通西文的女子为妾，不想中了奸人之计，反娶得个交结洋人的娼婆，实在可笑！当时有知得的，不免说长论短。只是周栋臣心里，正如俗语说的："哑子吃黄连，自家苦自家知。"那日对着徐雨琴、马竹宾、梁早田一班儿，都是面面相觑。周栋臣自知着了道儿，也不忍说出，即徐、梁、马三人，一来见对不住周栋臣，二来也不好意思，惟有不言而已。

这时惟商议入京之事。周栋臣道："现时到京去，发放公使之期，尚有数月，尽可打点得来。但从前在投京拜那王爷门下，虽然是得了一个京卿，究竟是仗着报效的款项，又得现在的某某督帅抬举，故有这个地步。只发放公使是一件大事，非有宫廷内里的势力，断断使不得。况且近来那王爷的大权，往往交托他的儿子□子爷手里，料想打点这两条门路，是少不得的了。"徐雨琴道："若是□子爷那里打点，却不难。只是宫廷里的势力，又靠哪人才好呢？"梁早田道："若是靠那宫廷消息，惟宦官弥殷升正是有权有势，自然要投拜他的门下，只不知道这条路究从哪里入手？"马竹宾道："不如先拜□子爷门下，就由□子爷介绍，投拜弥殷升，有何不可？"周栋臣听罢，鼓掌笑道："此计妙不可言！闻现年发放公使，那□子爷实在有权。只有一件，是煞费踌躇的：因现在广□有一人，唤做汪洁的，他是□军人氏，从两榜太史出身，曾在□□馆当过差使，与那□子爷有个师生情分，少不免替姓汪的设法，好放他一任公使。我若打点不到，必然落后，却又怎好？"马竹宾道："量那些王孙公子，没有不贪财的，钱神用事，哪有不行？况他既有权势，放公使的又不止一国，他有情面，我有钱财，没有做不到的。"各人听了这一席话，都说道有理。

---

[1] 阉宦（yān huàn）：太监。

　　商议停妥，便定议带马竹宾同行，所有一切在香港与广东的事务，都着徐雨琴、梁早田代理。

　　过了数日，就与马竹宾带同新娶精通洋语的侍妾同往。由香港附搭轮船，先到了上海，因去发放公使之期，只有三两月，倒不暇逗留，直望天津而去。就由天津乘车进京，先在南海馆住下。

　　因这时周栋臣巨富之名，喧传京内，那些清苦的京官，自然人人着眼，好望赚一注钱财到手。偏又事有凑巧，那时□子爷正任□部尚书，在那部有一位参堂黄敬绶，却向日与周栋臣有点子交情；惟周栋臣志在投靠□子爷门下，故只知注重交结□部人员，别的却不甚留意。就此一点原因，便有些京官，因弄不得周栋臣的钱财到手，心中怀着私愤，便要伺察[1]周栋臣的行动，好为他日弹参地步。这情节今且按下慢表。

　　且说周栋臣那日投刺[2]拜谒黄敬绶，那黄敬绶接见之下，正如财神入座，好不欢喜。早探得周栋臣口气，要谋放公使的，暗忖向来放任公使的，多是道员，今姓周的已是京卿，又曾任过参赞，正合资格。但图他钱财到手，就不能说得十分容易。因此上先允周栋臣竭力替他设法，周栋臣便自辞去。怎想一连三五天，倒不见回复，料然非财不行，就先送了□万两银子与黄敬绶，道："略表微意，如他日事情妥了，再行答谢。"果然黄敬绶即在□子爷跟前，替周栋臣先容。次日，就约周栋臣往谒□子爷去。

　　当下姓周的先打点门封，特备了□□两银子，拜了□子爷，认作门生，这都是黄敬绶预早打点的。那□子爷见了周栋臣，少不免勉励几句，道是国家用人之际，稍有机会，是必尽力提拔。周栋臣听了，说了几句感激的话，辞了出来。次日又往谒黄敬绶，告以愿拜谒弥殷升之意，求他转托□子爷介绍。这事正中□子爷的心意，因防自己独力难以做得，并合弥殷升之力，料谋一个公使，自没有不成。因此周栋臣亦备□万两，并拜了弥殷升，也结个师生之谊。其余王公丞相，各有拜谒，不在话下。

　　这时，周栋臣专候□子爷的消息。怎想经过一月有余，倒没甚好音，

[1] 伺察：观察。
[2] 投刺：投名帖。

便与马竹宾筹议再要如何设法。马竹宾道:"听说驻美、俄、日三国公使,都有留任消息。惟本年新增多一个驻某国公使差缺,亦自不少。今如此作难,料必□子爷那里还有些不满意,不如着实托黄敬缓转致□子爷那里,求他包放公使,待事妥之后,应酬如何款项,这样较有把握。"周栋臣听了,亦以为然,便与黄敬缓面说,果然□子爷故作说多,诸般棘手。周栋臣会意,就说妥放得公使之后,奉还□□万两,俱付□子爷送礼打点,以求各处衙门不为阻碍。并订明发出上谕之后,即行交付,这都是当面言明,料无反覆。自说妥之后,因随带入京的银子,除了各项费用,所存无几,若一旦放出公使,这□□万如何筹画?便一面先自回来香港,打算这□□万两银子,好待将来得差,免至临时无款交付。主意已定,徐向□子爷及黄敬缓辞行,告以回港之意,又复殷殷致意。那□子爷及黄敬缓自然一力担承,并称决无误事。周栋臣便与马竹宾一同回港。不想马竹宾在船上沾了感冒,就染起病来,又因这时香港时疫流行,恐防染着,当即回至粤城,竟一病殁了。那马夫人自然有一番伤感,倒不必说。

单说周栋臣回港之后,满意一个钦使地位,不难到手,只道筹妥这一笔银子后,再无别事。不提防劈头来了一个警报,朝廷因连年国费浩烦,且因赔款又重,又要办理新政,正在司农仰屋的时候,势不免裁省经费。不知哪一个与周栋臣前世没有缘分,竟奏了一本,请裁撤粤海关监督,归并两广总督管理。当时朝廷见有这条路可以省些糜费,就立时允了,立刻发出电谕,飞到广东那里。这点消息,别人听得犹自可,今入到周栋臣耳朵里,不觉三魂去二,七魄留三,长叹一声道:"是天丧我也。"家人看了这个情景,正不知他因什么缘故,要长嗟短叹起来。

因为周栋臣虽然是个富绅,外人传的,或至有五七百万家当,其实不过两三百万上下。只凭一个关里库书,年中进款,不下二十万两,就是交托周乃慈管理,年中还要取回十万两的。有这一笔银子挥霍,好不高兴!今一旦将海关监督裁去,便把历年当作邓氏铜山的库书,倒飞到大西洋去了。这时节好不伤感!况且向来奢侈惯了,若进款少了一大宗,如何应得手头里的挥霍?又因向日纵多家当,自近年充官场、谋差使,及投拜王爷、□官、□子爷等等门下,已耗去不少。这会烦恼,实非无因,只对家人如何说得出?

正自纳闷,忽报徐雨琴来了,周栋臣忙接至里面坐定。徐雨琴见周栋臣满面愁容，料想为着这裁撤海关监督的缘故，忙问道："裁撤海关衙门等事，可是真的？"周栋臣道："这是谕旨，不是传闻，哪有不真？"徐雨琴忙把舌头一伸，徐勉强慰道："还亏老哥早已有这般大的家当，若是不然，实在吃亏不少。只少西翁失了这个地位，实在可惜了。"周栋臣听罢，勉强答个"是"，徐问道："梁兄早田为何这两天不见到来？"徐雨琴道："闻他有了病，颇觉沉重。想年老的人，怕不易调理的。"周栋臣听了，即唤管家骆某进来，先令他派人到梁早田那里问候。又嘱他挥信到省中周乃慈那里，问问他海关裁撤可有什么蓼辖？并嘱乃慈将历年各项数目，认真设法打点，免露破绽。去后，与徐雨琴再谈了一会，然后雨琴辞去。

栋臣随转后堂，把裁撤海关衙门的事，对马氏说了一遍。马氏道："我们家当已有，今日便把库书抛了，也没甚紧要。况且大人在京时，谋放公使的事，早打点妥了，拼多使□□万银子，也做个出使大臣，还不胜过做个库书的？"周栋臣道："这话虽是，但目前少了偌大进项，实在可惜。且一个出使大臣，年中仅得公款□万两，开销恐还要缺本呢？"马氏道："虽是如此，但将来还可升官，怕不再弄些钱财到手吗？"周栋臣听到这里，暗忖任了公使回来，就来得任京官，也没有钱财可谋的。只马氏如此说，只得罢了。惟是心上十分烦恼，马氏如何得知？

但栋臣仍自忖得任了公使，亦可撑得一时门面，便再一面令冯少伍回省，与周乃慈打点库书数目。因自从挥信与周乃慈那里，仍觉不稳，究不如再派一个人，帮着料理，较易弥缝。去后，又令骆管家打点预备银子□□万两，好待谋得公使，即行汇进京去。

怎奈当时周栋臣虽有殷富之名，且银行里虽占三十余万元股份，偏又生意不大好，难以移动。今海关衙门又已裁去，亦无从挪取。若把实业变动，实在面上不可看，只得勉强张罗了。

是时，周栋臣日在家里，也没有出门会客，梁早田又在病中，单是徐雨琴到来谈话，略解闷儿。忽一日徐雨琴到来，座犹未暖，慌忙说道："不好了！梁早田已是殁了。"说罢不胜叹息，周栋臣亦以失了一个知己朋友，哪不伤感？忽猛然想起与梁早田交手，尚欠自己十万元银子。便问雨琴以早田有什么遗产。徐雨琴早知他用意，便答道："早田兄连年生意不好，比不得从前，所以家产统通没有遗下了。"周栋臣道："古人说得好：'百足之虫，虽死不僵。'

早田向来干大营生的，未必分毫没有遗下，足下尽该知得的。"徐雨琴想了想，自忖早田虽是好友，究竟已殁了，虽厚交也是不中用，倒不可失周栋臣的欢心。正是人情世故，转面炎凉，因此答道："他遗产确实没有了，港沪两间船务办馆，又不大好，只有□盛字号系办铁器生理，早田兄也占有二万元股本。那□盛店近来办了琼州一个铁矿，十分起色，所以早田兄所占二万股本，股价也值得十万元有余。除是这一副遗下生理，尽过得去。"周栋臣道："彼此实不相瞒，因海关衙门裁撤，兄弟的景象，大不像从前。奈早田兄手上还欠我十万银子，今他有这般生意，就把来准折，也是本该的。"徐雨琴道："既是如此，早田兄有个侄子，唤做梁佳兆，也管理早田兄身后的事，就叫他到来商酌也好。"

栋臣答了一个"是"，就着人请梁佳兆过来，告以早田欠他十万银子之事，先问他有什么法子偿还。梁佳兆听得，以为栋臣巨富，向与早田有点交情，未必计较这笔款，尽可说些好话，就作了事。便说道："先叔父殁了，没有资财遗下，负欠一节，很对不住。且先叔父的家人妇子，尚十分寒苦，统望大人念昔日交情罢了。"周栋臣道："往事我也不说，只近来不如意的事，好生了得，不得不要计及。闻他□盛字号生理尚好，就请他名下股份作来准折，你道何如？"梁佳兆见他说到这里，料然说情不得，便托说要问过先叔父的妻子，方敢应允。周栋臣便许他明天到来回覆。

到了次日，梁佳兆到来，因得了早田妻子的主意，如说不来，就依周栋臣办法。又欲托徐雨琴代他说情，只是爱富嫌贫，交生忘死，实是世人通病，何况雨琴与周栋臣有这般交情，哪里肯替梁家说项？便自托故不出。梁佳兆见雨琴不允代说，又见周栋臣执意甚坚，正是无可如何，只得向周栋臣允了，便把□盛字号那梁早田名下的股分，到状师那里，把股票换过周栋臣的名字，作为了结。这时，梁早田的□记办馆早已转顶与别人，便是周栋臣在□记楼上住的第九房姨太，也迁回士丹利街居住。自从办妥梁早田欠款，周栋臣也觉安乐，以为不至失去十万银子，不免感激徐雨琴了。不想这事才妥，省中周乃慈忽又来了一张电报，吓得周栋臣魂不附体。正是：

> 人情冷暖交情淡，世故巇崎[1]变故多。

要知后事如何，且听下回分解。

---

[1] 巇崎：艰险。

第三十一回

黄家儿纳粟捐虚衔　周次女出闺成大礼

话说周栋臣把梁早田遗下生理准折了自己欠项，方才满意。那一日，忽又接得省城一张电报，吓了一跳。原来那张电文，非为别事，因当时红单发出，新调两广制帅的，来了一位姓金的，唤做敦元，这人素性酷烈，专一替朝上筹款，是个见财不眨眼的人。凡敲诈富户，勒索报效的手段，好生了得，今朝上调他由四川到来广东。那周栋臣听得这点消息，便是没事的时候，也不免打个寒噤，况已经裁撤了海关衙门，归并总督管理，料库书里历年的数目，将来尽落到他的手上，怕不免发作起来，因此十分忧惧。急低头想了一想，觉得没法可施，没奈何只得再自飞信周少西那里，叫他认真弄妥数目，好免将来露着了马脚。更一面打点，趁他筹款甚急之时，或寻个门径，在新督金敦元跟前打个手眼，想亦万无不了的。想罢自觉好计。正拟自行发信，忽骆子棠来回道："方才马夫人使人到来，请大人回府去，有话商量。"

这等说时，周栋臣正在周园那里，忽听马氏催速回去，不知有什么要事，难道又有了意外不成？急把笔儿放下，忙令轿班掌轿，急回到坚道的大宅子里。直进后堂，见了马氏，面色犹自青黄不定。马氏见了这个情景，摸不着头脑，便先问周栋臣外间有什么事故。周栋臣见问，忙把上项事情说了一遍。马氏道："呸！亏你有偌大年纪，经过许多事情，总没些胆子。今一个钦差大臣将到手里，难道就畏忌他人不成？横竖有王爷及□子爷上头作主，便是千百个总督，惧他则甚？"周栋臣听到这话，不觉把十成烦恼抛了九成半去了，随说道："夫人说得是，怪不得俗语说'一言惊醒梦中人'，这事可不用说了。但方才夫人催周某回来，究有什么商议？"马氏道："前儿忘却一件事，也没有对大人说。因大人自进京里去，曾把次女许了一门亲事，大人可知得没有？"周栋臣道："究不知许字哪处的人氏？可是门当户对的？"马氏道："是东官姓黄的。做媒的说原是个将门之子，他的祖父曾在南韶连镇总镇府，他的父亲现任清远游府。论起他父亲，虽是武员，却还是个有文墨的，凡他的衙里公事，从没用过老夫子，所有文件都是自己干来。且他的儿子又是一表人物，这头亲事，实在不错。"

周栋臣听了，也未说话。马氏又道："只有一件，也不大好的。"周栋臣道："既是不错，因何又说起不好的话来？"马氏道："因为他祖父和他父亲虽是武员，究竟是个官宦人家，但他儿子却没有一点子功名，将来女儿过门，实没有分毫名色，看来女儿是大不愿的。"周栋臣道："他儿子尚在年少，岂料得将来没有功名？但亲家里算个门当户对，也就罢了。"马氏道："不是这样说。俗语'人生但讲前三十'，若待他后来发达，然后得个诰命，怕女儿早已老了。"周栋臣道："亲事已定，也没得可说。"马氏道："他昨儿差做媒的到来，问个真年庚，大约月内就要迎娶。我今有个计较，不如替女婿捐个官衔，无论费什么钱财，他交还也好，他不交还也好，总求女儿过门时，得个诰封名目，岂不甚好？"周栋臣听到这里，心中本不甚愿，只马氏已经决意，却不便勉强，只得随口答个"是"，便即辞出。

且说东官黄氏，两代俱任武员，虽然服官年久，究竟家道平常，没有什么积蓄，比较起周庸祐的富厚，实在有天渊之别。又不知周家里向日奢华，只为富贵相交，就凭媒说合这头亲事。偏是黄家太太有些识见，一来因周家太过豪富，心上已是不妥。且闻姓周的几个女人都是染了烟瘾，吸食洋膏，实不计数的，这样将来过了门，如何供给，也不免懊悔起来。只是定亲在前，儿子又已长大，无论如何，就赌家门的气运便罢，不如打算娶了过门，也完了一件大事。

那日便择过了日子，送到周家那里，随后又过了大聘。马氏把聘书看过了，看黄家三代填注的却是什么将军，什么总兵游击，倒也辉煌。只女婿名字确是没有官衔的，虽然是知之在前，独是看那聘书，触景生情，心更不悦。忽丫环巧菱前来回道："二小姐要拿聘书看看。"马氏只得交他看去。马氏正在厅上左思右想，忽又见巧菱拿回这封聘书，说道："二小姐也看过了，但小姐有话说，因姑爷没有功名，不知将来过门，亲家的下人向小姐作什么称呼？"马氏听了，明知女儿意见与自己一般，便决意替女婿捐个官阶。即一面传冯少伍到来，告以此意，便一面与家人及次女儿回省城，打点嫁女之事。所有妆奁，着骆子棠办理。都分头打点办事。马氏与一干人等，一程回到宝华坊大屋里。计隔嫁女之期，已是不远，所幸一切衣物都是从前预办，故临事也不至慌忙。是时因周家嫁女一事，各亲眷都到来道贺，马氏自然十分高兴。单是周庸祐因长子年纪已大了，还未娶亲，单嫁去两个女儿，心上固然不乐。马氏哪里管得许多，惟有尽情热闹而已。

那日冯少伍来回道："现时捐纳，那有许多名目，不知夫人替二姑爷捐的是实缺，还是虚衔？且要什么花样？"马氏道："实缺固好，但不必指省，总要头衔上过得去便是。"冯少伍得了主意，便在新海防项下替黄家儿子捐了一个知府，并加上一枝花翎[1]，约费去银子二千余两。领了执照，送到马氏手上。马氏接过了，即使人报知次女，再着骆子棠送到黄家，先告以替姑爷捐纳功名之事。黄家太太道："小儿年纪尚轻，安知将来没有出身？目下替他捐了功名，亲家夫人太费心了。"骆子棠道："亲家有所不知，这张执照，我家马夫人实费苦心，原不是为姑爷起见，只为我们二小姐体面起见，却不得不为的。但捐项已费去二千余两，交还与否，任由亲家主意便是。"说了便去。

那黄家太太听了，好不气恼。暗忖自己门户虽比不上周家的豪富，亦未必便辱没了周家女儿，今捐了一个官衔，反说为他小姐体面起见，如何忍得过。这二千余两银子若不交还于他，反被他们说笑，且将来儿子不免要受媳妇的气。但家道不大丰，况目前正打点娶亲的事，究从哪里筹这一笔银子？想了一想，猛然想起在南关尚有一间镜海楼，可值得几千银子，不若把来变了，交回这笔银子与周家，还争得这一口气。想罢觉得有理，便将此意告知丈夫，赶紧着人寻个买主。果然急卖急用，不拘价钱，竟得三千两银子说妥，卖过别人，次日即过二千余两银子送回周府里。两家无话，只打点嫁娶的事。

不觉将近迎娶之期，黄家因周家实在豪富不过的，便竭力办了聘物，凡金银珠宝钻石的头面，统费二万两银子有余，送到周府，这便算聘物，

---

[1] 花翎：孔雀花翎。清代官员的冠饰，有三眼、双眼、单眼之分。

好迎周家小姐过门。是时马氏还不知周庸祐有什么不了的心事，因次日便是次女出阁，急电催周庸祐回省。庸祐无奈，只得乘夜轮由港回省一遭。及到了省城，那一日正是黄家送来聘物之日，送礼的到大厅上，先请亲家大人夫人看验。几个盒子摆在桌子上，都是赤金、珍珠、钻石各等头面。时马氏还在房子里抽大烟，周庸祐正在厅上。周庸祐略把双眼一瞧，不觉笑了一笑，随道："这等头面，我府里房子的门角上比他还多些。"说了这一句，仍复坐下。来人听了，自然不悦，惟不便多说。

可巧马氏正待踱出房门，要看看有什么聘物，忽听得周庸祐说这一句话，正不知聘物如何微薄，便不欲观着，已转身回房。周庸祐见马氏情景，乘机又转回厢房里去，厅上只剩了几个下人。送聘物来的见马氏便不把聘物观看，暗忖聘物至二万余金之多，也不为少，却如此藐视，心上实在不舒服。叵耐亲事上头，实在紧要，他未把聘物点受，怎敢私自回去，只得忍了气，求周府家人代请马氏出来点收。那周府家人亦自觉过意不去，便转向马氏请他出来。奈马氏总置之不理，且说道："有什么贵重物件！不看也罢，随便安置便是。"说了，便令发赏封，交与黄府家人，好打发回去。只黄府家人哪敢便回，就是周府家人以未经马氏点看聘礼，亦不能遽自收起，因此仍不取决。整整自巳时等候到未时，黄府家人苦求马氏点收，说无数恳求赏脸的话。马氏无奈，便勉强出来厅上，略略一看，即令家人收受了，然后黄府家人回去。

那黄府家人受了马氏一肚子气，跑回黄府，即向黄家太太一五一十说了出来。各人听了，都起个不平的心，只是事已至此，也没得可说，惟有嘱咐家人，休再多言而已。

到了次日，便是迎娶之期，周家妆奁自然早已送妥，其中五光十色，也不必细表。单说黄家是日备了花轿仪仗头锣执事人役，前到周家，就迎了周二小姐过门。向来俗例，自然送房之后，便要拜堂谒祖，次即叩拜翁姑[1]，自是个常礼。偏是周二小姐向来骄傲，从不下礼于人的，所以拜堂谒祖，并不叩跪，为翁姑的自然心上不悦。忽陪嫁的扶新娘前来叩拜翁姑，黄府家人见了，急即备下跪垫，陪嫁的又请黄大人和太太上座

---

[1] 翁姑：公婆。

受拜。谁想翁姑方才坐下，周二小姐竟用脚儿把跪垫拨开，并不下跪。陪嫁的见不好意思，附耳向新娘劝了两句，仍是不从，只用右手掩面，左手递了一盏茶，向翁姑见礼。这时情景，在男子犹自看得开，若在妇人，如何耐得住？因此黄家太太愤怒不过，便说道："娶媳所以奉翁姑，今且如此，何论将来！"说罢，又忆起送聘物时受马氏揶揄[1]，不觉眼圈儿也红了。那周小姐竟说道："我膝儿无力，实不能跪，且又不惯跪的。今日只为作人媳妇，故尚允向翁姑奉茶。若是不然，奉茶且不惯做，今为翁姑的还要厌气我，只得罢了。"一头说，一头把茶盏放在桌子上，再说道："这两盅茶喝也好，不喝也罢，难道周京堂的女儿便要受罚不成！"话罢，撇开陪嫁的，昂然拂袖竟回房子去。

黄家太太就愤然道："别人做家姑，只受新娘敬礼，今反要受媳妇儿的气，家门不幸，何至如此！"那周小姐在房里听了，复扬声答道："口口说是家门不幸，莫不是周家女儿到来就辱没黄家门户不成？"黄家太太听得，更自伤感。当时亲朋戚友及一切家人，都看不过，却又不便出声，只有向黄家太太安慰了一会，扶回后堂去了。

那做新郎的，见父母方做翁姑，便要受气，心实不安，随又向父母说几声不是。黄游府即谓儿子道："此非吾儿之过，人生经过挫折，方能大器晚成，若能勉力前途，安知他日黄家便不如周氏耶？且吾富虽不及周家，然祖宗清白，尚不失为官宦人家也。"说罢，各人又为之安慰。谁想黄游府一边说，周小姐竟在房里抽洋膏子，烟枪烟斗之声，响彻厅上，任新翁如何说，都作充耳不闻。各人听得，哪不愤恨。正是：

　　　心上只知夸富贵，眼前安识有翁姑？

要知后事如何，且听下回分解。

---

[1] 揶揄：戏弄，侮辱。

第三十二回

挟前仇佘子谷索资　使西欧周栋臣奉诏

话说黄府娶亲之日，周女不愿叩拜翁姑，以至一场扫兴，任人言啧啧，他只在房子里抽大烟。各亲朋眷属看见这个情景，倒替黄家生气，只是两姓亲家，久后必要和好，也不便从中插口，只有向黄家父子劝慰一番而罢。

到了次日，便算三朝，广东俗例，新娶的倒要归宁，唤做回门；做新婿的亦须过访岳家，拜谒妻父母，这都是俗例所不免的。是时黄家儿子因想起昨日事情，母亲的怒气还自未息，如何敢过岳家去，因此心上怀了一个疑团，也不敢说出。究竟黄家太太还识得大体，因为昨日新媳如此骄傲，只是女儿家娇惯性成，还是他一人的不是，原不关亲家的事。况马氏能够与自己门户对亲，自然没有什么嫌弃，一来儿子将来日子正长，不合使他与岳父母有些意见，二来又不合因新媳三言两语，就两家失了和气，况周家请新婿的帖儿早已收受。这样想来，儿子过门做新婿的事是少不得的，便着人伺候儿子过门去。可巧金猪果具及新媳回门的一切礼物，早已办妥，计共金猪三百余头，大小礼盒四十余个，都随新媳先自往周府去。

到了午后，便有堂倌等伺候，跟随着黄家儿子，乘了一顶轿子，直望宝华正中约而来，已到了周京卿第门外。是时周府管家，先派定堂倌数名在头上领帖，周应昌先在大厅上听候迎接姊夫。少时堂倌领帖进去，回道："黄姑爷来了。"便传出一个"请"字。便下了轿子，两家堂倌拥着，直进大厅上。除周应昌迎候外，另有管家清客们陪候。随又见周家长婿姓蔡的出来，行相见礼。各人寒暄了一会，便一起陪进后堂，先参过周家堂上祖宗。是时周庸祐已自回港，只请马氏出堂受拜。

那马氏自次女回门之后，早知昨日女儿不肯叩拜翁姑之事，不觉良心发现，也自觉得女儿的不是。勿论黄家不是下等的门户，且亲已做成，就不该说别的话。想罢，便出来受拜。看看新婚的年貌，竟是翩翩美少年，又自捐官之后，头上戴的蓝顶花翎，好不辉煌。马氏此时反觉满心欢悦。次又请各姨太太出堂受拜，各姨太太哪里敢当，都托故不出，只朝向上座叩拜而罢。随转回大厅里，少坐片时，即带同往花园游了一会。马氏已打发次女先返夫家。是晚就在花园里的洋楼款待新婿，但见自大厅及后堂，直至花园的洋楼，都是燃着电火，如同白昼。不多时酒菜端上，即肃客入席，各人只说闲谈，并没说别的话。惟有丫环婢仆等，懂得什么事，因听说昨儿二小姐不叩拜翁姑的事，不免言三语四。饮到二更天气，深恐夜深不便回去，黄家儿子就辞不胜酒力。各人也不好勉强，即传令装轿。黄家儿子再进后堂，向马氏辞行，各人齐送出头门外而回。自此周、黄两家也无别事可说。

　　且说周庸祐自新督到任后，又已裁撤粤海关衙门，归并总督办理，心上正如横着十八个吊桶，抖上抖下，正虑历年库书之事或要发作起来，好不焦躁。意欲在新督面前图些报效，因又转念新督帅这人的性情是话不定的，想起自己在某国做参赞之时，被龚钦差今日借数千，明日借数万，已自怕了。今若在新督帅的面前报效，只怕一开了这条门路，后来要求不绝，反弄个不了。正自纳闷着，忽见阍人[1]传进一个片子来，回道："门外有一位客官，说道是在省来的，特来拜候大人。"周庸祐听了，忙接进名片一看，见是佘子谷的片子，不觉头上捏着一把汗。意欲不见，又想他到来，料有个缘故，因为此人是向曾在库书里办事多年，因亏空自己几万银子，曾押他在南海县监里的，今他忽来请见，自然凶多吉少。但不见他终没了期，不如请他进来一见，看看他有什么说话。便传了一个"请"字。

　　佘子谷直进里面，周庸祐即迎进厅上。茶罢，见佘子谷一团和气，并没分毫恶意。周庸祐想起前事，心上不免抱歉，便说道："前儿因为一件小事，一时之气，辱及老哥，好过意不去。"周庸祐说罢，只道佘子谷听了，必然触起前仇，不免生气。谁想佘子谷听了不仅不怒，反笑容满面的说道："这等事有何过意不去？自己从前实对大人不住，大人控案，

---

[1] 阍（hūn）人：看门的人。

自是照公办事，小弟安可有怨言。"说罢，仍复满脸堆下笑来。

周庸祐看得奇异，因忖此人向来不是好相识的，今一旦这样，难道改换了性子不成？正想像间，忽又见佘子谷说道："小弟正惟前时对大人不住，先要道歉。且还有一事，还要图报大人的，不知大人愿闻否？"周庸祐道："说什么图报，但有何事，就请明说，俾得领教。"佘子谷道："顷在省中，听得一事，是新督要清查海关库书数目，这样看来，大人很有关系呢！"周庸祐听到这里，不觉面色登时变了，好一会子才答道："库书数目，近来是少西老弟该管，我也是交代过了。且库书是承监督命办事，只有上传下例，难道新督要把历任监督都要扳将下来不成？"佘子谷道："这却未必，只怕他取易不取难。新督为人是机警不过的，若他放开监督一头，把库书舞弊四字责重将来，大人却又怎好？"周庸祐此时面色更自不像，继又说道："我方才说过，库书数目已交代去了，那得又要牵缠起来？"佘子谷笑道："莫说令弟少西接办之后，每年交回十万银子与大人，只算是少西代理，也不算交代清楚。便是交代过了，只前任库书的是大人的母舅，后任库书的是大人的令弟，这样纵大人十分清白，也不免令人难信，何况关里库书的数目又很看不过的，难道大人不知？"周庸祐道："我曾细想过了，库书里的数目也没什么糊涂，任是新督怎样查法，我也不惧。堂堂总督，未必故意诬陷人来。"佘子谷听到这里，便仰面摇首说道："亏大人还说这话，可不是疯了！"说了这两句，只仍是仰面而笑，往下又不说了。

周庸祐此时见佘子谷说话一步紧一步，心坎中更突突乱跳，徐又说道："我不是说疯话的人，若老哥能指出什么弊端，只管说来，好给周某听听。"佘子谷道："自家办事，哪便不知，何待说得？就在小弟从前手上，何止百件。休说真假两道册房，便是新督入涉之地，即大人手里，哪算得是清楚？如此数目，本没人知得，惟小弟经手多年，实了若观火。在小弟断不忍发人私弊，只怕好事的对新督说知，道我是最知关库帐目的人，那时新督逼小弟到衙指供，试问小弟哪里敢抗一位两广督臣？况小弟赤贫，像没脚蟹，逃又逃不去，怕把知情不举的罪名牵累小弟呢！"

周庸祐听了，此时真如魂飞天外，魄散九霄，实无言可答，好半晌才说道："老哥既防牵累，我也难怪。但老哥尊意要如何办法，请说不妨。"

佘子谷道：“小弟自然有个计较。一来为大人排难解忧，二来也为自己卸责，当用些银子，向得力的设法解围。若在小弟手上打点办去，准可没事。”周庸祐道：“此计或者使得去，但不知所费多少才得？”佘子谷道：“第一件，趁广西有乱，报效军饷；第二件，打点总督左右人员；至于酬答小弟的，可由大人尊意。”周庸祐听到“酬答”两个字，不禁愕然。佘子谷只做不知，庸祐只得说道：“报效之事，周某可以自行打点，除此之外，究需费多少呢？”佘子谷附耳细说道：“如此只四十万两，便可了事。”周庸祐吃了一惊，不觉愤然道：“报效之数，尽多于打点之数，如此非百万两不可，难道周某身家就要冤枉去了？”佘子谷故作惊异道：“报效多少出自尊意，惟此四十万两哪还算多？”周庸祐道：“多得很呢。”佘子谷道：“三十五万两若何？”周庸祐道：“这样实不是事了，休来恐吓周某罢。”佘子谷故作怒道：“大人先问自己真情怎样？还说我恐吓，实太过不近人情。”周庸祐道：“既不是恐吓，哪有如此勒索的道理？”佘子谷道：“既说小弟恐吓，又说小弟勒索，岂大人今日要把傲气凌我不成？”

周庸祐此时，也自觉言之太过，暗忖他全知自己的数目，断断不可开罪于他。没奈何，只得忍气，又复说道：“周某脾气不好，或有冒犯，休要见怪。只打点一事，那便费如此之多，请实在说罢了。”佘子谷道：“既大人舍不得，小弟只得念昔日同事之情，把酬答我的勉强减些。今实在说，统共三十万两何如？”周庸祐不答。佘子谷又道：“二十五万两何如？”周庸祐摇头不答。佘子谷又厉声道：“二十万两又何如？”周庸祐仍摇首不作理会。佘子谷就立即起身离座，说一句“改日再谒”，便怫然而去。

自佘子谷去后，周庸祐也懊悔起来，自己痛脚落在他手上，前时又监押过他，私仇未泯，就费二十万两，免他发作自己弊端，自忖本属不错。惟他说一句，便减五万两，实指望他多减两次，是只费十万两，便得了事，怎料他怫然便去。此时若要牵留他，一来不好意思，二来又失身分，今他去了，实在失此机会。想罢，不觉叹息。忽又转念道：他自从不在库书，已成一个穷汉了，他见有财可觅，或者再来寻我未可定。想罢，复叹息一番。正欲转回后堂，忽家人手持一函，进来回道：“适有京函，由邮政局付到，特来呈进大人观览。”周庸祐听了，便接过手上，拆开一看，却是□京姓李的付来的。内中寥寥几行字，道是"□公使一缺，可拿得八九，请照前议，筹定款项，待喜报到时，即行汇上"。□上款书"栋臣京卿大人鉴"，下款自署一个"李"字。暗忖这姓李的自然是□□中人，大约外部人员转托他替自己设法的，可无疑了。但当时周庸祐接了此函，不免忧喜交集。忧的是海关已经裁了，目下银根又紧，究从哪里寻二十五万银子；喜的是得了一个钦差，或得王公大臣念师生之情，可以设法，新督亦没奈我怎么何。

正欲把京函回复，忽马氏一干人等，都缘嫁女之事已完，已回港来了。各人不知周栋臣百感交集，还自喜气洋洋，直到后堂里。周栋臣待马氏坐定，把方才佘子谷的说话及京中的消息，一五一十说来。马氏听得丈夫将做钦差，越加欢喜，即答道："佘子谷向受我们工食，有什么势力能倾陷我们来？若把二十万两来送过他，究不如把二十五万两抬到□京那里。一来得做个钦差，二来更得人帮助，岂不两便？"周栋臣听了，实不敢把佘子谷拿着痛脚的话对马氏说知，今马氏如此说，未尝不以为然，只声声以海关裁撤之后，年中进款渐少为虑。便与马氏商议，在省的各姨太太住宅，都迁回大屋去，好省些费用，又好把各宅子租与他人，得些租项也好。此时马氏亦无言可驳，只得允从。惟要各姨太太都有紫檀床的，方准搬进去，若是不然，就失了大屋的体面，着实不得。因此省城里如增沙、素波巷、关部前各周宅，都尽迁回省中大屋，单是八姨太迁到香港□□街居住。若港中住眷，除九姨太因前时闹出之事，不得迁入大屋，余外都一块儿同住了。

周栋臣自此因家事安插停妥，库书的事，暂且不提。惟一面打算□京汇款，在香港□□要提若干万，□□银行要提若干万，倘仍不足，即由马氏私蓄项下挪移。分拨停妥，又因赴任公使之期在即，立催任侄姻眷们赶读西文；纵然懂不得文法，亦该晓得几句洋话，好将来做钦差时候跟自己做个随员，保个保举是。各子侄姻眷们听得这个消息，都纷到周栋臣跟前献个殷勤，要读英文去。

那一日，周庸祐正在厅子上，与各人谈论将放钦差的消息，忽报京中电报到，庸祐立即令人把电文译出，那电文却是"出使□□国钦差大臣，着周庸祐去"，共十四个大字，周庸祐好不欢喜！正是：

　　失意昨才悲末路，承恩今又使重洋。

要知后事如何，且听下回分解。

第三十三回

谋参赞汪太史谒钦差　寻短见周乃慈怜侍妾

　　话说周庸祐自接得京电，即令亲属子侄赶速学习三两月英语，好作随员，待将来满任，倒不难图个保举。那时正议论此事，忽又接得省城一封急电，忙令人译出一看，原来是周乃慈发来的，那电文道是："事急，知情者勒索甚紧，恐不了，速打算。"共是十五个字。周庸祐看了，此时一个警报已去，第二个警报又来，如何是好？

　　正纳闷着，忽八姨太太宅子里使人来报道："启大人，现八姨太太患病，不知何故，头晕去了，几乎不省人事，还亏手指多，得救转来。请问大人，不知请哪个医生来瞧脉才好？"周庸祐听了，哪里还有心料理这等事，只信口道："小小事，何必大惊小怪，随便请医生也罢了。"去后复又把电文细想，暗忖知情者勒索一语，想又是佘子谷那厮了，只不知如何方得那厮心足。正要寻人商议，只见冯少伍来回道："昨儿大人因接了喜报，着小弟筹若干银两电汇进京，但昨日预算定的也不能应手，因马夫人放出的银项急切不能起回，故实在未曾汇京。昨因大人有事，是以未复，目下不知在哪一处筹画才好？因香港自去年倒盆的多，市面银根很紧，耀记那里又是移不动的。至于大人占股的银行里，或者三五万可能移得，只须大人亲往走一遭也好。"周庸祐道："我只道昨天汇妥了，如何这会才来说，就太不是事了！就今事不宜迟，总在各处分筹，或一处一二万，或一处三四万，倘不足，就与马夫人商量。如急切仍凑不来，可先电汇一半入京，余待入京陛见时，再随带去便是。"冯少伍说声"理会得"便去，整整跑得两条腿也乏力，方先汇了十五万两入京。

　　此时便拟覆电周乃慈，忽见马氏出来坐着，即问道："省里来的电究说何事？"周庸祐即把电文语意，对马氏说了一遍。马氏道："此事何必苦苦担心，目下已做到钦差，拼个库书不做便罢。若来勒索的便要送银子，哪里送得许多呢！"周庸祐听得，又好恼，又好笑，即答道："只怕不做库书还不了事，却又怎好？"马氏道："万事放开，没有不了的。不仅今时已做钦差，争得门面，难道往时投在王爷门下，他就不替人设法吗？"说罢，周庸祐正欲再言，忽见港中各朋友都纷纷来道贺，都是听得庸祐派往外国出使，特来贺喜的。马氏即回后堂去。周庸祐接见各友，也无心应酬，只略略周旋一会。各人去了，周庸祐单留徐雨琴坐下，要商量发付省中事情。惟说来说去，此事非财不行，且动费一百或数十万，从哪里筹得？

原来周庸祐的家当，虽喧传五七百万之多，实不过二百万两上下，因有库书里年年一宗大进款，故摆出大大的架子来。今海关裁了，已是拮据，况近来为上了官瘾，已去了将近百万，欲要变卖产业，又太失体面；纵真个变业，可不是一副身家，白地去得干净？所以想报效金督帅及送款佘子谷两件事，实是不易。但除此之外，又无别法可以挽留。即留下徐雨琴商议，亦只面面相觑，更无善策。正像楚囚相对的时候，只见阍人又拿了一个名片进来，道是有客要来拜候。周庸祐此时实在无心会客，只得接过那名片一看，原来是汪怀恩的片子。周庸祐暗忖道：此人与我向不相识，今一旦要来看我，究有何事？莫不又是佘子谷一辈要来勒索我的不成？正自言自语，徐雨琴从旁看了那片子，即插口道："此人是广东翰林，尚未散馆的，他平日行为，颇不利人口，但既已到来，必然有事求见，不如接见他，且看情形如何。或者凭他在省城里调停一二，亦无不可，因此人在城里颇有肢爪的，就先见他也不妨。"周庸祐亦以为是，即传出一个"请"字。

旋见汪怀恩进来，让座后，说些仰慕的话，周庸祐即问汪怀恩："到来有什么见教？"汪怀恩道："小弟因知老哥已派作出使大臣，小弟实欲附骥[1]，作个随员，不揣冒昧，愿作毛遂，不知老哥能允否？"周庸祐听了，因此时心中正自烦恼，实无心理及此事，即信口答道："足下如能相助很好，只目下诸事纷纷，尚未有议，及到时，再请足下商酌便是。"汪怀恩道："老哥想为海关事情，所以烦恼，但此事何必忧虑，若能在粤督手上打点多少，料没有不妥的。"周庸祐听了，因他是一个翰林，或能

---

[1] 附骥：比喻依附名人而出名。

与制府讲些说话，也未可定，即说道："如此甚好，不知足下能替兄弟打点否？"汪怀恩道："此事自当尽力。老哥请一面打点赴京陛见，及选用翻译随员，自是要着。且现时谋在洋务保举的多，实不患无人。昔日有赴美国出使的，每名随员索银三千，又带留学生数十名，每名索银一二千不等，都纷纷踵门[1]求差使。老哥就依这样干去，尽多得五七万银子，作赴任的费用。惟论价放缺而外，仍要拣择人才便是。"周庸祐听到这里，见又得一条财路，不觉心略欢喜。

此时两人正说得投机，周庸祐便留汪怀恩晚膳，随带到厢房里座谈，并介绍与徐雨琴相见。三人一见如故，把周乃慈来电议个办法。汪怀恩道："若此时回电，未免太过张扬，书信往返，又防泄漏，不如小弟明日先回城去，老哥有何嘱咐，待小弟当面转致令弟，并与令弟设法调停便是。"周、徐二人都齐声道"是"。未几用过晚膳，三人即作竟夕[2]之谈，大都是商量海关事情，及赴京两事而已。

次早，汪怀恩即辞回省城去。原来汪怀恩欲谋充参赞，心里非不知周庸祐因库书事棘手，但料周庸祐是几百万财主，且又有北京王公势力，实不难花费些调停妥当，因此便胆充帮助周庸祐，意欲庸祐感激，后来那个参赞稳到手上，怎不心满意足。一程回到省城，甫卸下行李，便往光雅里请见周乃慈。谁想乃慈这时纳闷在家，素知汪怀恩这人是遇事生风，吃人不眨眼的，又怕他仍是到来勒索的，不愿接见，又不知他是受周庸祐所托，即嘱令家人回道："周老爷不在家里。"汪怀恩只得回去。

在当时周庸祐在港，只道汪怀恩替自己转致周乃慈，便不再复函电。那汪怀恩又志在面见周乃慈说话，好讨好周庸祐，不料连往光雅里几次，周乃慈总不会面，没奈何只得覆信告知庸祐，说明周少西不肯见面。这时节已多延了几天。周庸祐看了汪怀恩之信，吃了一惊，即赶紧飞函到省，着周少西与汪怀恩相见，好多一二人商议。周乃慈得了这信，反长叹一声，即复周庸祐一函，那函道：

栋臣十兄大人庭右，谨复者：连日风声鹤唳，此事势将发

[1] 踵门：登门，上门。
[2] 竟夕：终夜；通宵。

作矣。据弟打听，非备款百万，不能了事。似此从何筹画？前
数天不见兄长覆示，五内如焚。今承钧谕，方知着弟与汪怀恩
太史商议。窃谓兄长此举，所差实甚。因汪太史平日声名狼藉，
最不见重于官场，日前新督帅参劾[1] 劣绅十七名，实以汪某居首，
是此人断非金督所喜欢者。托以调停，实于事无济，弟决不愿
与之商酌也。此外有何良策，希即电示。专此，敬颂钧安。

弟乃慈顿首

周庸祐看罢，亦觉无法。因乃慈之意，实欲庸祐出资息事，只周庸祐哪
里肯把百万银子来打点这事，便再覆函于少西，谓将来尽可无事，以作
安慰之语而已。

周乃慈见庸祐如此，料知此事实在不了，便欲逃往香港去，好预先
避祸。即函请李庆年到府里来商议。问李庆年有何解救之法。李庆年道："此
事实在难说。因小弟同在洋务局，自新督帅到来，已经撤差，因上海盛
少保荐了一位姓温的到来，代小弟之任，故小弟现时实无分毫势力。至
昔日一班兄弟，如裴鼎毓、李子仪、李文桂，都先后撤参，或充军，或
逃走，已四处星散。便是潘、苏两大绅，也不像从前了。因此老兄近来
所遭事变，各兄弟都不能为力，就是这个缘故。"周乃慈道："既是如此，
弟此时亦无法可设，意欲逃往香港，你道何如？"李庆年道："何必如此。
以老兄的罪案，不过亏空库款，极地亦只抄家而已。老兄逃与不逃，终
之抄家便了。不如把家产转些名字，便可不必多虑。"周乃慈听了，暗忖
金督性子与别人不同，若把家产变名，恐罪上加罪，遂犹豫不决。

少顷，李庆年辞去，周乃慈此时正如十八个吊桶，在肚子里捯上捯下，
行坐不宁，即转入后堂。妻妾纷问现在事情怎样，周乃慈惟摇首道："此
事不能说得许多，但听他如何便了。"说罢，便转进房子里躺下。忽家人
报潘大人来拜候，周乃慈就知是潘飞虎到来，即出厅上接见。潘飞虎即
开言道："老兄可有知得没有？昨儿佘子谷禀到督衙，说称在海关库书里
办事多年，凡周栋臣等如何舞弊，彼统通知悉。因此，金督将传佘子谷
进衙盘核数目，这样看来，那佘子谷定然要发作私愤。未知足下日前数

---

[1] 参劾（hé）：检举官吏的过失，揭发罪状。

目如何？总须打点才是。"周乃慈道："海关裁撤之后，数目都在督衙里，初时不料裁关上谕如此快捷，所以打点数目已无及了。"潘飞虎道："此亦是老兄失于打点。因裁撤海关之事，已纷传多时，如何不预早思量？今更闻佘子谷说库书数目糊涂，尽在三四百万。这等说，似此如何是好。"周乃慈听了，几欲垂泪，潘飞虎只得安慰了一会而去。

　　周乃慈复转后堂，一言未发，即进房打睡。第三房姨太太李香桃见了这个情景，就知有些不妥，即随进房里去，见周乃慈躺在烟炕上，双眼吊泪。香桃行近烟炕前，正欲安慰几句，不想话未说出，早陪下几点泪来。周乃慈道："你因什么事却哭起来？"香桃道："近见老爷神魂不定，寝食不安，料必有事不妥，妾又不敢动问，恐触老爷烦恼，细想丈夫流血不流泪，今见老爷这样，未免有情，安得不哭。"周乃慈这会更触起心事，越哭起来，随道："卿意很好，实不负此数年恩义，然某命运不好，以至于此，实无得可说。回想从前，以至今日，真如大梦一场，复何所介念？所念者惟卿等耳！"香桃道："钱财二字，得失何须计较，老爷当自珍重，何必作此言，令妾心酸。"周乃慈道："香港口昌字号，尚值钱不少，余外香港产业，尚足备卿等及儿子衣食。我倘有不幸，任聊等所为便是。"香桃听罢，越加大哭。

　　周乃慈递帕子使香桃拭泪，即令香桃出房子去。香桃见周乃慈说话不详，恐他或有意外，因此不欲离房。周乃慈此时自忖道："当初周栋臣着自己入库书代理，只道是好意，将来更加发达，不意今日弄到这个地步。想栋臣拥几百万家资，倘肯报效调停，有何不妥？今只知谋升官，便置身局外。自己区区几十万家当，怎能斡旋得来？又想昔日盛时，几多称兄称弟，今日即来问候的，还有几人？正是富贵有亲朋，穷困无兄弟，为人如此，亦复何用！况金督帅性如烈火，将来性命或不免可虑，与其受辱，不如先自打算。"便托称要喝龙井茶，使香桃往取。香桃只当他是真意，即出房外。周乃慈潜闭上房门，便要图个自尽。正是：

　　　繁华享尽千般福，性命翻成一旦休。

　　要知周乃慈性命如何，且听下回分解。

第三十四回

留遗物惨终归地府　送年庚许字配豪门

话说周乃慈托称取龙井茶，遣香桃出房去了，便闭上房门，欲寻自尽。那香桃忽回，望见他把房门闭了，实防周乃慈弄出意外，急的回转叫门，一头哭，一头大声叫喊。家人都闻声齐集，一同叫门。周乃慈暗忖：若不开门，他各人必然撬门而入，纵然死也死不去。没奈何，只得把房门复开了，忍着泪，问各人叫门是什么缘故。各人都无话可说，只相向垂泪。周乃慈道："我因眼倦得慌，欲掩上房门，睡歇些时，也并无别故，你们反大惊小怪，实在不成事体。"各人听罢，又不敢说出防他自尽的话，只得含糊说几句，要进来伺候。周乃慈听了，都命退出，惟侍妾香桃仍在房子里不去。

周乃慈早知其意，亦躺在烟炕上，一言不发。香桃垂泪道："人生得失有定，若一时失意，何便如此？老爷纵不自爱，亦思儿女满堂，皆靠老爷成立。设有不幸，家人还向谁人倚靠？万望老爷撇开心事，也免妻妾彷徨，儿女啼哭才是。"周乃慈听了，叹一口气道："自从十哥把库书事托某管理，只道连年应有个好处。不想十来年间，纵获得百十万，今日便是祸患临头。从前先我在库书成家的人，便置身事外。某自问生平，无什么亏心事，只做了几年库书，便至性命交关，岂不可恨！倘若是兄弟相顾的，各人把三几十万报效，将来尽可没事，今枉说从前称兄称弟，只某一人独受灾磨，生亦何用？"说罢，更想起自己生平的不值处，倍加大哭起来。香桃便拿出绣帕，替周乃慈拭泪，随道："既是如此，趁事情还未发作，不如打叠细软，逃出外洋，图个半世安乐，岂不甚好？"周乃慈道："某初时也作此想，只想到兄弟朋友四个字，多半是富贵交游，及祸患到来，转眼便不相识，纵然逃往他处，更有谁人好相识，即自问亦无面目见人。且金督帅说我们是侵吞库款，若在通商之国，只一张照会，便可提解回来了，这时反做了一个逃犯，反是罪上加罪，如何是好？"香桃听罢，亦无言可说，惟再复安慰一回而罢。自此一连日夜，都轮流在周乃慈左右，防他自寻短见。凡有朋友到来拜会，非平日亲信的到，一概挡驾，免乃慈说起库书的事，又要伤感起来。惟周乃慈独坐屋里，更加烦闷，只不时通信各处朋友，打探事情如何。

忽一日接得一处消息，说到佘子谷现在又禀到粤督这里，说到海关库书，历来舞弊，如何欺瞒金价，如何设真假两册房，欺弄朝廷。凡库款未经监督满任晋京，本来移动不得的，又如何擅拿存放收息。又称自洋关归并，及鸦片归入海关办理以后，如何舞弄。把数十年傅、周两姓经手的库书事务，和盘托出。又称数十年来傅、周两姓相继任海关库书，兄弟甥舅，私相授受，互为狼狈，无怪近来关税总无起色，若库书吏役，反得富堪敌国，坐拥膏腴[1]。当此库款支绌之秋，自当彻底根究，化私为公，以裕饷源，而杜将来效尤积弊等语。金督帅见了，登时大怒。又因当时□□军务正在吃紧，军饷又复告竭，仰屋而嗟，捋肠捋脏之际，忽然有悟，想得一计，就在傅、周两姓筹一笔款项，好填这项数目，却也不错。因此就立刻传佘子谷到衙，检齐账项卷宗，交佘子谷逐一盘驳。一来因周庸祐已经有旨放了钦差，出使□□国大臣，若不从速办理，怕周庸祐赴任去了，又多费一重手脚；又防周乃慈仍逃海外而去。便一面令人看管周乃慈，一面令佘子谷从速盘核库书数目。

此时周乃慈更如坐针毡，料知这场祸机发作，非同小可，抄家两字是断然免不得的。惟自己看淡世情，早置死生于度外，单是妻妾儿女，将来衣食所靠是紧要的。便欲把在内地的生理产业，一概改转他人名字。偏是那时金督帅为人严猛，又是不徇情面的，凡与周乃慈同股开张生理的人，皆畏祸不敢使周乃慈改易名字。便是所置买的产业，亦无人敢出名替他设法。周乃慈暗忖这个情景，内地的家当料然不能保全，悔当时不早在海外置些家业，谋个退步。想罢叹了一声，只得打发妻子暗地携些细软珠石等贵重物件，先避到香港居住。这时香港总督与粤省金督帅又很有点子交情，更防香港产业亦保全不得，即令把在香港所置的产业改换姓名，即金银玩器生理的□昌字号，亦改名当作他人物业去了。那妻子们有些避到香港，有些仍留在省城光雅里大宅子里，伺候周乃慈，并听候消息。前时周乃慈犹函电纷驰，到周庸祐那里催他设法，只到了这时，见周庸祐总舍不得钱钞斡旋，但天天打算赴京莅任，正如燕巢危幕，不知大厦之将倾，因此周乃慈更不与周庸祐商量弥缝的法子，

---

[1] 膏腴（yú）：富贵。

只听候金督如何办法，作个祸来顺受也罢了。还亏那时看守周乃慈宅子的差人，得些好意，只作循行故事的看守，所以周乃慈也不时令人打探消息。

那一日，忽见傅成的次子傅子育到来，乃慈料知有些机密事故，即出厅上相见。看见傅子育仓皇之相，料然不是好的消息。坐犹未定，傅子育即附耳说道："近日声气更自不好，闻家父从前经手的事都要一并发作了。试想二十年来，家父已把库书的名让给贵兄弟做去，这回仍要发作，如何是好？"周乃慈听罢，目定口呆，一句话也说不出。暗想傅家且不能免罪，何况自己现当库书的？

原来傅家自失了库书一席，家道中落之后，傅成长子傅子瑞中了举人，出仕做官，家道复兴，这时家当不下有百万上下，所以金督帅要一并查办起来。傅子育听得消息，正寻周乃慈商议，今见乃慈没句话答，心中十分着急，便又问道："不知贵兄弟近日有什么法子打点？"周乃慈摇首答道："哪里还打点得来？只听得如何办法便是。"傅子育道："天下哪有敛手待毙的？不如合同三家，并约潘氏，各出些款项，报效赎罪，你道如何？"周乃慈道："小弟早见及此，惜家兄为人优柔寡断，凡事只得马氏嫂嫂主裁。那马氏又是安不知危的，只道拜得权臣门下，做了钦差，就看事情不在眼内，雷火临头，还要顾住荷囊呢！"傅子育道："昨日小弟打个电报到四川家兄任上，据家兄回电，亦作此想。如我们三家及姓潘的凑集巨款，他准可在川督那里托他致电粤督，说个人情。足下此时即电与令兄商酌，亦是不迟。"周乃慈道："原来老哥还不知，家兄凡有主意时，就求北京权贵。说个报效赎罪的人情，那可使不得。他欲只是不理，只道他身在洋界，可以没事。不知查抄起来，反恐因小失大，他却如何懂得？我也懒和他再说了。"傅子育听罢，觉报效之事，非巨款不可，若周氏不允，自己料难斡旋得来。亦知周庸祐是个守财奴，除了捐功名、结权贵之外，便一毛不拔的，说多也是无用，便起辞回去。

这里周乃慈自听得傅子育所说，暗忖傅家仍且不免，何况自己，因此更加纳闷，即转回房子里去。香桃更不敢动问，免至又触起周乃慈的愁思。乃慈独自思量，觉风声一天紧似一天，他日怕查抄家产之外，更要拘入监牢，若到断头台上，岂不更是凄惨？便决意寻个自尽。意欲投缳，又恐被人救下，死也死不去。便托称要吃洋膏子解闷，着人买了洋膏二两回来。日中却不动声息，仍与侍妾们谈天，就中也不免有安慰妻妾之语。意欲把家事嘱咐一番，只怕更动家人思疑，便一连挥了十数通书信，或是嘱咐儿子，或是嘱咐妻妾，或是嘱咐商业中受托之人，也不能细表。

徐又略对香桃说道："此案未知将来如何处置，倘有不幸，你当另寻好人家，不必在这里空房寂守。"香桃哭道："妾受老爷厚恩，誓死不足图报，安肯琵琶别抱，以负老爷，望老爷安心罢。"说罢，放声大哭。周乃慈道："吾非不知汝心，只来日方长，你年尚青春，好不难过。"香桃道："勿论家业未必全至落空，且儿子在堂，尚有可靠；纵或不然，妾宁沿门托钵，以全终始，方称妾心。"周乃慈道："便是男子中道丧妻，何尝不续娶？可见女子改嫁，未尝非理。世人临终时，每嘱妻妾守节，强人所难，周某必不为也。"香桃道："虽是如此，只是老爷盛时，多蒙见爱，怎忍以今日时蹙运衰之故，便忘恩改节。"周乃慈道："全始全终，自是好事，任由卿意，吾不相强。"说罢，各垂泪无言。将近晚膳时候，周乃慈勉强喝了几口稀饭，随把手上火钻戒指除下，递与香桃道："今临危，别无可赠，只借此作将来纪念罢了。"香桃含泪接过，答道："老爷见赐，妾不敢不受。只老爷万勿灰心，自萌短见。"周乃慈强笑道："哪有如此？卿可放心。"自此无话。

到了三更时分，乃慈劝香桃打睡，香桃不肯，周乃慈道："我断断不萌短见，以负卿意，只是卿连夜不曾合眼，亦该躺歇些时。若困极致病，反惹人忧，如何使得？"香桃无奈，便横着身儿躺在烟炕上。周乃慈仍对着抽大烟。香桃因连夜未睡，眼倦已极，不多时便睡着了。乃慈此时想起前情后事，忧愤益深，自忖欲求死所，正在此时。又恐香桃是装睡的，轻轻唤了香桃几声，确已熟睡不应，便拿那盅洋膏子，连叫几声"十哥误我"，就纳在口里，一吸而尽，不觉双眼泪流不止。捱到四更时分，肚子里洋烟气发作将来，手脚乱抓，大呼小叫。香桃从梦中惊醒，见周乃慈这个情景，急把洋膏盅子一看，已是点滴不存，已知他服洋膏子了。一惊非小！连唤几声"老爷"，已是不应，只是双眼翻白。香桃是不经事的，此时手忙脚乱，急开门呼唤家人。不多时家人齐集，都知周乃慈服毒自尽，一面设法灌救，又令人往寻医生。香桃高声唤"救苦救难观音菩萨"。谁想服毒已久，一切灌救之法统通无效，将近五更，呜呼一命，竟是死了。府中上下人等，一齐举哀大哭，连忙着人寻喃巫的引魂开路。是时因家中祸事未妥，一切丧礼，都无暇粉饰，只着家人从速办妥。次早，各人都分头办事，就日开丧。先购吉祥板成殓，并电致香港住宅报丧。时港中家人接得凶耗，也知得奔丧事重，即日附轮回省。各人想起周乃慈生时何等声势，今乃至死于自尽，好不凄惨！又想乃慈生平待人，颇有义理，且好恩恤家人及子侄辈，因此各人都替他哀感。其余妻妾儿女，自然悲戚，就中侍妾香桃，尤哭得死去活来。但周乃慈因畏祸自尽，凡属姻眷，都因周家大祸将作，恐被株连，不敢相认，自不敢到来祭奠。这都是人情世故自然的，也不必多说。因此丧事便草草办妥，亦不敢装潢，只在门前挂白，堂上供奉灵位。家人妇子，即前往避香港的，都愿留在家中守灵。

次日，就接得香港马氏来了一函，家人只道此函便算吊丧，便拆开一看。原来马氏的三女儿名唤淑英的，要许配姓许的，那姓许的是番禺人氏，世居□□街，名唤崇兰，别号少芝，他父亲名炳尧，号芝轩，由举人报捐道员，是个簪缨[1]门第，世代科名。当时仍有一位嫡堂叔祖父任闽浙总督，并曾任礼部大堂，是以门户十分显赫。周庸祐因此时风声鹤唳，正要与这等声势门户结亲，好作个援应。马氏这一函，就是托他们查访女婿的意思。惟周乃慈家内正因丧事未了，祸事将发，哪里还有这等闲心替人访查女婿？香桃更说道："任我们怎样忧心，他却作没事人。既要打点丈夫做官，又要打点儿女婚嫁，难道他们就可安乐无事，我们就要独自担忧不成？"便把那函掷下，也不回复去。

且说周庸祐自从得周乃慈凶耗，就知事情实在不妙，只心里虽如此着闷，惟口中仍把海关事不提，强作镇定。若至马氏，更自安闲，以为丈夫今做钦差，定得北京权贵照应，自不必畏惧金督。且身在香港，又非金督权力所及。想到这里，更无忧无虑。惟周庸祐口虽不言，仍时时提心吊胆。那日正在厅上纳闷，忽门上呈上一函，是新任港督送来，因开茶会，请埠上绅商谈叙，并请周庸祐的。正是：

　　方结茑萝[2]收快婿，又逢茶会谒洋官。

要知后事如何，且听下回分解。

---

[1] 簪缨：达官贵人的冠饰。代指显贵。
[2] 茑萝（niǎo luó）：比喻关系亲密，寓依附攀缘之意。

第三十五回

赴京城中途惊噩耗　查库项大府劾钦差

话说周庸祐那日接得港督请函，明日要赴茶会。原来西国文明政体，每一埠总督到任后，即开茶会筵宴，与地方绅商款洽。那周庸祐是港中大商，自然一并请他去赴叙。次日周庸祐肃整衣冠，前往港督府里。这时港内绅商云集，都互相欢笑，只周庸祐心中有事，未免愁眉不展。各人看了他容貌，不仅消瘦了几分，且他始终是无言默坐，竟没有与人周旋会话。各人此时都听得金督帅要参他的风声，不免暗忖，他一世之雄，而今安在？其中自然有怜他昔日奢华，今时失意的；又有暗说他财帛来的不大光明，应有今日结果的；又有等不知他近日惊心的事，仍钦羡他怎么豪富，今又由京卿转放钦差的：种种谈论，倒不能尽。

说不多时，港督到各处座位与绅商周旋。时周庸祐正与港绅韦宝臣对坐，港督见周庸祐坐着不言不语，又不知他是什么人，便向韦宝臣用英语问周庸祐是什么人，并做什么生理。韦宝臣答过了，随用华语对周庸祐说道："方才大人问及足下是什么名字，小弟答称足下向是港中富商，占有□□银行数十万元股本，又开张□记银号，且产业在港仍是不少。前数年曾任驻英使署参赞，近时适放驻□□国钦差，这等说。"那韦宝臣对他说罢，周庸祐听了，只强作微笑，仍没一句话说。各人倒知他心里事实在不少，故无心应酬。

周庸祐实自知这场祸机早晚必然发作，哪复有心谈天说地，只得随众绅商坐一会，即复随众散去。回家后，想起日间韦宝臣所述的话，自觉从前何等声势，今日弄到这样，岂不可恼！又想这回祸机将发，各事须靠人奔走，往时朋友，如梁早田、徐雨琴及妻弟马竹宾，已先后身故，只怕世态炎凉，此后各事更靠何人帮理？不觉低头一想，猛然想起还有一位周勉墀，是自己亲侄子，尽合请他到来，好将来赴京后交托家事。只他父亲是自己胞兄，他生时原有三五万家当，因子侄幼小，交自己代理。

只为自己未曾发达以前,将兄长交托的三五万用去了,后来自己有了家当,那侄子到来问及家资,自己恐失体面,不敢认有这笔数,想来实对侄子不住。今番有事求他,未知他肯否顾我?想罢,不觉长叹一声。继又忖俗语说"打死不离亲兄弟",到今日正该自悔,好结识他,便挥了一函,请周勉墀到来,商酌家事。

　　时周勉墀尚在城里,向得周乃慈照顾,因此营业亦稍有些家当。这回听得叔父周庸祐忽然要请自己,倒觉得奇异,自觉想起前根后柢[1],实不应与他来往,难道他因今日情景,见横竖家财难保,就要把吞欠自己父亲的,要交还自己不成?细想此人未必有这般好心肝。但叔侄份上,他做不仁,自己也不该做不义,今若要不去,便似有个幸灾乐祸之心,如何使得?计不如索性走一遭才是。便即日附轮到港,先到坚道大宅子见了周庸祐,即唤声"十叔父",问一个安。时周庸祐见了周勉墀,忆起前事,实对他不住的,今事急求他到来,自问好不羞愧,便咽着喉,唤一声"贤侄",说道:"前事也不必说了,只愚叔父今日到这个地步,你可知道?"周勉墀听了,只强作安慰几句,实心里几乎要赔下几点泪来。徐又问道:"十叔父,为今之计,究竟怎样?"周庸祐道:"前儿汪翰林到来,求充参赞,愚顺托他打点省中情事,今却没有回报,想是不济了。随后又有姓□的到来,道是金督帅最得用之人,愿替俺设法。俺早已听得他的名字,因此送了二万银子,托他在金督跟前说个人情,到今又统通没有回覆,想来实在危险,不知贤侄在省城听得什么风声?"周勉墀道:"佘子谷那人要发作叔父,叔父想已知得。少西十二叔且要自尽,其他可想。天幸叔父身在香港,今日三十六计,实走为上着。"

　　说到这里,可巧马氏出来,周勉墀与婶娘见礼。马氏问起情由,就把方才叔侄的话说了一遍。马氏道:"既是如此,不如先进京去,借引见赴任为名,就求京里有力的官场设法也好。"周庸祐听了,亦以此计为是,便决意进京,再在半路听过声气未迟。想罢,即把家事嘱托周勉墀,又唤骆子棠、冯少伍两管家嘱咐了一番。再想省城大屋,尚有几房姨太太,本待一并唤来香港,只恐太过张扬;况金督帅纵然发作此事,未必罪及

---

[1] 柢(dǐ):树根。

妻孥^[1]，目前可暂作不理。是夜一宿无话。

次日即打点起程，单是从前谋放钦差，应允缴交□□□万元，此项实欠交一半，就嘱马氏及冯、骆两管家打算预备此项。如果自己无事，即行汇进北京；如万一不妥，此款即不必再汇，一面挪了几万银子，作自己使用，就带了八姨太并随从人等，附轮望申江进发。那时上海还有一间□祥盛字号，系从前梁早田的好友，是梁早田介绍周庸祐认识的。所以周庸祐到申江，仍在这□祥盛店子住下。再听过消息。然后北上，不在话下。

且说金督帅因当时饷项支绌，今一旦兼管海关事务，正要清查这一笔款项，忽又得佘子谷到衙帮助盘算，正中其意。又想周庸祐兄弟二人，都在香港营业的多，省城产业有限；若姓傅的家财，自然全在省里，不如连姓傅的一并查抄，哪怕不凑成一宗巨款。便把数十年来关库的数目，自姓傅的起，至周乃慈止，统通发作将来。又忖任册房的是潘氏，虽然是由监督及书吏嘱咐注册的，惟他任的是假册房，也有个通同舞弊、知情不举的罪名。且他原有几十万家当，就不能放饶他。主意已定，因周庸祐已放□□国的钦差，恐他赴任后难以发作，便立即知照□□国领事府，道是"姓周的原有关库数目未清，贵国若准他赴任，到时撤他回来，就要损失两国体面，因此预先说明"。那□□国领事得了这个消息，即电知驻北京公使去后，□□驻京公使自然要诘问外部大臣。金督又一面令幕府缮摺^[2]，电参周庸祐亏空库款甚巨，须要彻底清查。并道周某以书吏起家，侵吞致富，复夤缘^[3]以得优差，不仅无以肃官方，亦无以重库款，若不从重严办，窃恐互相效尤，流弊伊于胡底等语。摺上，朝廷大怒，立命金督认真查究，不得稍事姑容。

时周库书自抵申江，只与八姨太同行，余外留在省港的朋友，都不时打听消息如何，随时报告，这会听得金督参摺考语，魂不附体。随后又接得京中消息，知道金督上摺，朝廷览奏震怒，要着金督认真查办。

[1] 妻孥（nú）：妻子儿女的统称。
[2] 缮摺：写折子。
[3] 夤缘：攀附上升。比喻拉关系，向上巴结。

周庸祐一连接得两道消息，几乎吊下泪来。便又打电到京，求权贵设法。无奈金督性如烈火，又因这件事情重大，没一个敢替他说情，只以不能为力等语，回覆周庸祐。

那庸祐此时如坐针毡，料北京这条路是去不得的，除是逃往外洋，更没第二条路。只目下又不知家中妻妾儿女怎样，如何放心去得？适是晚正是□祥盛的东主陈若农请宴，先日知单早已应允赴席，自然不好失约，惟心里事又不欲尽情告人，只得勉强应酬而已。当下同席的原有八九人，都是广肇帮内周庸祐往日认识的朋友。因是时粤中要发作库书的事，沪上朋友听得，都是半信半疑，今又见周庸祐要赴京，那些朋友倒当周庸祐是个没事之人，自然依旧巴结巴结，十哥前十哥后，唤个不绝。那周庸祐所招的妓女，唤作张凤仙，素知周庸祐是南粤一个巨富的，又是花丛中阔绰的头等人物，便加倍奉承。即至娘儿们见凤仙有了个这般阔的姐夫，也替凤仙欢喜，千大人万大人的呼唤声，哪里听得清楚。先自笙歌弦管，唱了一回书，陈若农随后肃客入席。那周庸祐叫局的，自然陪候不离，即从前认识的妓女，也到来过席。

这席间虽这般热闹，惟周庸祐心中一团积闷，实未尝放下。酒至半酣，各人正举杯递盏，忽见□祥盛的店伴跑了进来。在别人犹不知有什么事故，只是周庸祐心中有事，分外眼快，一眼早见了□祥盛的店伴，料他慌忙到来，不是好意。那店伴一言未发，即暗扯陈若农到静处，告说道："方才工部局差人到店查问，是否有广东海关库书吏，由京堂新放□□国钦差的，唤做周庸祐这个人，当时店伴只推说不识此人。惟工部局差人又说道：'姓周的别号栋臣，向来到沪，都在你们店子里进出，如何还推不识？'店中各伴没奈何，便问他什么缘故。据差人说来，原来那姓周的是亏空库款，逃来这里的，后由粤东金督帅参了一本，又知他走到沪上，因此密电本埠袁道台，要将周庸祐扣留。今袁道台见他未有到衙拜会，料然不在唐界，所以照会租界洋官，要查拿此人。后来说了许多话，那差人方始回去。"陈若农听了，一惊非小，暗忖这个情节，是个侵吞库款的私罪重犯，凡在通商的国都要递解回去的，何况这上海是个公共租界，若收留他，也有个罪名。且自己原籍广东，那金督为人，这脾气又是不同别人的，总怕连自己也要拖累，这样总要商量个善法。便嘱令来的店伴先自回去，休要泄漏风声，然后从长计算。

　　那店伴去后，陈若农即扯周庸祐出来，把店伴说的上项事情，说了一遍。周庸祐听得，登时面色变得七青八黄，没句话说，只求陈若农怜悯，设法收藏而已。陈若农此时真是人面着情，方才请宴，怎好当堂反脸？且又相识在前，不得不留些情面。惟究竟没什么法子，两人只面面相觑。陈若农再看周庸祐这个情形，实在不忍，不觉心生一计，即对周庸祐说道："多说也是无用，小弟总要对得住老哥。但今晚方才有差人查问，料然回去下处不得，若住别处，又恐张扬。今张凤仙如此款洽，就当多喝两杯，住凤仙寓里一宿，待小弟明天寻个秘密所在便是。"庸祐答声"是"，随复入席。各朋友见他俩细语良久，早知有些事情，但究不知得底细，只再欢饮了一会，周庸祐托称不胜酒力，张凤仙就令娘儿们扶周大人回寓里服侍去后，陈若农又密嘱各友休对人说周某寓在哪里。次日，陈若农即着人到工部局力言周庸祐不在他处。工部局即派人再搜查一次，确没有此人。若农即暗引周庸祐回去，在密室里躲藏，待要逃往何处，打听过船期，然后发付，不在话下。

　　这时粤中消息，纷传周庸祐在上海道署被留，其实总没此事。金督帅见拿周庸祐不得，心中已自着恼，忽接北京来了一张电报，正是某王爷欲与周庸祐说情的。那电文之意，道是"周某之罪，确是难恕，但不必太过诛求，亦不必株连太甚"这等话。金督帅看了，越加大怒，暗忖周庸祐全凭得京中权贵之力，所以弄到今日，屡次劝他报效赎罪，种种置之不理，实是恃着王爷，就瞧自己不在眼里。我今日办这一个书吏，看王爷奈我怎么何？因此连忙又参了一本，略谓"周庸祐兄弟既吞巨款，在洋界置买财产，今庸祐闻罪先遁，作海外逍遥，实罪大恶极。除周乃慈已服毒自尽外，请将周庸祐先行革职，然后抄查家产备抵"等语。并词连先任库书傅成通同舞弊，潘云卿一律查抄家产。摺上，即行准奏，将周庸祐革职，并传谕各省缉拿治罪。正是：

　　　　梦熟黄粱都幻境，名登白简[1]即危途。

　　毕竟周庸祐怎能脱身，且听下回分解。

---

[1]　白简：古时弹劾官员的奏章。

第三十六回

潘云卿逾垣逃险地　李香桃奉主入监牢

话说朝廷自再接得金督所奏，即传谕各处关卡，一体把周庸祐查拿治罪。周庸祐这时在上海，正如荆天棘地，明知上海是个租界，自己断然靠这里不住，只朝廷正在风头火势，关卡的吏役人员，个个当拿得周庸祐便有重赏。因此查得十分严密，这样如何逃得出？惟有躲得一时过一时罢了。且说金督自奏准查抄周、潘、傅三姓家产之后，早由佘子谷报说姓潘的是管理假册房事，又打听得傅成已经去世，惟他产业全在城里，料瞒不去。除周乃慈已经自尽之外，周庸祐在逃，单恐四家产业或改换名字，立即出了一张告示，不准人承买周、潘、傅四家遗产，违的从重治罪。又听得四人之中，潘云卿尚在城内，立刻即用电话调番禺县令，率差即往拿捕。县令不敢怠慢，得令即行。还亏潘云卿耳目灵通，立令家人将旧日存在家里的假册稿本抛在井里，正要打点逃走，说时迟，那时快，潘云卿尚未逃出，差勇早已到门。

初时潘云卿只道大吏查办的只周、傅二家，自己做的册房，只是奉命注数，或在法外。迨后听得连自己参劾了，道是通同作弊，知情不举的罪名，就知自己有些不便，镇日将大门紧闭。这会差勇到来，先被家人察悉，报知潘云卿。那云卿吓得一跳，真不料差勇来得这般快，当令家人把头门权且挡住，即飞登屋面逾垣[1]逃过别家，即从瓦面上转过十数家平日亲信的下了去。随改换装束，好掩人耳目。先逃走往香港，再行打算。

是时县令领差勇进了屋里，即着差勇在屋里分头查搜，男男女女俱全，单不见了潘云卿。便责他家人迟迟开门之罪。那家人答道："实不知是贵差到来，见呼门紧急，恐是盗贼，因此问明，方敢开门的便是。"那县令听罢大怒，即喝道："放你的狗屁！是本官到来，还说恐是盗贼，这是什么话？"那家人听了，惶恐不过，惟有叩头谢罪道："是奉主人之命，没事不得擅自启门，

---

[1] 垣（yuán）：墙。

因此问过主人，才敢开放。"那县令道："你主人潘云卿往哪里去？"那家人道："实在不知，已出门几天了。"县令又喝道："胡说，方才你说是问过主人才敢启门，如何又说是主人出门几天了呢？"那家人听得，自知失言，急地转口道："小的说的主人是说奶奶，不是说老爷呢。"

县令见他牙尖口利，意欲把他拿住，见他只是个使唤的人，怪他不得，即把他喝退。随盘问云卿的妻妾们："云卿究往那里去了？"妻妾们都说不知，皆说是出门几天，不知他现在哪里。那县令没奈何，就令差役四围搜查，一来要查他产业的记号，二来最要的是搜他有什么在关库舞弊的凭据，务令上天钻地，都要搜了出来。即将屋里自他妻妾儿女以至家人，都令立在一处。随唤各人陆续把各号衣箱开了锁，所有金银珠宝头面以至衣服，都令登记簿内。随又把家私一一登记，再把各人身上统通搜过，内中有些田地及屋宇契纸与生理股票，都登注明白，总没有关里通同库书舞弊的证据。那差人搜了又搜，连板罅[1]墙孔都看过了，只哪里有个影儿？那屋又没有地穴，料然是预早知罪，先毁灭形迹的可无疑了。县令即对他家人妇子说道："奉大宪之命，除了身上所穿衣服，馀外概不能乱动。"那些家人妇子个个面如土色，更有些双眼垂泪，皆请给回些粗布衣裳替换，县令即准他们各拿两套。正拟把封条粘在门外，然后留差役看守，即拟回衙覆命，谁想那差役仍四处巡视，巡到那井边，看看井里，见有碎纸在水上浮起，不觉起了疑心。随禀过县令，即把竹竿捞来观看，觉有数目字样，料然是把舞弊的假册凭据抛在井里去了。立令人把井水打干，看看果然是向日海关库里假册子的稿本，落在井里，只是浸在水底，浸了多时，所有字迹都糊涂难辨。县令没奈何，只得把来包好，便嘉奖了这查看井里的差役一番。即留差役看守，把门外粘了封皮，即回衙而去。

是时周、傅各家，皆已分头多派差人看守。因傅家和周庸祐产业最多，惟周乃慈是现充库书的，罪名较重，傅成、周庸祐两家已派差投把守，随后查封，同时又令南海县先到周乃慈屋里查验。这时周乃慈的家眷，因乃慈死未过七旬，因此全在屋里，没有离去。那南海令会同警官，带领巡勇，先派两名在门外把守，即进屋搜查。那周乃慈家眷见官勇来了，早知有些不妥，

---

[1] 罅（xià）：缝隙。

只有听候如何搜查而已。当时后厅里尚奉着周乃慈灵位，烟火薰蒸，灯烛明亮。南令先问家里尚有男女若干名口，家人一一答过，随用纸笔登记了。南令又道："周乃慈畏罪自尽，生前舞弊营私，侵吞库款，可无疑的了。现在大宪奏准查办，你们想已知道了。家内究有存得关库里向来数目底本没有？好好拿出，倘若匿藏，就是罪上加罪，休要后悔。"家人答道："屋里不是库书办公之地，哪有数目存起？公祖若不见信，可令贵差搜查便是。"南令道："你们也会得说，只怕大宪跟前说不得这样话。乃慈虽死，他儿子究在哪里？"

时周乃慈的儿子周景芬，正在家内，年纪尚轻，那周乃慈的妻妾们，即引周景芬出来。见了南令，即伏地叩首。南令道："你父在生时的罪名，想你也知道了。"那周景芬年幼，胡混答道："已知道了。"家人只替说道："父亲生时在库里办事，都承上传下例，便是册房里那数目，倒是监督大人吩示的，方敢填注，合与不合，他不是自作自为的。"南令怒道："他的罪过，哪不知得，你还要替他强辩吗？"家人听了，不敢出声。南令又道："他在库书里应得薪水若干？何以家业这般殷富？门户这般阔绰？还敢在本官跟前撒谎！怕大宪闻知，你们不免同罪呢？"家人又无话说。南令又问周景芬道："周乃慈遗下在省的产业生理，究有多少？在港的产业生理，又有多少？某号、某地、某屋，当要一一报说出来。"周景芬听罢，没言可答，只推不知。家人又替他说道："他只是个小孩子，他父亲的事，他如何知得？且罪人不及妻孥，望公祖见谅。"南令听了，更怒道："可好撒刁！说那罪人不及妻孥的话，难道要与本官谈论国律不成？"随又道："本官也不管他年幼不年幼，他老子的事，也不管他知与不知，本官只依着大宪嘱咐下来的办理。"说罢，即令差勇四处查缉。先点查家私器具之后，随令各家人把衣箱统通开了锁，除金银珠宝头面及衣服细软之外，只余少少地屋契纸及占股生理的股票。南令道："他哪止这些家当！"再令差勇细细检查，凡片纸只字，及亲朋来往的书信，也统通检起。随令自他妻妾儿女以至家员婢仆，都把浑身上下搜过，除所穿衣衫外，所有小小贵重的头面，都要搁下来，家里人一概都出进不得。这时差勇检查，虽然当官点视，其暗中上下其手的，实所不免。

正在查点间，忽衙里打电话来报道："番令在潘云卿屋里捞出册子。"南令听得，急令人把井里捞过，独空空没有一物，只得罢了。随把记事簿登录清楚，即着差人看守家人，随拟回衙，要带周景芬同去。那家人听了，都惊哭起来。纷纷向南令求情道："他年纪幼小，识不得什么事？"南令哪里肯依，即答道："此是大宪主意，本官若奉行不力，也有个处分。"那家人听了，倒道南令本不为已甚，不通大吏过严罢了，便苦求南令休把周景芬带去。那周景芬只是十来岁的人，听得一个拿字，早吓得魂不附体。意欲逃进房子里，怎奈差役们十居其九，都是马屁凭官势，一声喝起，即把周景芬执住，那周景芬号啕大哭起来。这时家人妇子，七手八脚，有跪向南令扯住袍角求饶的，有与差役乱挣乱扯的，哭泣的声，哀求的声，闹作一团。南令见这个情景，即略安慰他道："只带去回覆大帅，料是问过产业号数，就可放回，可不必忧虑。"家人至此，也没可奈何，料然求亦不得，只听他罢了。

南令正拟出门，忽一声娇喘喘的哀声，一个女子从里面跑出，扯住周景芬，伏地不起。周景芬又不愿行，那女子只乱呼乱叫，引动家人，又复大哭起来。南令听得，也觉酸鼻。细视那女子年约二十上下，穿的浑身缟素衣裳，裙下那双小弓鞋扪 [1] 着白布，头上没有梳妆，披头散发，虽在哀恸之中，仍不失那种娇艳之态。南令见他如此凄惨，便问那个女子是周乃慈的什么人，差勇有知得的，上前答道："这女子就是周乃慈的侍妾，唤做李香桃的便是。"南令听了，觉有一种可怜，只是大宪嘱示，哪里还敢抗违，惟有再劝慰道："此番带他同去，料无别的，问明家业清楚，就可放回了。倘若故意抗拒，怕大帅发怒时，哪里抵挡得住？"时香桃也不听得南令说什么话，惟凄楚至极，左手牵住周景芬，右手执着帕子，掩面大哭。不觉松了手，差役即扯周景芬而去。香桃坐在地上，把双脚乱撑地哭了一会，又回周乃慈灵前大哭。家人见他只是一个侍妾，景芬又不是他所出，却如此感切，自然相感大恸，不在话下。

且说周景芬被南令带了回署，随带往见金督帅缴令。金督把他盘问一切，凡是周乃慈的产业，周景芬有知得的，有不知得的，都据实供出。金督又问周乃慈是否确实自尽，也统通答过了。金督帅随令把乃慈从前侵吞库款数目拿了出来，这都是佘子谷经手，按他父乃慈替充库书若干年，共吞亏若干数录出来的，着周景芬打印指模作实。周景芬供道："先父只替十伯父周

[1] 扪（mén）：按，摸。这里指蒙住。

兆熊[1]办库书事，也非自己干来。"金督怒道："你父明明接充库书，纵是替人干的，也是知情不举，应与同罪。且问你们享受的产业，若不是侵吞巨款，究从哪里得来？还要强辩做什么！"那周景芬被责无语。金督又勒令打印指模，周景芬又道："纵如大人所言，只是先父干事，小子年轻，向没有知得，应不干小子的事，望大人见恕。"金督拍案大怒，周景芬早已心慌，被强不过，没奈何把指模打印了。

金督即令把周景芬押过一处，并令将周庸祐、周乃慈家属一并拘留。南令得令，即回衙里，旋又再到光雅里周乃慈住宅，传金督令，将家属一并拘留。家人闻耗，各自仓皇无措，有思逃遁的，俱被拘住。其余使唤的人，力陈不是周家的人，只受工钱雇用，恳恩宽免究，都一概不允。各人呜呜咽咽啼哭，神不守舍，只香桃对各家人说道："罪及妻孥，有什么可说！且祸来顺受，哭泣做什么？只可惜的是景芬年少被禁，他父当库书时，他有多大年纪，以没有知识的人，替他父受苦，如何不感伤！至于老爷自尽之后，七旬未满，骨肉未寒，骤遭此祸，不知怎样处置才好？"说了，自己也哭起来。

这时警勇及南差同时把各人拘住，惟李香桃仍一头啼哭，一头打点灵前香火。差勇喝他起行，他却不恤[2]，只陆续收拾灵前摆设的器具，又再在灵前添炷香烛，烧过宝帛，一面要使人叫轿子。差役喝道："犯罪的人坐不得轿子！"香桃道："妾犯何罪？你们休凭官势，当妾是犯人来看待。没论是非曲直是老爷干来，我只是个侍妾，罪在哪里？若不能坐得轿子，叫妾如何行去？"说了即坐在地上不行。南令听了，见他理直气壮，且又情词可悯，就着人替他叫一顶轿子，一面押他家属起行。那香桃听得轿子来了，就在灵前哭了一场，随捧起周乃慈的灵位。各人问他捧主的缘故，他道："留在屋里，没人奉侍香火，故要携带同去，免他阴魂寥落。"说罢，便步出大门外，乘着轿子而去。正是：

有生难得佳人义，己死犹思故主恩。

要知后事如何，且听下回分解。

---

[1] 周兆熊：周庸祐充库书之用名。

[2] 恤（xù）：顾及；顾念。

第三十七回

奉督谕抄检周京堂　匿资财避居香港界

话说周乃慈家里，因督帅传示南令，要押留家属，李香桃即奉了周乃慈的灵位而出。南令见他如此悲苦，亦觉可怜，也体谅他，准他乘着轿子而去。所有内里衣箱什物，粘了封皮，又把封皮粘了头门。南令即令差役押着周乃慈家属，一程回到署内，用电话禀过大吏。随得大吏由电话覆示，将周乃慈家属暂留南署，听候发落；并说委员前往查抄周庸祐大屋，并未回来，须往察看，至于傅成大屋，已由番令查封，待回禀后，然后一并发落这等说。南令听了，不敢怠慢，即令差役看守周乃慈家属，自乘轿子直到宝华正中约周京卿第里。只见街头街尾立着行人，拥挤观望。统计周庸祐大屋，分东西两大门，一头是京卿第，一头就是荣禄第，都有差役立守。南令却由京卿第一门而进。

这时周庸祐府里，自周乃慈自尽之后，早知有所不妙。因日前有自称督署红员姓张的打饥荒，去了五万银子，只道他手上可以打点参案，后来没得消息，想姓张的是假冒无疑了。至于汪太史，更是空口讲白话，更属不济。即至北京内里，凡庸祐平日巴结的大员，且不能设法，眼见是不能挽救的。只心里虽然惊慌，外面还撑住作没事的样子。奈周庸祐已往上海，府里各事只由马氏主持，那马氏又只靠管家人作耳目。冯、骆两家即明知事情不了，只那马氏是不知死活的人，所以十分危险的话也不敢说。

那日骆子棠早听得有奏准查抄的消息，自忖食其禄者忠其主，这会是不得不说的，即把这风声对马氏说知。马氏听了，暗忖各处大员好友，已打点不来，周庸祐又没些好消息回报，料然有些不妥，把从前自高自大的心事，到此时不免惊慌了。自料三十六计，走为上着，只又不好张扬。但当时周庸祐因钻弄官阶，已去了百十万银子，手头上比不得往时，因此已将各房姨太太分住的宅子都分租于人，各姨太太除在香港的，都迁回宝华正中约大宅子一团居住。马氏因此就托称往香港有事，着各姨太太在大屋里看守，并几个儿子，都先打发到港，余外家里细软，预早收拾些。另查点金银珠宝头面，凡自己的，及二姨太太三姨太太已经身故的，那头面都存在自己处，共约八万两银子上下，先把一个箱子贮好，着人付往香港去。余外草草吩咐些事务，立刻离了府门便行。偏又事有凑巧，才出了门，那查抄家产的官员已到，南令随后又来。家人见了，都惊慌不迭。委员先问周庸祐在那里，家人又答道："在香港。且往上海去了。"又问他的妻儿安在，家人答道："是在香港居住。"委员笑道："他也知机，亦多狡计，早知不妙，就先行脱身。"说了，即将家人答语录做供词。

这时家人纷纷思遁，都被差役拦阻。至于雇用的工人佣妇，正要检回自己什物而去，差役不准。各人齐道："我们是受雇使用，支领工钱的，也不是周家的人。主子所犯何事，与我们都没相关，留我们也是无用。"南令道："你们不必叫嚷，或有你们经手知道的周家产业，总要带去问明，若没事时，自然把你们释放。"各人听了无话，面面相觑，只不敢行动。委员即令差役把府里上下人等浑身搜过，男的搜男，女的搜女，凡身上查有贵重的，都令留下。忽见一梳佣，身上首饰钏镯之类，所值不赀 [1]，都令脱下。那梳佣道："我只是雇工之人，这头面是自己置买的，也不是主人的什物，如何连我的也要取去？"那差役道："你既是在这里雇工试用，月内究得工钱多少，却能买置这些头面？"说了，那梳佣再不能驳说。

正在纷纷查搜，忽搜到一个仆妇身上，还没什么物件，只有一宗奇事，那仆妇却不是女子，只是一个男身。那搜查的女役，见如此怪事，问他怎地要扮女子混将进来，那仆妇道："我生来是个半男女的，你休大惊小怪。"那女役道："半男女的不是这样，我却不信。"那仆妇被女役盘问不过，料不能强辩，只得直说道："因谋食艰难，故扮作女装，执佣妇之役，较易谋工，实无歹意，望你遮瞒罢了。"那女役见他如此说，暗忖此事却不好说出来，只向同事的喁喁 [2] 说了一会子，各人听得，都付之一笑了

[1] 赀（zī）：计算；估量。
[2] 喁（yóng）喁：低声细语。

事。统计上下人等，已统通搜过，有些身上没有物件的，亦有些暗怀贵重珍宝的，更有些下人，因主人有事忙乱，乘机窃些珍宝的，都一概留下。委员即令各人立在一隅，随向人问过什么名字，也一一登记簿里。随计这一间大宅子，自京卿第至荣禄第相连，共十三面，内里厅堂楼阁房子，共约四十余间，内另花园一所，洋楼一座，戏台一座，也详细注明。屋内所用物件，计电灯五百余只，紫檀木雕花大床子十二张，金帐钩十二副，金枕花二十对，至于酸枝台椅，云母石台椅，及地毡帐幕多件，都不必细述。随后再点衣箱皮匣，共百余件。都上锁封固，一一粘了封皮。随传管家上来，问明周庸祐在省的产业生理，初时只推不知。南令即用电话禀告查抄情形。督帅也回覆，将上下人等一并带回，另候讯问。南令依令办去。并将大门关锁，粘上封条，即带周氏家属起行。统计家里人，姨太太三位，生女一口，是已经许配姓许的，及丫环、梳佣、仆妇、管家，以至门子、厨子，不下数十人，由差役押着，一起先回南署。

那些姨太太、女儿、丫环，都满面愁容，有的要痛哭流涕，若不胜凄楚，都是首相飞蓬，衣衫不整，还有尚未穿鞋，赤着双足的，一个扶住一个，皆低头不敢仰视，相傍而行。沿途看的，人山人海，便使旁观的生出议论纷纷。有人说道："周某的身家来历不明，自然受这般结果。"又有人说道："他自从富贵起来，也忘却少年时的贫困，总是骄奢淫佚，尽情挥霍，自然受这等折数了。"又有人说道："那姓周的，只是弄功名，及花天酒地，就阔绰得天上有，地下无，不特国民公益没有干些，便是乐善好施，他也不懂得。看他助南非洲赈济，曾题了五千块洋银，及到天津赈饥，他只助五十块银子，今日抄查家产，就不要替他怜惜了。"又有人说道："周某还有一点好处，生平不好对旁边说某人过失，即是对他不住的人，他却不言，倒算有些厚道。只他虽有如此好处，只他的继室马氏就不堪提了。看他往时摆个大架子，不论什么人家，有不像他豪富的，就小觑他人，自奉又奢侈得很，所吸洋烟，也要参水熬煮。至于不是他所出长子，还限定不能先娶。这样人差不多像时宪书说的三娘煞星。还幸他只是一个京卿的继室，若是在宫廷里，他还要做起武则天来了！所以这回查抄，就是他的果报呢！"

当下你一言，我一语，谈前说后，也不能记得许多。只旁人虽有如此议论，究有人见他女儿侍妾如此抛头露面，押回官衙里去，自然有些说怜惜的说话。这时就有人答道："那周某虽然做到京卿，究竟不会替各姨太太打算。昔日城里有家姓潘的，由监务起家，署过两广的盐运使，他遇查抄家产的时候，尚有二十多房姨太太。他知道抄家的风声，却不动声色，大清早起，就坐在头门里，逐个姨太太唤了出来，每一个姨太太给他五百银子，遣他去了。那时各姨太太正是清早起来，头面首饰没有多戴，私己银两又没有携在身上，又不知姓潘的唤自己何事。闻他给五百银子遣去，正要回房里取私己什物，姓潘的却道官差将到了，你们快走吧，因此不准各姨太太再进房子。不消两个时辰，那二十多房姨太太就遣发清楚，一来免他携去私蓄的银物，二来又免他出丑，岂不是两全其美么？今周某没有见机，累到家属，也押到官衙去了。"旁人听得那一番说话，都道："人家被押，已这般苦楚，你还有闲心来讲苦吗？"那人道："他的苦是个兴尽悲来的道理，与我怎么相干？"一头议论，一头又有许多人跟着观看，且行且议，更有跟到南海衙里的，看看什么情景。

只见那南令回衙之后，覆过督院，就将周庸祐的家属押在一处。只当时被押的人，有些要问明周家产业的，要追索周庸祐的，这样虽是个犯人家属，究与大犯不同，似不能押在羁所。南令随禀过督院，得了主意。因前任广州协镇李子仪是与周庸祐拜把的，自从逃走之后，还有一间公馆留在城里，因此就把两家家属都押到李姓那公馆里安置，任随督院如何发落。

这时南令所事已毕，那番令自从抄了潘家回来之后，连傅家也查抄停妥。计四家被抄，还是姓傅的产业实居多数。论起那姓傅的家当，原不及周庸祐的，今被抄的数目反在姓周之上，这是何故？因傅姓离了海关库书的职事，已有二十年了，自料官府纵算计起来，自己虽有不妥，未必与周姓的一概同抄，因此事前也不打点。若姓周的是预知不免的，不免暗中夹带些去了，所以姓傅的被抄物产居多，就是这个缘故。

今把闲话停说。且说南、番两令，会同委员，查抄那四家之后，把情形细复督院，那督院看了，暗忖周庸祐这般豪富，何以银物不及姓傅的多，料其中不是亲朋替他瞒漏收藏，就是家人预早携带私遁可无疑了，便令道："凡有替周庸祐瞒藏贵重物件及替他转名瞒去产业生理的，一概同罪；并知情不举的，也要严办。"去后，又猛忆周庸祐虽去了上海，只素闻他的家事向由继室马氏把持，今查他家属之名，不见有马氏在内，料然预早逃去，总要拿住了他才好。便密令属员缉拿马氏，不在话下。

只是马氏逃到香港，如何拿得住他，因此马氏虽然家里遭些祸患，惟一身究竟无事，且儿子们既已逃出，自己所生女儿已经嫁了的，又没有归宁，不致被押，仍是不幸中的万幸了。当下逃到香港回坚道的大宅子里，虽省城里的大屋子归了官，香港这一间仍过得去。计点家私齐备，还有一个大大的铁甲万，内里藏着银物不少。转虑督帅或要照会香港政府查抄，实要先行设法转贮别处才好。独是这甲万大得很，实移动不得。便要开了来看，只那锁匙不知遗落哪里，寻来寻去，只是不见。心里正虑那锁匙被人偷了，或是在省逃走时忘却带回，那时心事纷乱，也不能记起。只无论如何，倒要开了那甲万，转放内里什物才好。便令人寻一个开锁的工匠来。那工匠看那大大的甲万非比寻常，又忖他是急要开锁的，便索他二百银子，才肯替他开锁。马氏这时正没可如何，细想这甲万开早一时，自得一时的好处，便依价允他二百银子。那工匠不费半刻工夫，把甲万开了而去，就得了二百银子，好不造化。

马氏计点甲万里面，尚有存放洋行的银籍二十万元，立刻取出，转了别个名字。一面把家里被抄，及自己与儿子逃出，与将在港所存银项转名的事，打个电报，一一报与周庸祐知道，并要问明在香港的产业如何安置。不想几天，还不见周庸祐回电，这时马氏反起了思疑。因恐周庸祐在上海已被人拿去，自己又恐香港靠不住，必要逃出外洋，但不得庸祐消息，究没主张。那管家们又已被押，已没人可以商量，况逃走的事，又不轻易对人说的，一个妇人，正如没爪蟹，且自从遭了这场家祸，往日亲朋，往来的也少。马氏因此上就平时万分气焰，到这会也不免丧气。正是：

　　繁华已往从头散，气焰而今转眼空。

要知后事如何，且听下回分解。

第三十八回

闻示令商界苦诛求　请查封港官驳照会

　　话说马氏把被抄的情形，及将香港银两安放停妥的事，把个电报通知周庸祐，总不见覆电，心里自然委放不下。这时冯、骆两管家都被扣留，也没人可以商议各事的。还幸当时亲家黄游击[1]，因与大吏意见不投，逃往香港，有事或向他商酌。奈这时风声不好，天天传粤中大吏要照会香港政府拿人，马氏不知真假，心内好不慌张。又见潘子庆自逃到香港之后，镇日不敢出门，只躲在西么台上大屋子里，天天打算要出外洋，可见事情是紧要的无疑了。但自己不知往哪里才好，又不得周庸祐消息，究竟不敢妄自行动。怎奈当时风声鹤唳，纷传周庸祐已经被拿，收在上海道衙里，马氏又没有见覆电，自然半信半疑。

　　原来周庸祐平日最是胆小，且又知租界地方原是靠不住的，故虽然接了马氏之电，惟是自己住址究不欲使人知道，因此并不欲电覆马氏，只挥了一函，由邮政局寄港而已。

　　那一日，马氏正在屋子里纳闷，忽报由上海寄到一函，马氏就知是丈夫周庸祐寄回的，急令呈上，忙拆开一看，只见那函道：

　　　　马氏夫人妆鉴：昨接来电，敬悉一切。此次家门不幸，遭此大变，使二十年事业，尽付东流。回首当年，如一场春梦，曷胜[2]浩叹！差幸港中产业生理，皆署别名，或可保全一二耳。夫人当此变故之际，能及早知机，先逃至港，安顿各事，深谋远虑，儿子亦得相安无事，感佩良多。自以十余年在外经营，每不暇涉及家事，故使骄奢淫逸，相习成风，悔将何及！即各房姬妾，所私积盈余，未尝不各拥五七万，使能一念前情，各

────────────

[1] 游击：军营将官。

[2] 曷胜：何胜。反问语气，表示不胜。

相扶持，则门户尚可支撑。但恐时败运衰，各人不免自为之所，不复顾及我耳。此次与十二宅既被查抄，眷属又被拘留，回望家门，诚不知泪之何自来也！古云"罪不及妻孥"，今则婢仆家人，亦同囚犯；或者皇天庇佑，罪亦无名，未必置之死地耳。愚在此间，亦与针毡无异，前接夫人之电，不敢遽[1]复者，诚惧行踪为人所侦悉故也。盖当金帅盛怒之时，凡通商各埠，皆可以提解回国，此后栖身，或无约之国如暹罗[2]者，庶可苟延残喘而已。港中一切事务，统望夫人一力主持，再不必以函电相通。愚之行踪，更宜秘密，待风声稍息，愚当离沪，潜回香港一遭，冀与夫人一面，再商行止。时运通塞，总有天数，夫人切勿以此介意，致伤身体。匆匆草覆，诸情未达，容待面叩。敬问贤助金安。

愚夫周庸祐顿首

马氏看罢，自然伤感。惟幸丈夫尚在沪上，并非被拿，又不免把愁眉放下。一面派人回省，打听家属被官吏拘留，如何情景。因为有一个未出嫁的女儿，统通被留去了，自不免挂心。迨后知得官府留下家属，全为查问香港自己的产业起见，也没见什么受苦，这时反不免悲喜交集。喜的是女儿幸得平安，悲的就怕那些人家，把自己在港的某号产业、某号生理，一概供出，如何是好？还亏当时官吏，办理这件案实在严得一点，周氏两边家人，都自见无辜被拘，一切周家在香港的产业都不肯供出。在周乃慈的家人，自然想起周乃慈在生时待人有些宽厚，固不肯供出，一来这些人本属无罪，与犯事的不同，也不能用刑逼供，故讯问时都答话不知，官吏也没奈何。至于周庸祐的家人，一起一起的讯问，各姨太太都说家里各事向由马氏主持，庶妾向不能过问的，所以港中有何产业，只推不知。至于管家人，又俱说香港周宅另有管家人等，我们这些在省城的，在香港的委实不知。问官录了供词，只得把各人所供，回复大吏。

大吏看了，暗忖这一干人都如此说，料然他不肯供出，不如下一张照会

---

[1] 遽（jù）：急；匆忙。

[2] 暹罗（xiān luó）：泰国的旧称。

到香港政府去，不怕查封他不得。又看了那管家的供词，道是管理周家在省城的产业，便令他将省城的产业一一录了出来，恐有漏抄的，便凭他管家所供来查究。因此再又出了一张告示，凡有欠周栋臣款项，或有与周栋臣合股生理，抑是租赁周栋臣屋子的，都从速报明。一切房舍，都分开号数，次第发出封条。其生理股本及欠周氏银两的，即限时照数缴交善后局。因此省中商场又震动起来。

大约生意场中，银子都是互相往来的，或那一间字号今天借了周栋臣一万，或明天周栋臣一时手紧，尽会向那一间字号借回八千，无论大商富户，转动银两，实所不免，因当时官府出下这张告示，那些欠周栋臣款项的，自然不敢隐匿。便是周家合股做生理的，周家尽会向那字号挪移些银子；若把欠周家的款项，及周家所占的股本，缴交官府，至于周家欠人的，究从哪里讨取？其中自然有五七家把这个情由禀知官吏。你道官吏见了这等禀词，究怎么样批发呢？那官吏竟然批道："你们自然知周庸祐这些家当从哪里来，他只当一个库房，能受薪水若干？若不靠侵吞库款，哪里得几百万的家财来？这样，你们就不该与他交易，把银来借与他了，这都是你们自取，还怨谁人？且这会查抄周家产业，是上台奏准办理的，所抄的数目，都报数入官，那姓周的纵有欠你们款项，也不能扣出。况周庸祐尚有产业在香港的，你们只往香港告他也罢了。"各人看了这等批词，见自己欠周家的，已不能少欠分文，周家欠自己的，竟无从追问，心上实在不甘，惜当时督帅一团烈性，只是敢怒不敢言而已，所以商家哪有不震动起来。偏是当时衙门人役，又故意推敲，凡是与周家有些戚谊，与有来往的，不是指他私藏周家银物，便是指他替周庸祐出名，遮瞒家产，就藉端鱼肉，也不能尽说。所以那些人等，又吃了一惊，纷纷逃窜，把一座省城里的商家富户，弄成风声鹤唳。过了数十天，人心方才静些。

一府两县，次第把查抄周、傅、潘四家的产业号数，呈报大吏。那时又对过姓周家属的供词，见周庸祐是落籍南海大坑村，那周庸祐自富贵之后，替村中居民尽数起过屋子。初时周庸祐因见村中兄弟的屋子湫陋，故此村中各人，他都赠些银子，使他们各自建过宅舍，好壮村里观瞻，故阖村皆拆去旧屋，另行新建。这会官府见他村中屋子都是周庸祐建的，自然算是周庸祐的产业，便一发下令，都一并查抄回来。

这时大坑村中居民眼见屋子要入官去了，岂不是全无立足之地，连屋子也没得居住？这样看来，反不若当初不得周庸祐恩惠较好。这个情景，真是阖村同哭，没可如何，便有些到官里求情的。官吏想封了阖村屋宇，这一村居民都流离失所，实在不忍，便详请大吏，把此事从宽办理，故此查封大坑村屋宇的事，眼前暂且不提。

只是周庸祐在香港置下的产业，做下的生理，端的不少，断不能令他作海外的富家儿，便逍遥没事，尽筹过善法，一并籍没他才是，便传洋务局委员尹家瑶到衙商议。□大吏道："现看那四家抄查的号数，系姓傅的居多，那周庸祐的只不过数十万金。试想那四家之中，自然是算周庸祐最富，不过因傅家产业全在省城，故被抄较多。若周庸祐的产业在省城的这般少，可知在香港的就多得很了。若他在港的家当，便不能奈得他何，试想官衙员吏何止万千，若人人吞了公款，便逃到洋人地面做生理，置屋业，互相效尤，这还了得！你道怎么样办法呢？"

那尹家瑶听了，低头一想，觉无计可施。原来尹家瑶曾在香港读过英文，且当过英文教习，亦曾到上海，在程少保那里充过翻译员，当金督帅过沪时，程少保见自己幕里人多，就荐他到金督帅那里。还亏他有一种做官手段，故回粤之后，不一二年间，就做到天字一号的人员，充当洋务局总办。他本读英文多年，只法律上并未曾学过，当下听得金督帅的言语，便答道："香港中周庸祐生理屋业端的很多，最大的便是□□银行，占了几十万的股份，但股票上却不是用他的名字。其次，便算那一间□记字号，比周乃慈的那□□昌字号生意还大呢！只是他用哪一个名字注册，都无从查悉。其余屋业，就是周、潘三家也不少，究竟他们能够吞吞款项，预先在香港置产业，好比狡兔三窟，预为之谋，想契纸上也未必用自己名字了，这样如何是好？"金督帅道："不如先往香港一查，回来再行打算。"尹家瑶答道："是。"金督便令草了一张告示，知照港督，说明委员到港，要查姓周的产业来历。

尹家瑶一程来到香港，到册房，从头至尾，自生理册与及屋业册，都看过一遍，其中有周、潘名字的很少，纵有一二，又是与人暗借了银款的，这情节料然是假。惟是真是假，究没有凭据。胡混过了两天，即回到省里，据情回复金督。自经过这一番查过之后，周、潘两家人等，少不免又吃一点虚惊。因为中、英两国究有些邻封睦谊，若果能封到自己产业，固是财爻[1]尽空；且若能封业，便能拘人。想到这里，倍加纳闷，只事到其间，实在难说，惟有再行打听如何罢了。过了数日，金督帅见尹家瑶往香港查察周、潘产业，竟没分毫头绪，毕竟无从下手，便又传尹家瑶到衙商议，问他有什么法子。尹家瑶暗忖金督之意，若不能封得周、潘两家在港的产业，断不甘休。但他的性情又不好与他抗辩，便说道："此事办来只怕不易，除是大帅把一张照会到港督处，说称某项屋业，某家生理，是姓周、姓潘的，料香港政府体念与大帅有了交情，尽可办得好，把他来封了。且知道又是亲往香港查过的，算有些证据，实与撒谎的不同。此计或可使得，未知大帅尊意如何？"金督听了，觉此言也有些道理，便问尹家瑶道："究竟哪号生理、哪号屋业，是姓周、姓潘的，你可说来。"尹家瑶便不慌不忙的说道："坚道某大宅子，西么台某大宅子，及周围与合股□□银行，□荣号，□记号，此人人皆知。至于某地段某屋铺，统通是姓周的。又西么台某大宅子，对海油麻地某数号屋铺，以及港中某地段屋，某号生理，统通是姓潘的。"源源本本说来，金督一一录下。

次日，即再具一张照会，并列明某是周、潘的产业，请港督尽予抄封。港督看了，即对尹家瑶道："昨天来的照会，本部堂已知道了。论起两国交情，本该遵办，回耐敝国是有宪法的国，与贵国政体不同，不能乱封民产，致扰乱商场的。且另有司法衙门，宜先到臬司[2]衙门控告，看有何证据，指出某某是周、潘两家产业，假托别名，讯实时，本部就照办去便是。"尹家瑶满想照会一到，即可成功，今听到此语，如一盆冷水从头顶浇下来，没得可答，只勉强再说两句请念邦交的话。港督又道："本部堂实无此特权，恕难从命。且未经控告，便封产业，倘使贵部堂说全香港都是周、潘两家产业生理，不过假托别人名字的，难道本部堂都要立刻封了，把全个香港来送与贵国不成？这却使不得。请往臬衙先控他吧。"尹家瑶见此话确是有理，再无可言，只得告辞而去。正是：

> 政体不同难照办，案情无据怎查封？

要知后事如何，且听下回分解。

---

[1] 财爻：财运。

[2] 臬司：清代提刑按察使司的别称。主管一省司法。

第三十九回

情冷暖侍妾别周家　苦羁留马娘怜弱女

话说尹家瑶递照会到香港总督那里，请封周庸祐在港的产业，港督因法律不合，要他先到臬司衙门控告，原是个照律新法。尹家瑶见无可如何，只得跑回省城里，把情由对金督帅禀知一遍。这时属员人等，都不大懂得法律的，都道香港政府包庇周庸祐产业。更有些捕风捉影之徒，说周庸祐在香港的产业，实有四五百万之多，因此金督见拿不到周庸祐，又拿不到马氏，也十分愤怒。

原来周庸祐的家当，平日都不过二百万上下，只为海关库书里每年有十来万银子出息，所以得这一笔生路钱，也摆得一个大架子出来。旁人看的，就疑他有五七百万的家当，谁知他除了省中产业，在香港的生理股票，约值十五六万左右，屋业就是有限。其余马氏手上有三十万上下，及各姨太太也各有体己私积五七万不等，且自省中传出有查抄的风声，他早将各产业转了名字，或按了银两，统通动弹不得。只那些官员哪里得知，只道周庸祐有五七百万身家，在省城仅抄得数十万，就思疑他在港的产业有数百万了。

当下金督帅愤怒不过，便务要拿获周庸祐或马氏，一面打听周庸祐现在哪里。这时周庸祐亦打听金督帅如何举动，是风头火势，仍躲在上海，约过了十数天，觉声势渐渐慢了，正拟潜回香港一遭，然后再商行止，忽见侄子周勉墀已到上海来，直到口祥盛，见了周庸祐，把被抄的情形说了一遍，周庸祐听得，回想前情，不觉凄然下泪。周勉墀安慰一会。庸祐道："今正要回香港一转，见见贤侄的婶娘，再行打算。"周勉墀道："上海耳目众多，实不是久居之地，趁此时正好逃走。但不知往哪里才好？"周庸祐道："我前儿做参赞时，听得私罪人犯实能提解回国的，除是未有通商之地可以栖身。这样看来，惟以走往暹罗为上着。"周勉墀道："叔父说的很是。叔父若去，小侄陪行便是。"庸祐道："这倒不必。此间通信不易，我有事欲与马氏细说，以防书信泄漏风声，不如贤侄先回香港，对你的婶娘马氏先说我的行踪。明天就是船期，贤侄当得先行，我从后天的船期回去，贤侄替我约婶娘到船上相会便是。"周勉墀应允，越日就起程回港，按下慢表。

且说周庸祐已决然起程，那日就乘轮南下，船中无事可表。不一日已抵香港，也不敢登岸。马氏早得周勉墀所说，就料到庸祐那日必到，即与勉墀到船相会，夫妻之间，见面时不免互相挥泪。勉墀从旁劝了一会，料他两人必有密语相告，只得回避出去。周庸祐劝马氏道："看人生世上，祇如一场春梦，还亏香港产业尚能保全，不至儿孙冷落，都是夫人之功。"马氏道："今香港地面料难栖身，放着全家数十丁口，不知从哪里安置。试问你当时置了十多房侍妾，今日要来何用？"周庸祐半晌才答道："当时十多名丫环，若早些把他们嫁去，岂不省事？"马氏道："这事我岂不知？只可惜你家门不好，那些丫环都被人说长说短，出尽多少年庚，且做媒的也引多少人来看，偏是访查过就没人承受。若不然，哪有不把他们来嫁的道理？"周庸祐听罢无语，随又说道："各房侍妾，尽有积存私己的银两首饰，不如弄个法子，取回他们的也好。"马氏道："你说得这般容易！九房自迁到湾仔居住，人人说他行为不端，有姓何的认作契儿，被人言三语四，我又没牙箝，管他不住。七房居住坭街的屋子，镇日只管病，前天正请了十来名尼姑拜神拜鬼，看来不是长命的。他们纵有私积，哪里还肯拿出来？亏你在梦中，还当各房侍妾是个上货，平日乱把钱财给过他们，今日他们哪里还顾你呢？"周庸祐道："前事也不必说了，我今要往暹罗，只是香港往暹罗的船只全是经过汕头的，那汕头是广东地方，我断不能从这等船只去，是以从这船先往星加坡，然后转往暹罗去罢。我前程你不必挂虑，待我到暹罗后，或者再寻生理，复见过一个花天锦地，也未可知。但我到暹罗后，即须汇几千银子，交我使用才是。"马氏答允，周庸祐又嘱咐些家事。

不多时，香港各亲友也来到船相见的，所有平日交托在香港打点自己生意之人，都令周勉墀寻他到船相会。其中有念庸祐平时优待自己的，自然好言相慰，请他安心放洋，自己愿竭力替他管理商业。其中有怀着歹意的，或因周庸祐有些股票，转了自己名字，恨不得周庸祐早些离港，便说道：“我们知交已久，是万金可托的，只管放心前去，待没事回来，总一一二二把账目清算，交回阁下便是。”周庸祐也当所托得人，倒觉安乐。说罢，各人散去。马氏在船上过了一夜，然后回家。次日，那船就起程望星加坡而来。

周庸祐自回港不敢登岸之后，各房侍妾都料周庸祐是断不能回来，又因马氏平日克待自己，说到周家事务，都是感情有限。那日，六姨太春桂到澳门游玩，先到中华酒店住下。偏是那酒店里面还有一人，是从前与春桂认识的。春桂随带有六千银子，先交到那酒店里贮妥，即寻一间洁净房子住下。这时有听得是周庸祐的姨太太到了，又知他有六千银子贮柜，人人都到中华酒店观看。更有些风流子弟，当他是一个古井，志在兜结于他，希望淘得钱钞。只是那酒店里春桂既有认识的，哪里还思想兜揽别人，弄得那些脂粉客来来往往，那春桂又故意卖弄，在房子里梳光头髻，穿着时款的衣服，打开房门子，各人看见他首饰插满头上，珍珠钻石，光亮照人，那双手上戴的金镯子，数个不尽。正是面上羞花闭月，手中带玉穿金，有财有色，从流俗眼里看来，自然没有不垂涎的。这时欲结识春桂的人，都到澳门中华酒店居住，弄得那酒店连房子也住满了。那春桂住了十数天，除日中在房子里吸大烟，就出外到银牌馆里赌摊。那时摊馆中有招待赌客的，见他有这般大交易，都到春桂寓房谈摊路，讲赌情，巴结巴结。那春桂又视钱如粪土的，统计日中或输掷一千八百，或花用些，更挥字到妓馆邀妓女到来，弄洋烟，陪自己谈天说地，不半月上下，那六千银子早已用得干净。还喜港澳相隔不远，立刻回香港，赶再带些银子到澳门再赌，好望赢回那六千银子。不想赌来赌去，总赌那摊馆不住，来往几次，约有一月，已输去一万银子有余。

那日打算回港取银子再赌，不料住在坭街的七姨太因病重了，唤春桂前去。春桂暗忖，七姨太私积尽有五七万，他又没有儿女，这番前去，他若不幸没了，他所积的家当，或者落在自己手上，也未可料。想罢，便到坭街周宅。只见门外摆着纸人纸马，并无数纸扎物件，又有几个尼姑穿起绣衣，在门外敲磬念经，看了料知因七姨太有病，又是拜神拜鬼。只听得旁人看的说道：“周某的身家阴消阳散，今日抄不尽的，还做这场功德，名是替七姨太禳解，实则与尼姑分家财罢了。”忽又有一人说道：

"老哥这话真是少见多怪，姓周的与尼姑分家财，也不是希奇的，前儿马氏送与容师傅的绣衣，约值万金。就现在这几个尼姑看来，内中一个绣衣上的钮儿光闪闪的，可不是钻石的么？那几颗钻石，也值千金有余，人人都知道是七姨太送他的了。他名唤苏傅，是那七姨太的契妹子呢！"各人听了，都伸出舌头。

春桂听得，也不敢作声。即进屋子里，见七姨太睡在床上，已没点人色，春桂即问一声好，七姨太道："我病了一月有余，料不能再活了，今日还幸见你一面。"春桂道："吉人自有天相，拜过神后，或得神灵庇佑，你抖抖精神吧。"七姨太道："自己家门不幸，我早看得，欲削发修行去了。只闻得五姨太桂妹自做了姑子之后，因这场抄家的灾祸，他在省城还住不稳，他有信来，说已逃到南海白沙附近去了。他出家人还要避，可知我们纵然出家，也不能去得省城的，我因此未往。不幸又遇了一场病，便是死了也没得可怨，只身边还有多少钱钞，我若死后，你总打理我的事儿，所有留存的，就让给你去。此后香灯，若得你打点，不枉作一场姊妹，我就泉下铭感了。"春桂听罢，仍安慰一番。

是夜七姨太竟然殁了，春桂承受他所有的私积。凡金银珠宝头面，不下二三万金，都藏在一个箱子内。其余银两，有现存的，自然先自取了，其付贮银号的，都取了单据，并有七姨太嘱书，都先安置停妥，然后把七房丧事报知马氏及各房知道。是时除马氏之外，惟六房、七房、九房在港，后来续娶所谓通西文的姨太太，也随着周庸祐身边，其余都在省城被官府留下了。因七房死后，各人都知道他有私积遗下，纷纷到来视丧，实则觊觎这一份家当，只已交到春桂手上，却无从索取。马氏自恨从前太过小觑侍妾，故与各房绝无真正缘分，若不然，七姨太临死时自然要报告自己，这样，他的遗资，自然落在自己手上。当此抄家之后，多得五七万也好，今落在他人手里去，已自悔不及了。想罢，只得回屋。

春桂便于七七四十九日，替七房做完丧事，又打过斋醮，统计不过花去一二千就当了事。事后携自己丫环及七房的丫环，并所有私积，及七房遗下的资财，席卷而去。因自己有这般资财，防马氏不肯放松自己，二来忖周庸祐不知何日方能回来，何苦在家里做个望门生寡，因此去了。自后也不知春桂消息。其后有传他跟了别人的，有传他死了的，都不必细表。

　　且说周家两家眷属，被官府留住，已经数月，已是秋尽冬来，天时渐渐寒冻，一切被留人等，只随身衣衫，虽曾经官吏给二三件粗布衣裳替换，转眼已是冬来，各人瑟缩情形，不堪名状。在马氏那里，别个也不大留心，只是自己一个女儿，还同被扣留在那里，倒不免伤心。原来马氏平日最疼爱女儿，所以弄坏女儿的性子。那嫁姓蔡的长女，每夜抽大烟，直到天明才睡。早膳他是不吃的，睡到下午三四点钟时候才起来，即唤裁缝的到房里，裁剪衣裳不等，便用些晚饭，随就抽大烟，所以每天没有空闲的。那嫁姓黄的次女，自随夫到香港居住后，每一次赴省，必带丫环三几名，并体己仆妇及梳佣与侍役等，不下十人，都坐头等轮船的位，故每赴省一次，单是船费一项，已用至百金。试想姓黄、姓蔡都是殷实人家，哪喜欢这等举动？无奈他的性子早已弄坏，都由马氏过于痛爱。这会想起未嫁的女儿同被扣留，马氏如何不伤心！又因大吏追求甚严，没一个人敢去问候，因此马氏思念女儿更加痛切，况又当寒冷时候，尽要寻些棉衣才使得。正想着，忽又接得由省送来一函，是三女许给人十两银子，才托他带到的，都是因天冷求设法送衣裳进去之故，函内写得十分悲苦。论起姓周的家属被留，本无什么苦楚，只是平日所处的高堂大厦，所用的文绣膏粱，堂上一呼，堂下百诺，一旦被困在一处，行动不得，想后思前，安得不苦呢？所以函内写得苦楚，就是这个缘故。

　　当下马氏看了那函，不觉下泪。这时越发着急，便使侄子周勉塝回省里，浼[1]人递一张状子，诉说被留的姓周家属，因天时寒冷，求在被封的衣箱内检些棉衣御冷。正是：

　　　　十年享尽繁华福，一旦偏罹[2]冻馁[3]忧。

　　要知后事如何，且听下回分解。

────────

[1] 浼（měi）：请托。

[2] 罹（lí）：遭遇；遭受。

[3] 馁（něi）：饥饿。

第四十回

走暹罗重寻安乐窝　惨风潮惊散繁华梦

　　话说马氏因念及弱女被官府扣留，适值天时寒冻，特着周勉墀回省，浼人递禀，求在被封的衣箱内检回些棉衣御冷。当时大吏见了那张禀子，暗忖他家人被留，实无罪过，不过擅拿不能擅放，就是任他们寒冷，究竟无用，便批令拣些棉衣，与他家人御寒。这时马氏方觉心安。转眼已是冬去春来，大吏仍追求周庸祐不已，善后局已将周、潘、傅四家产业分开次第号数开投，其中都不必细表。

　　单说周庸祐自逃到星加坡，在漆木街□□广货店住下。那时周庸祐虽是个罪犯，究竟还是海外一个富翁，从前认识的朋友都纷纷请宴。过了数日，打听得驻星加坡领事已把周庸祐逃到星加坡的事，电报粤省金督去了，自念自己是一个罪犯，当此金督盛怒之下，恐不免把一张照会到来，提解自己回国，这便如何是好？倒不如再走别埠为上。且初议原欲逃往暹罗的，便赶趁船期，望暹罗滨角埠而来。幸当时有某国银行的办房，是在港时也曾相识的，先投见那人，然后托他租赁一所地方住下。当时寓暹华商如金三思、李敦贤及逃官陈中兴等，也相与日渐款洽。只是周庸祐的情性，向当风月场中是个安乐窝的，自从被抄以来，受了一场惊吓，花街柳巷，也少涉足。今到暹罗，是个无约之国，料不能提解自己回去，心上已觉稍安，不免寻个地方散闷，故镇日无事，只叫妓女陪侍。这些妓女，亦见周庸祐是个富家儿，纵然省业被抄，还料他的身家仍有三二百万，那个不来献勤讨好。就中一名妓女，唤做容妹，虽不至有沉鱼落雁之容，闭月羞花之貌，还有一种风韵，觉得态度娉婷可爱，在滨角埠上，已是数一数二的人物，周庸祐自然喜欢他。他见周庸祐虽有十多房侍妾，只这般富厚，自然巴结巴结，因此与周庸祐也有个不解的交情。周庸祐便用了银子二千匹^[1]，替容妹脱籍，充作自己侍妾，自此逍遥海外，也无忧无虑。每日除到公馆谈坐，或吸烟，或耍赌，尽过得日子。

不觉到了七月时候，朝廷竟降了一张谕旨，把金督帅调往云南去了，周庸祐听得这点消息，心上好不欢喜。因忖与自己作仇的，只金督帅一人，今他调任去了，省中购拿自己的，或可稍松。又听得新任粤督是周文福，也与自己是同宗的，或者较易说话，便拟挥函回港，要问问金督调任的事是否确实。忽接得马氏来了一函，不知赎容妹作妾的事，谁人对马氏说知，马氏那函，就是骂周庸祐在暹罗赎容妹的事，大意谓当此天荆地棘时候，仍不知死活，还要寻花问柳，赎妓为妾，真是死而不悔这等语。周庸祐看了，真是哑口无言，只得回覆马氏，都是说酒意消愁，拈花解闷之意，并又问金督调任，可是真的。那函去了，几日间，已纷纷接到妻妾及侄子付来的书函，报说金督调任的事，如报喜一般。周庸祐知得金督离任是实，再候两月，已听得金督离任去了，新任姓周的已经到粤，因自忖道：此时若不打点，更待何时？但打点不是易事，想了一会，没有善法。可巧那日寄到香港报纸，打开一看，见周督因粤汉铁路事情，与前任二品大员在籍的大绅李廷庸商议，猛然想起李大绅向与自己有点交情，就托他说个人情也好。若说得来，事后就封他一笔银子，却亦不错。便一面飞函李大绅，托他办这一件事。

那李大绅接周庸祐之信，暗忖周督原与自己知交，说话是不难的，但周庸祐当此时候，尚拥著多金，若没些孝敬，断断不得。便回函周庸祐，托称自己一人不易说得来，必要与督署一二红员会合，方能有效。但衙门里打点，非钱不行，事后须酬报他们才得。周庸祐因此即应允说妥之后，封回五万银子，再说明若督署人员有什么阻挠，就多加一二万也不妨。李廷庸便亲自到省，见周督说道："海关库书周庸祐，前因犯罪，查抄家产。某细想那姓周的，虽然有个侵吞库款的罪名，但查抄已足抵罪，且又经参革，亦足警戒后人。况他的妻小家属，原是无罪的，扣留他亦是无用，不如把他家属释放。自古说，罪不及妻孥，释他们尚不失为宽大。便是

---

[1] 匹：暹币单位，每匹当时约值华银六毛。

周庸祐既经治罪，亦不必再复追拿，好存他向日一个钦差大臣的体面。"周督听了，亦觉得前任此案办得太严，今闻李廷庸之话，亦觉有理，便即应允。一面令属员把姓周的两边家属一并省释，复对李廷庸道："前任督臣已将周庸祐缉拿一事存了案，断不能明白说他无事，但本部堂再不把他追究便是。"李廷庸听得自然欢喜，立刻挥函，告知周庸祐。时周庸祐亦已接得马氏报告，已知家属已经释放，心上觉得颇安，便函令马氏送交五万银子到李廷庸手里，自己便要打算回港。因从前在港的产业都转了他人的名字，此番回去，便要清理，凡是自己生理，固要收益[1]，即合股的亦须寻人顶手，好得一笔银子，作过一番世界。主意既定，这时暹罗埠上亦听得周庸祐的案件说妥，将次回港，都来运动他在暹罗作生意。周庸祐亦念自己回港，不过一时之事，断不能长久栖身的，就在暹埠作些生意，固亦不错。便定议做一间大米绞的商业，要七八十万左右资本方足。暗忖港中自己某项生意有若干万，某项屋业有若干万，弄妥尽有百万或数十万不等，便是马氏手上也有三十万之多，即至各姨太太亦各有私积五七万，苟回港后能把生意屋业弄妥，筹这七八十万，固属不难；纵或不能，便令马氏及各姨太太各帮回三五万，亦容易凑集。想自己从前优待各妻妾，今自己当患难之际，念起前日恩情，亦断没有不帮助自己的。便与各人议定，开办米绞的章程。周庸祐担任筹备资本，打算回港，埠上各友，那些摆酒饯行的，自不消说。

且说周庸祐乘轮回到香港，仍不敢太过张扬，只在湾仔地方，耳目稍静的一间屋子住下。其妻姜子侄，自然着他们到来相见，正是一别经年，那些家人妇子重复相会，不免悲喜交集。喜的自然是得个重逢，悲的就是因被查抄，去了许多家当。周庸祐随问起家内某某人因何不见，始知道家属被释之后，那些丫环都纷纷逃遁。又问起六姨太七姨太住那里，马氏道："亏你还问她们，六房日前过澳门赌的赌，散的散，已不知去了多少银子。七房又没了，那存下私积家当，都遗嘱交与六房，却被六房席卷逃去了。那九房更弄得声名不好，你前儿不知好歹，就当他们是个心肝，大注钱财把过他们，今日落得他们另寻别人享受。我当初劝谏你

[1] 收益：店铺清理残值，关闭歇业。

多少来，你就当东风吹马耳，反被旁人说我是苛待侍妾的，今日你可省得了！"

周庸祐听了，心内十分难过，暗忖一旦运衰，就弄到如此没架子，听得马氏这话，实在无可答话，只叹道："诚不料他们这般靠不住，今日也没得可说了。"当下与家中人说了一会，就招平日交托生理的人到来相见，问及生意情形，志在提回三五十万。谁想问到耀记字号的生意，都道连年商情不好，已亏缺了许多，莫说要回提资本，若算将出来，怕还要拿款来填账呢。周庸祐又问及□□银行的生意，意欲将股票转卖，偏又当时商场衰落，银根日紧，分毫移动不得。且银行股票又不是自己名字的，即欲转卖，亦有些棘手。周庸祐看得这个情景，不觉长叹一声，半晌无语。各人亦称有事，辞别而去。

周庸祐回忆当时何等声势，哪人不来巴结自己，今日如此，悔平日招呼他人，竟不料冷暖人情，一至如此！想罢，不觉暗中垂泪，苦了一会，又思此次回来，只为筹资本开办米绞起见，今就这样看来，想是不易筹的，只有各妻妾手上尽有多少。不如从那里筹画，或能如愿。那日便对马氏道："我此次回来，系筹本开办米绞，因膝下还有几个儿子，好为他们将来起见。但是七八十万方能开办，总要合力帮助，才易成事呢！"马氏道："我哪里还有许多资财？你从前的家当都是阴消阳散。你当时说某人有才，就做什么生意，使某人司理；说某人可靠，就认什么股票，注某人名字。今反弄客为主，一概股本分毫却动不得，反说再拿款项填账。你试想想，这样做生理来做什么？"周庸祐道："你的话原说得是，只因前除办理库书事务之后，就经营做官，也不暇理及生意，故每事托人，是我的托大处，已是弄错了。只今时比不得往日，我今日也是亲力亲为的，你却不必担心。"马氏道："你也会得说，你当初逃出外洋，第一次汇去四千，第二次汇去六千，第三次汇去一万，有多少时候，你却用了二万金。只道有什么使用，却只是携带妓女。从前带了十多个回来，弄得颠颠倒倒，还不知悔，你哪里是营生的人？怕不消三五年，那三几十万就要花散完了。我还有儿子，是要顾的，这时还靠谁来呢？"周庸祐道："你说差了，我哪有四千银子的汇单收过呢？"马氏道："明明是汇了去了，你如何不认？"周庸祐道："我确没有收过四千银子的汇单，若有收过了，我何苦不认！"说罢，便检查数目，确有支出这笔数，只是自己没有收得，想是当时事情仓卒，人多手乱，不知弄到谁人手里。又无证据，此时也没有可查，惟有不复根究而已。

当下周庸祐又对马氏说道："你有儿子要顾，难道我就不顾儿子不成？当时你若听我说，替长子早早完娶了，到今日各儿子当已次第完了亲事，你却不从。今你手上应有数十万，既属夫妻之情，放着丈夫不顾，还望谁人顾我呢？"马氏道："我哪有如此之多，只还有三二十万罢了。"周庸祐道："还有首饰呢！"马氏道："有一个首饰箱，内里约值八万银子。当时由省赴港，现落在姓□的绅户那里，那绅户很好，他已认收得这个首饰箱，但怎好便把首饰来变？你当日携带娼妓，把残花当珠宝，乱把钱财给他们，今日独不求他相顾。若一人三万，十人尽有三十万，你却不索他，反来索我，我实不甘。"庸祐道："你我究属夫妻，与他们不同呢！"马氏道："你既知如此，当初着甚来由要把钱财给他，可是白地乱掷了。"

周庸祐听罢，也没得可答，心中只是纳闷。次日又向各侍妾问索，都称并无私积。其实各妾之意，已打算三十六着走为上着，且马氏还不肯相助，各侍妾哪里肯把银子拿出来。只是周庸祐走头无路，只得又求马氏。马氏道："着实说，我闻人说金督在京，力请与暹罗通商，全为要拿你起见，怕此事若成，将来暹罗还住不稳，还做生理则甚？"说来说去，马氏只是不允。

周庸祐无可奈何，日中坐对妻妾，都如楚囚[1]相对，惟时或到□存牌馆一坐而已。是时因筹款不得，暗忖昔日当库书时，一二百万都何等容易，今三几十万却筹不得，生理屋业已如财叉落空，便是妻妾也不顾念情义。想到此层，心中甚愤。且在暹罗时应允筹本开米绞，若空手回去，何以见人？便欲控告代理自己生意之人，便立与侄子周勉墀相酌，请了讼师[2]，预备控案。那日忽见侄子来说道："某人说叔父若控他时，须要预备入狱才好。"周庸祐登时流下泪来，哭着说道："我当初怎样待他？他今日既要我入狱，就由他本心罢了。"说了挥泪不止。各人劝了一会，

[1] 楚囚：比喻处境窘迫的人。
[2] 讼师：律师。

方才收泪。周庸祐此时，觉无论入狱，便是性命相博，究竟这注钱财是必要控告的，便天天打算讼案。

不想过了数日，一个电报传到，是因惠潮乱事，金督再任粤督。周庸祐大吃一惊，几乎倒地。各人劝慰了一番。又过半月，讼事因案件重大，还未就绪，已得金督起程消息。想金督与香港政府很有交情的，怕交涉起来，要把自己提解回粤，如何是好？不如放下讼事，快些逃走为妙。只自想从前富贵，未尝作些公益事，使有益同胞，只养成一家的骄奢淫佚。转眼成空，此后即四海为家，亦复谁人怜我？但事到如此，不得不去，便向马氏及儿子嘱咐些家事。此时离别之苦，更不必说。即如存的各房姨妾，纵散的散，走的走，此后亦不必计，且眼前逃走要紧，也不暇相顾。想到儿子长大，更不知何时方回来婚娶，真是半世繁华，祇如春梦。那日大哭一场，竟附法国邮船，由星加坡复往暹罗而去，不知所终。诗曰：

> 北风过后又南风，冷暖时情瞬不同。
>
> 廿载雄财夸独绝，一条光棍起平空。
>
> 由来富贵浮云里，已往繁华幻梦中。
>
> 回首可怜罗绮地，堂前莺燕各西东。

时人又有咏马氏云：

> 势埒皇妃旧有名，檀床宝镜梦初醒。
>
> 妒工欲杀偏房宠，兴尽翻怜大厦倾。
>
> 空有私储遗铁匣，再无公论赞银精。
>
> 骄奢且足倾人国，况复晨鸡只牝鸣。